古典詩歌研究彙刊

第十輯

龔鵬程 主編

第 5 冊

〈漁家傲〉詞牌研究

謝 素 真 著

國家圖書館出版品預行編目資料

〈漁家傲〉詞牌研究／謝素真 著 — 初版 — 新北市：花木蘭文
化出版社，2011〔民 100〕
目 2+210 面；17×24 公分
（古典詩歌研究彙刊 第十輯；第 5 冊）
ISBN 978-986-254-578-2（精裝）
1. 詞譜 2. 詞論
820.91 100015348

ISBN-978-986-254-578-2

9 789862 545782

古典詩歌研究彙刊
第十輯 第 五 冊
ISBN：978-986-254-578-2

〈漁家傲〉詞牌研究

作 者 謝素真
主 編 龔鵬程
總 編 輯 杜潔祥
出 版 花木蘭文化出版社
發 行 所 花木蘭文化出版社
發 行 人 高小娟
聯絡地址 新北市永和區中正路五九五號七樓
電話：02-2923-1455／傳眞：02-2923-1452
網 址 http://www.huamulan.tw 信箱 sut81518@gmail.com
印 刷 普羅文化出版廣告事業
初 版 2011 年 9 月
定 價 第十輯 20 冊（精裝）新台幣 28,000 元

〈漁家傲〉詞牌研究

謝素真 著

作者簡介

謝素真
台灣省彰化縣人
國立中興大學中文系
國立彰化師範大學國文研究所畢業
現任國中教師

提　　要

　　近來詞調的研究，逐漸受到注意，本論文透過對前二十大詞調之一的〈漁家傲〉詞牌，釐清該詞牌的主題、格律、用韻與探討名家名作的影響，希冀對〈漁家傲〉詞牌及詞作，都能有更深層、明確的認識。

　　全文架構安排如下：

　　第一章：說明本論文研究動機與研究目的、研究範圍與文獻探討、研究方法與架構。

　　第二章：說明〈漁家傲〉主題的演變，分別就影響主題演變的因素，探討緣題而作、聯章形式、青樓歌妓的繁盛、唱和酬贈的風氣、時代環境、宗教興盛、種種因素對〈漁家傲〉詞調的影響，及因此發展而出的多元化主題。

　　第三章：針對漁家傲之格律形式進行分析，以〈漁家傲〉266 首完整作品，進行正體變體之分、體式類型之辨與律句格式之區別。

　　第四章：〈漁家傲〉用韻的探究，先就用韻分部的情形進行觀察，再就越出部界的情形進行分類，分成變而不離其宗、尾輔音同相混、「-t」、「-k」、「-p」相混、「-n」、「-ŋ」、「-m」相混、主要原音相同或相近、及其他六類。最後觀察聲情的關聯及和韻的音韻特色。

　　第五章：評比〈漁家傲〉之名作名家，選出名家歐陽修、晏殊、蘇軾、周紫芝四位；名作范仲淹「塞下秋來風景異」、李清照「天接雲濤連曉霧」、謝逸「秋水無痕清見底」、陸游「東望山陰何處是」、歐陽修「十月小春梅蕊綻」五首，賞析名家名作的獨特風格。

　　第六章：針對整體研究成果作分析比較，總結全文。

目

次

第一章　緒　論

第一節　研究動機與研究目的

　　詞是形成於唐，歷經五代，在宋代達到頂峰的一種詩歌藝術形式。由於一開始是伴曲而唱，因此寫詞又稱填詞、倚聲，後來逐漸獨立而出，成為一門專門的詩歌藝術。自此宋詞不但在中國文學史上留下特殊地位，更以特有的風情，深受世人喜愛。如李煜〈虞美人〉：「春花秋月何時了，往事知多少。小樓昨夜又東風，故國不堪回首月明中。」〔註1〕詞中故國之思，淒楚之情，毫不顧忌的直抒而出，使李煜為此付出了生命，留下以生命鑄成的樂章。又如蘇軾〈念奴嬌‧赤壁懷古〉：「大江東去，浪淘盡，千古風流人物。……故國神游，多情應笑我，早生華髮。人間如夢，一樽還酹江月。」〔註2〕寫出人生功業雖輝煌但終歸於一夢，在古往與今來，哲理與人生之間，雄壯恢弘之中，吟唱出幽微的情思，低迴婉轉。詞就是如此，既可以惆悵感慨，也可以雄壯恢弘，以動人的魅力，擄獲人心，吟唱至今。

〔註1〕　龍沐勛：《唐宋名家詞選》（台北：台灣開明書局，1954 年 4 月），頁 27。

〔註2〕　唐圭璋編、王仲聞參訂、孔凡禮補輯：《全宋詞》（北京：中華書局，1999 年 1 月），頁 363。

　　詞最初是伴曲而唱的，曲子都有一定的旋律、節奏。這些旋律、節奏的總和就是詞牌。填詞者或按詞制調，或依調填詞，主要是根據詞的內容而定，所以詞牌可說是一闋詞的靈魂，因此想認識詞，首先就要認識詞牌。每一種詞牌一開始都有其特定的格律及所要表達的聲情，但宋後，詞經過不斷的發展演變，後來的填詞者並未按照原先的聲情填寫內容，變成根據詞調填詞，詞牌與詞的內容就不一定相關了，致使今日已無法僅從詞牌，就辨認出適合填的內容及適合表達的感情。當詞完全脫離曲子之後，詞牌便僅作為文字、音韻結構的一種定式。因此本研究希冀對詞牌施以科學數據統計分析，為詞牌尋回幾分原貌。

　　詞牌的數量相當多，清萬樹編《詞律》二十卷，收詞牌 660 個，1180 餘體；清王奕清等編《欽定詞譜》四十卷，共收詞牌 826 個，2306 體；這是前人搜羅詞牌格律，將之集合成冊，方便填詞倚聲家使用。而現今科技發達，電腦日益普及的情況下，羅鳳珠更將科技應用於古典文學的研究，成立唐宋詞檢索系統，只要鍵入詞牌或詞人或詞句，便可查閱，甚是方便。無獨有偶的，大陸南京師範大學也將科技運用在詩詞研究上，有全宋詞檢索系統，成為該校的特色欄目，收錄詞牌 1384 個。〔註3〕依上述而言，詞牌數量數以百計、千計，該從何著手選定詞牌，進行研究呢？

　　王兆鵬《唐宋詞史論》書中，曾列出詞牌使用頻率最高的 48 個詞牌，〔註4〕現列出作品數 200 首以上者：

浣溪沙（775 首）	水調歌頭（743 首）	鷓鴣天（657 首）
菩薩蠻（598 首）	滿江紅（535 首）	西江月（490 首）
臨江仙（482 首）	減字木蘭花（426 首）	沁園春（423 首）

〔註 3〕南京師範大學全唐宋金元詞文庫及賞析系統：http：//metc.njnu.edu.cn/C_iku/Ci_wk_fm.htm

〔註 4〕王兆鵬：《唐宋詞史論》（北京：人民文學出版社，2000 年 1 月），頁 107〜108。

蝶戀花（416 首）　　點絳唇（390 首）　　賀新郎（361 首）

清平樂（355 首）　　滿庭芳（330 首）　　虞美人（304 首）

好事近（296 首）　　水龍吟（295 首）　　朝中措（259 首）

漁家傲（257 首）　　卜算子（240 首）　　謁金門（231 首）

玉樓春（211 首）　　南鄉子（205 首）　　踏莎行（203 首）

南歌子（200 首）

　　這與曹濟平、張成〈略論兩宋詞的宮調與詞牌〉一文，所統計使用頻率在 100 首以上的詞牌，〔註5〕順序略有出入。現亦列出作品數 200 首以上者，進行比對。

浣溪沙（781 首）　　水調歌頭（702 首）　　鷓鴣天（635 首）

菩薩蠻（603 首）　　滿江紅（534 首）　　西江月（495 首）

臨江仙（475 首）　　念奴嬌（426 首）　　沁園春（421 首）

蝶戀花（418 首）　　減字木蘭花（414 首）　滿庭芳（404 首）

南歌子（393 首）　　點絳唇（389 首）　　賀新郎（357 首）

清平樂（350 首）　　虞美人（298 首）　　好事近（298 首）

水龍吟（293 首）　　漁家傲（262 首）　　朝中措（260 首）

卜算子（238 首）　　謁金門（231 首）　　踏莎行（212 首）

玉樓春（208 首）　　南鄉子（202 首）

　　二者的使用率的排行，大致相同，不同處是曹濟平、張成的統計多了〈念奴嬌〉一調；而〈減字木蘭花〉、〈南歌子〉、〈滿庭芳〉因首數差異頗多，而出現排行名次差異較大的現象；另外〈漁家傲〉、〈朝中措〉〈虞美人〉、〈好事近〉、〈踏莎行〉則以微小的差距，略為變更。二者所據皆為南京師範大學的《全宋詞》檢索系統，之所以形成差異，除〈念奴嬌〉應是疏忽所致之外，其餘首數不同或許因為研究時間先後、檢索系統更新資料的關係而有所不同。暫且不論排行順序正確與

〔註 5〕 曹濟平、張成：〈略論兩宋詞的宮調與詞牌〉收錄在《中國首屆唐宋詩詞國際學術討論會論文集》（南京：江蘇教育出版社，1994 年 8 月），頁 551 至 553。

否，可以知道的是上述 26 個詞調，作品數都在 200 首以上，當以實際詞作進行數據統計時，詞作數量是足夠呈現出大體樣貌的，皆是適宜進行研究的對象。

又查閱國家圖書館的博碩士論文及兩岸期刊網站，可知在前述 26 詞調中，前人曾研究過的詞調，僅〈浣溪沙〉、〈滿江紅〉、〈西江月〉、〈臨江仙〉、〈念奴嬌〉、〈沁園春〉、〈蝶戀花〉、〈南歌子〉、〈虞美人〉，〔註6〕茲將篇名條列如下：

林鍾勇：《宋人擇調之翹楚——浣溪沙詞調研究》（台北：萬卷樓圖書公司，2002 年 9 月）。

謝桃坊：〈〈滿江紅〉詞調溯源〉，《中國古代、近代文學研究》1997 年 9 期，頁 37～41。

李雅雲：〈〈西江月〉詞牌研究〉，《東吳中文研究集刊》五期，1998 年 7 月，頁 139～162。

劉慶雲：〈短調深情——〈臨江仙〉詞調及創作漫議〉，《中國古代、近代文學研究》1997 年 9 期，頁 41～47。

〔註 6〕 除上述 9 調之外，尚有非名列前 26 調的詞調研究，如：連文萍：〈試論詞調〈河傳〉的特色〉，《東吳中文研究集刊》一期，1994 年 5 月，頁 35～46。曾秀華：〈〈訴衷情〉詞調分析〉，《東吳中文研究集刊》一期，1994 年 5 月，頁 175～192。郭娟玉：〈〈南歌子〉詞調試析〉，《東吳中文研究集刊》二期，1995 年 5 月，頁 109～128。黃慧禎：〈試論詞調〈浪淘沙〉之特色〉，《東吳中文研究集刊》二期，1995 年 5 月，頁 129～144。鄭祖襄：〈〈洛陽春〉詞調初考〉，《中央音樂學院學報》，1996 年 2 期，頁 24～28。謝俐瑩：〈在詩律與詞律之間——〈漁歌子〉詞調分析〉，《東吳中文研究集刊》二期，1995 年 5 月，頁 91～108。林宜陵：〈〈更漏子〉詞調研究〉，《東吳中文研究集刊》三期，1996 年 5 月，頁 139～159。陳清茂：〈〈生查子〉詞調綜考〉，《海軍軍官學校學報》七期，1997 年 12 月，頁 233～241。王兆鵬：〈淺論〈水調歌頭〉〉，《中國古代、近代文學研究》1997 年 9 期，頁 56～58。杜靜鶴：〈〈生查子〉詞調試析〉，《東吳中文研究集刊》五期，1998 年 7 月，頁 43～64。郭娟玉：〈淺析〈調笑〉詞之藝術特色〉，《國文天地》十四卷三期，1998 年 8 月，頁 52～56。沈冬：〈〈楊柳枝〉詞調析論〉，《臺大中文學報》十一期，1999 年 5 月，頁 217～265。

岳珍：〈〈念奴嬌〉詞調考原〉，《中國古代、近代文學研究》1997年9期，頁47～51。

龍建國：〈〈沁園春〉的形式特點與發展歷程〉，《中國古代、近代文學研究》1997年9期，頁51～58。

王美珠：〈蝶戀花〉（彰化：彰化師範大學國文系在職專班碩士論文，2002年）。

郭娟玉〈〈南歌子〉詞調試析〉，《東吳中文研究集刊》二期，1995年5月，頁109～128。

陶子珍：〈〈虞美人〉詞調試析〉，《中國國學》24期，1996年10月，頁183～197。

這些詞調曾以單一詞調的研究方式進行過，而〈漁家傲〉一調則尚未有人涉獵，又晏殊、歐陽修等大家頗喜用〈漁家傲〉塡作，想必〈漁家傲〉有特出之處，所以本文選定〈漁家傲〉作爲研究對象，藉由詞作格律、用韻的分析統計，希望能找出較鮮明、較貼近宋人原貌的〈漁家傲〉。

第二節　研究範圍與文獻探討

對於〈漁家傲〉詞牌的研究範圍，以宋代的作品爲主，因宋爲詞的鼎盛時期，金元則延續宋之發展，無創新而式微。因此以宋代作品爲主，往上網羅唐五代作品，作爲研究範圍，金元二代的作品則不列入統計分析。確立以唐五代至宋爲範圍後，緊接著就要釐清〈漁家傲〉作品有哪些。

詞牌除正名之外，還標有異名，或同名異調，〈漁家傲〉也不例外，根據潘愼《詞律辭典》所載：

> 按蔡伸詞添字，名〈添字漁家傲〉，朱彝尊詞，名〈增字漁家傲〉。賀鑄詞，有「荊溪笠澤相吞吐」句，名〈荊溪詠〉，又有「尊前聽我遊仙咏」句，名〈遊仙咏〉，又名〈吳門柳〉。王喆詞，名〈漁父咏〉。邱處機詞，名〈忍辱仙人〉。又有

名〈綠蓑令〉。〔註7〕

同名異調合於本文研究範圍的有蔡伸〈添字漁家傲〉及賀鑄〈荊溪詠〉、〈遊仙咏〉、〈吳門柳〉共4首作品。根據王兆鵬提出的資料〈漁家傲〉有257首；曹濟平、張成提出的有262首；羅鳳珠唐宋詞檢索系統有251首；南京師範大學全宋詞檢索系統有262首作品；而高喜田、寇琪《全宋詞作者詞調索引》，〔註8〕則有271首。經由三者交叉比對後，發現宋代〈漁家傲〉包含存目詞及同調異名的四首，實際作品數應爲272首，《全宋詞作者詞調索引》失收楊澤民「未把金杯心已惻」一首，爲最完整者。加上《全唐五代詞》有〈漁家傲〉作品5首，及《全宋詞》〈漁家傲引〉大曲16首，所以〈漁家傲〉詞作首總數應是293首。

關於〈漁家傲引〉納入〈漁家傲〉詞牌研究範圍的說明，首先須對「引」有所認識。一般看法認爲「令、引、近、慢」有字數上的關係，如清宋翔鳳《樂府餘論》：

> 詩之餘先有小令。其後以小令微引而長之，於是有陽關引、千秋歲引、江城梅花引之類。又謂之近，如訴衷情近、祝英臺近之類，以音調相近從而引之也。引而愈長者則爲慢。慢與曼通，曼之訓引也，長也，如花木蘭慢、長亭怨慢、拜新月慢之類，其始皆令也。亦有以小令曲度無存，遂去慢字。亦有別製名目者，則令者，樂家所謂小令也。曰引、曰近者，樂家所謂中調也。曰慢者，樂家所謂長調也。〔註9〕

所以李若鶯認爲詞牌加「令、引、近、慢」等字，最早和篇幅無必然關係，但大體說來，和篇幅長短、用韻促緩有對應關係。〔註10〕林玫

〔註7〕 潘慎：《詞律辭典》（太原：山西人民出版社，1991年9月），頁1456。

〔註8〕 高喜田、寇琪：《全宋詞作者詞調索引》（北京：中華書局，1992年6月），頁272～277。

〔註9〕 〔清〕宋翔鳳：《樂府餘論》，見唐圭璋《詞話叢編》（台北：新文豐出版公司，1988年2月），冊三，頁2500。

〔註10〕 李若鶯：《唐宋詞鑑賞通論》（高雄：高雄復文圖書出版社，1996年），頁84～85。

儀則認爲這全由訓詁立說，未免穿鑿附會。〔註 11〕王力更擧實例剖析
佐證，明白表示很難斷定「引」是從普通的詞「引申」而來的。〔註 12〕
以〈漁家傲引〉觀之，二者字數相等，確實沒有經引申而字數變多的
情形。因此，本文認同吳熊和的說法：引與序的意義相近，是曲中的
前奏曲、序曲。〔註 13〕而宋王灼《碧雞漫志》：「凡大曲就本宮調制引、
序、慢、近、令，蓋度曲者常態。」〔註 14〕「引」更在序之前。又《詞
律辭典》標明〈漁家傲引〉大曲十六首。〔註 15〕《宋詞大辭典》亦說
明洪适〈漁家傲引〉，即用〈漁家傲〉詞調雙片詞，凡 12 疊，〈破子〉
復用單片詞，4 疊。〔註 16〕所以本文將〈漁家傲引〉視爲大曲的散序，
納入〈漁家傲〉詞作範圍一併檢視。

　　詞作總數 293 首當中有部分重複的作品，如《全唐五代詞》有〈漁
家傲〉作品四首「至道不遙只在邇」、「神是氣兮氣是命」、「精養靈根
神守氣」、「我有光珠無買價」，〔註 17〕此四首作品亦出現於唐圭璋所
編《全宋詞》中，作者標爲無名氏。又《全唐五代詞》中無名氏的「二
月江南山水路」，在《全宋詞》中則列爲呂洞賓的作品。另外晏殊、
歐陽修都有「幽鷺慢來窺品格」、「楚國細腰元自瘦」；強至、薛幾聖
都有「雪月照梅溪畔路」一闋。這些一詞二列的情形，筆者將它詳列
於附錄四中。

　　至於單片詞、殘句或存目詞的詞作，因無法完整比對韻腳及格律

〔註11〕 林玫儀：《詞學考詮》（台北：聯經出版事業公司，1987 年 12 月），
　　　　頁 156～157。

〔註12〕 王力：《漢語詩律學》（香港：中華書局，1976 年 5 月），頁 524～526。

〔註13〕 吳熊和：《唐宋詞通論》（杭州：浙江古籍出版社，1989 年 3 月），
　　　　頁 96～97。

〔註14〕 〔宋〕王灼：《碧雞漫志》卷三，《詞話叢編》本，冊一，頁 101。

〔註15〕 潘慎：《詞律辭典》（太原：山西人民出版社，1991 年，9 月），頁
　　　　1458。

〔註16〕 王兆鵬、劉尊明：《宋詞大辭典》（南京：鳳凰出版社，2003 年 9 月），
　　　　頁 324。

〔註17〕 曾昭岷、曹濟平、王兆鵬、劉尊明編：〈全唐五代詞〉，頁 1331～1332。

平仄，所以統計時會略過。如歐陽修「戰勝歸來飛捷奏」、程師孟「折柳贈君君且住」、王安石「隔岸桃花紅未半」、賀鑄「南岳去天纔尺五」、洪皓上半闋缺、趙長卿「蕙死蘭枯金菊槁」、呂洞賓「二月江南山水路」、吳某「鶗鴂一聲初報曉」、某邑妓「十月曉春梅蕊破」、吳氏「鶗鴂一聲初報○」及〈漁家傲〉破子四首，共 14 首。加上秦觀 5 首〈漁家傲〉詞，雖在羅鳳珠唐宋詞檢索系統中有完整原文，但唐圭璋《全宋詞》考證為明張綖所作，而列為存目詞，所以相關統計時，亦不併入計算，故單片詞、殘句、存目詞的詞作數有 19 首。〈漁家傲〉詞總數 293 首，扣除一詞二列 8 首，再扣除殘句 19 首，所以本文實際上以 266 首〈漁家傲〉詞作進行分析統計。

在文獻探討上，前文所述，已研究過詞調的研究方向，足以代表詞調研究的偏向。

謝桃坊〈〈滿江紅〉詞調溯源〉、劉慶雲〈短調深情——〈臨江仙〉詞調及創作漫議〉、岳珍〈〈念奴嬌〉詞調考原〉、龍建國〈〈沁園春〉的形式特點與發展歷程〉，這 4 篇雖然都論述詞調的淵源、體制、聲情、用韻，觸及面頗多，惜受篇幅所囿，較簡明扼要。

李雅雲〈〈西江月〉詞牌研究〉、郭娟玉〈〈南歌子〉詞調試析〉、陶子珍〈〈虞美人〉詞調試析〉則以《詞律》、《詞律拾遺》等為據，探討體制、句法、平仄格律、用韻方式、聲情，對詞調而言，探究的角度面面俱到，可惜僅以四、五種詞譜所列體例為主，全面性的說服力不足。

對單一詞調的研究較全面性的當屬林鍾勇《宋人擇調之翹楚——浣溪沙詞調研究》、王美珠〈蝶戀花〉二者，尤其是林鍾勇《宋人擇調之翹楚》以 20 種詞譜來訂〈浣溪沙〉格律種類；以 27 種選集的入選狀況來選出名作，是科學的概括，足資參考。

由上可知，對單一詞調的研究不多，堪稱全面性的研究更少，〈漁家傲〉詞調的研究更是如此。目前已發表的單篇論文，都屬於對單一詞作進行研究，偏愛范仲淹、李清照、陸游等人的單一闋〈漁家傲〉

詞，且以賞析、探討作者情感為主要內容，對格律、用韻極少提及。所以本文對〈漁家傲〉詞牌的大規模定量研究，應對揭開〈漁家傲〉詞牌的面紗，有極大助益。

第三節　研究方法與架構

本論文的研究以歸納、分析、比較為主要方法。在主題演變上，參酌王立《中國古代文學十大主題——原型與流變》的分類，〔註18〕配合實際詞作，尋求〈漁家傲〉主要填作內容主題，並上溯影響內容主題形成的原因。在格律形式的探求上，欲以近 20 種的詞譜，對格律進行科學數據的統計，分析格律的正體、變體及句式之別。在用韻探究上，則查閱 266 首詞作的實際韻腳，進行韻部的統計歸納、聲情關聯的觀察，並從和韻作品來看〈漁家傲〉最受詞家喜愛的韻部有哪些。在名家名作的選定上，欲以近 30 種古今選集的入選率，配合詞作數量，評比出常填〈漁家傲〉名家前 4 名；以選集的入選率，選出名作前 5 首，並賞析名家名作的〈漁家傲〉詞作風格。

全文架構安排如下：

第一章

說明本論文研究動機與研究目的、研究範圍與文獻探討、研究方法與架構。

第二章

說明〈漁家傲〉主題的演變，分別就影響主題演變的因素，探討緣題而作、聯章形式、青樓歌妓的繁盛、唱和酬贈的風氣、時代環境、宗教興盛、種種因素對〈漁家傲〉詞調的影響，及因此發展而出的多元化主題。

第三章

〔註18〕　王立：《中國古代文學十大主題——原型與流變》（台北：文史哲出版社，1994 年 7 月）。

　　針對漁家傲之格律形式進行分析，以〈漁家傲〉266 首完整作品，進行正體變體之分、體式類型之辨與律句格式之區別。

　　第四章

　　〈漁家傲〉用韻的探究，先就用韻分部的情形進行觀察，再就越出部界的情形進行分類，分成變而不離其宗、尾輔音同相混、「-t」、「-k」、「-p」相混、「-n」、「-ŋ」、「-m」相混、主要原音相同或相近、及其他六類。最後觀察聲情的關聯及和韻的音韻特色。

　　第五章

　　評比〈漁家傲〉之名作名家，選出名家歐陽修、晏殊、蘇軾、周紫芝四位；名作范仲淹「塞下秋來風景異」、李清照「天接雲濤連曉霧」、謝逸「秋水無痕清見底」、陸游「東望山陰何處是」、歐陽修「十月小春梅蕊綻」五首，賞析名家名作的獨特風格。

　　第六章

　　針對整體研究成果作分析比較，總結全文。

第二章　〈漁家傲〉之主題演變

　　不論文學作品的體裁爲何，都必須有主題。沒有主題就像一盤散沙、就似無主帥率領的烏合之眾，僅是語言與資料的堆疊。以詞而言，起初主題內容與調名尚能相合，後來逐漸成爲依譜塡詞時，主題與調名的關聯性日益降低。即使標明題序，也有意在言外，形成主題內容與題序不相符的現象。先著《詞潔輯評》：

　　　　詞之初起，事不出閨幃時序，其後有贈送、有寫懷、有詠

　　　　物、其途遂寬。即宋人亦各競所長，不主一轍。〔註1〕

可知主題內容非僅限於「閨幃時序」。詞人依譜塡詞並無嚴格限制的規範，故各類主題或者無以特定詞牌表達，但大致上寫壯詞不用艷歌，寫戀情不用雄曲的原則是存在的。因此藉由針對〈漁家傲〉詞作主題的歸納分析，盼能由詞人常塡的主題內容，見出〈漁家傲〉的特殊風情。本章將先對主題進行劃分，再討論主題產生影響因素，及多元主題的發展。

第一節　主題的劃分

　　關於內容主題的分類，王力曾就中國古代文學的創作，區分爲十

〔註1〕〔清〕先著、程洪：《詞潔輯評》，見唐圭璋：《詞話叢編》（臺北：
　　　　新文豐出版公司，1988 年 2 月），冊二，頁 1347。

大主題：惜時、相思、出處、懷古、悲秋、春恨、遊仙、思鄉、黍離、
生死。〔註2〕這樣的分類並不侷限於特定文學形式，而是針對主題內
容中常見的主題進行歸類，值得參考。若僅就詞的主題內容分類，則
有胡雲翼由實際歸納所得的分類，較具說服力。胡雲翼認爲詞的描寫
離不開「主觀描寫」與「抒情」兩方面。〔註3〕認爲詞有鮮明的抒情
特色的，不獨胡雲翼。宋張炎《詞源》：「簸弄風月，陶寫性情，詞婉
於詩。蓋聲出鶯吭燕舌間，稍近乎情可也。」，〔註4〕清劉熙載《詞概》
亦談到：

> 詞家先要辨得情字。詩序言發乎情，文賦言詩緣情，所貴
> 於情者，爲得其正也。〔註5〕

都談到詞以抒情爲主。清徐釚《詞苑叢談》引《借荊堂詞話》：

> 予所謂性情者，人之性情也。上自三百篇以及漢魏三唐樂
> 府詩歌，無非發自性情。……凡詞無非言情。即輕豔悲壯，
> 各成其是，總不離吾之性情所在耳。〔註6〕

除了認定詞都是言情的之外，更認爲「不離吾之性情所在」，是一種
個人的主觀的描寫。

　　胡雲翼將描寫兩性之間愛的情緒和動作的，歸入「豔情」；描寫
閨人的情緒、相思，納入「閨情」；描寫思鄉的情緒和感懷的，定爲
「鄉思」；描寫離別時或離別後的情緒，列入「愁別」；喪亡的哀感，
分入「悼亡」；描寫時光的流駛，良辰美景的飛逝，芳年難留，是「嘆
逝」類；「寫景」、「詠物」各成一類，不過不論是寫景，還是詠物，

〔註 2〕 王力：《中國古代文學十大主題》（台北：文史哲出版社，1994 年 7
　　　　月）。
〔註 3〕 胡雲翼：〈論宋詞的派別及其分類〉，見王小盾、楊棟《詞曲研究》
　　　　（武漢：湖北教育出版社，2004 年 1 月），頁 88〜90。
〔註 4〕 〔宋〕張炎：《詞源》，見唐圭璋：《詞話叢編》（台北：新文豐出版
　　　　公司，1988 年 2 月），冊一，頁 263。
〔註 5〕 〔清〕劉熙載：《詞概》，見唐圭璋：《詞話叢編》，冊四，頁 3711。
〔註 6〕 〔清〕徐釚：《詞苑叢談》（台北：木鐸出版社，1982 年 2 月），頁
　　　　79。

其中往往夾著抒情；「祝頌」多祝壽賀詞；最後是屬於抒發豪放情感的「詠懷」及「懷古」二類，「詠懷」是抒發心志，而「懷古」則是以古人、古事、古物、古跡為歌詠對象。共分為 11 類。〔註7〕

　　本文對〈漁家傲〉主題內容分類時，主要以原文的分析作為依據，參考二者的方類方式，將〈漁家傲〉主題劃分為 16 類「閨怨愁思」、「相思愛情」、「離愁別恨」、「感時傷懷」、「羈旅他鄉」、「飲宴歡樂」、「歌頌詠人」、「祝壽賀詞」、「歲時節序」、「吟詠風物」、「寫景遊歷」、「隱逸安閒」、「漁家閒情」、「家國情懷」、「佛道修行」、「其他」。

　　「閨怨愁思」相同於胡雲翼的「閨情」，另將相思愛情獨立而出，加上少數悼亡的追憶思念，另立「相思愛情」；「離愁別恨」、「感時傷懷」、「吟詠風物」同於胡雲翼所訂「愁別」、「嘆逝」、「詠物」；「羈旅他鄉」不同於「寫景遊歷」而另立一類，而往來酬贈以稱頌對方為主或描繪歌舞者形態的，定為「歌頌詠人」；以祝賀對方生日為主的，置於「祝壽賀詞」；另〈漁家傲〉有為數不少的節序抒寫、宴會歡樂的景象、漁家生活描寫、宣揚佛道教義的詞作，因之別立「歲時節序」、「飲宴歡樂」、「漁家閒情」、「佛道修行」諸類。另將主題性質相同或相近、或交集者併成一類，如：思念家鄉與愛國、報國心志的抒發，劃為「家國情懷」；「寫景」、「遊歷」併成「寫景遊歷」，都是因主題性質相同或相近而併；「隱逸」、「安閒」則因其中或有交集，不宜斷然分離而合併。最後部份數量極少而無法成類的納入「其他」。

　　確定分類標準依據後，便逐一對〈漁家傲〉詞作主題分類，詳如附錄一。各類主題統計結果，為求一目了然，以長條圖表現之。如圖表一

〔註7〕　胡雲翼：〈論宋詞的派別及其分類〉，見王小盾、楊棟編《詞曲研究》（武漢：湖北教育出版社，2004 年 1 月），頁 89～90。

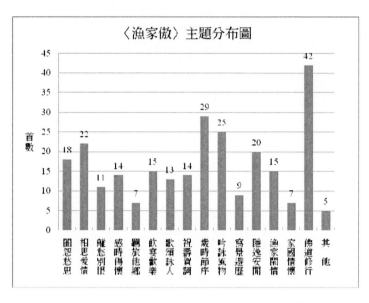

從「圖表一」可以清楚見到，〈漁家傲〉主題以「佛道修行」、「歲時節序」、「吟詠風物」、「相思愛情」、「隱逸安閒」佔多數，比較上詞人以〈漁家傲〉詞牌表現的內容中，「家國情懷」、「羈旅他鄉」為少數。這樣的數據，隱含著許多影響因素，因此本文將於本章第二節中討論影響這些主題形成的因素。第三節則對〈漁家傲〉主題的多元發展，進一步探討。藉由主題歸納、因果關係的觀察討論，瞭解〈漁家傲〉詞牌發展的概況。

第二節　影響主題演變的因素

詞作以多元主題顯現多采多姿的樣貌，主要是因人的情感紛呈多樣。如前文所言，各詞牌創調之初，詞人因情感洋溢而創調填作，因此調名或許與主題關聯極大，適合書寫某一主題、某一情感。可是一經流傳，受不同詞家填作、及不同時代背景因素的交互影響下，主題內容逐漸產生變化，趨於多元。本文研究範圍以唐五代迄宋為主，而〈漁家傲〉詞屬唐五代詞作僅 5 首，又與宋代詞作重複，所以嚴格說來〈漁家傲〉詞作的主題演變，主要觀察宋代時，不同的作家創作，

爲詞牌帶來的變化；至於時代因素的影響，則側重北宋、南宋間，是否有特出的演變。

一、緣題而作

關於詞牌與內容的關係，李若鶯將其分爲四類。一是詞牌相當於詞題，意即詞牌與所詠內容有密切關係。如〈玉蝴蝶〉調名始自孫光憲，詠蝶。〈黃鶯兒〉調見柳永《樂章集》，即詠黃鶯。這一類大多是早期詞人，因詞牌命意填詞。二是摘詞文爲詞牌者，亦多涵括詞旨。如〈離亭宴〉調始自張先，詞有「捧黃封詔卷。隨處是、離亭別宴。」〔註8〕句，題序爲「公擇別吳興」，是送別之作。三是詞牌取自詩文典籍者，多與原典有密切關係。如〈暗香〉、〈疏影〉是姜夔自度曲，出自林逋〈山園小梅〉中：「疏影橫斜水清淺，暗香浮動月黃昏。」〔註9〕以充滿清淺浮動、朦朧象徵的意味詠梅。四是詞牌與內容無關者。這一類又細分爲三種，第一是命題不以內容爲考量，如〈荊州亭〉，《詞律》：「此原無調名，因題在荊州江亭，故以名之。」；〔註10〕第二是摘取詞中優美字句爲詞牌，而與詞旨無涉，如〈燕歸樑〉是晏殊所製壽曲，以詞中有「雙燕歸飛繞畫堂。似留戀紅樑。」〔註11〕故名；第三是宋人題詠日繁，內容與詞牌漸不相涉。如《花間集》中的〈女冠子〉多與道姑有關，宋人康與之則詠夏日思情，李邴與蔣捷詞賦元夕，都與詞牌本旨無關。這是由於宋初詞家多遵循詞牌本意填詞，但自蘇軾倡行另標題序之後，詞牌本意便漸漸不受詞人重視。南宋後詞家更是視詞牌爲格律之定稱而已，另以題序識明題旨，因此詞牌漸漸地與內

〔註8〕　唐圭璋編、王仲聞參訂、孔凡禮補輯：《全宋詞》（北京：中華書局，1999年1月），冊一，頁96。

〔註9〕　〔宋〕林逋：《林和靖集》（臺北：臺灣商務印書館，1986年3月《影印文淵閣四庫全書》本），卷2，冊1086，頁633上。

〔註10〕　〔清〕萬樹：《詞律》（臺北：臺灣商務印書館，1986年3月《影印文淵閣四庫全書》本），卷4，冊1496，頁118下。

〔註11〕　唐圭璋編、王仲聞參訂、孔凡禮補輯：《全宋詞》，冊一，頁136。

容無關。〔註12〕

　　徐柚子《詞範》對調名之緣起，分為十種：人名、地名、時序、物象、詩意、詞句、故事、本事、古樂、古籍、音節、宮調。其中「詞句」條下：

　　　　〈臨江仙〉因賀鑄有「雁歸後」句，又名〈雁歸後〉。〈賀新郎〉因蘇軾有「乳燕飛華屋」句，又名〈乳燕飛〉。秦觀〈憶王孫〉首句即是「萋萋芳草憶王孫」句。〔註13〕

聞汝賢《詞牌彙釋》亦記載：

　　　　〈漁家傲〉，明蔣氏《九宮譜目》入中呂引子。按此調始自晏殊，因詞有「神仙一曲漁家傲」句，取以為名。〔註14〕

綜上所述，當詞家尚遵循詞牌本意填詞時，則所填〈漁家傲〉內容就與鄙視權貴的心態，悠然過著閒適隱逸的漁家生活相關。但當樂譜亡佚，詞牌本意漸不受重視後，則依〈漁家傲〉詞牌填作的內容漸廣，就成了李若鶯與聞汝賢所言，詞牌與內容無關，僅摘取詞中優美字句為詞牌名者。形成詞人填作〈漁家傲〉時，一抒己懷、各自發揮的現象。因此〈漁家傲〉詞中，「漁家閒情」、「隱逸安閒」等相關主題數量頗多，與詞牌本意相關。

　　另中國古代社會政治生活中，有一獨特的文化現象──寧為隱士，也影響〈漁家傲〉主題的產生。士人寧選隱逸生活，據趙映林的分析有五種情況。〔註15〕第一視功名利祿如糞土。這一類以莊子為代表，超然於世外，安於清貧，有高尚的氣節，不為利祿所動。〔註16〕

〔註12〕 李若鶯：《唐宋詞鑑賞通論》（高雄：高雄復文圖書出版社，1996年），頁91～95。

〔註13〕 徐柚子：《詞範》（上海：華東師範大學出版社，1993年4月），頁32～37。

〔註14〕 聞汝賢：《詞牌彙釋》（台北：作者自印本，1963年5月），頁588。

〔註15〕 趙映林：〈中國古代的隱士與隱逸文化〉《歷史月刊》第99期，1996年4月，頁30～36。

〔註16〕 〔漢〕司馬遷：《史記・老莊申韓列傳》：「楚威王文莊周賢，使使厚幣迎之，許以為相。莊周笑謂楚使者曰：『千金重利，卿相尊位也，子獨不見郊祭之犧牛乎，養食之數歲，衣以文繡，以入太廟，當是

第二為隱居待時或棄官歸隱。如呂尚、諸葛亮，不排除在適當時機採取問政治國的積極態度，是天下有道則現，無道則隱的反映。第三為保全人格而不肯入仕。如東漢初嚴子陵堅拒漢光武帝，不願入仕。這與秦漢以降專制君主需要的是順從君主旨意的奴才，而不是具有獨立意志、敢於面折廷爭的人有關。先秦以來，中國古代的知識份子，強調自我價值，維護人格、尊嚴，以天下為己任。因此當在官僚系統中，現實與理想產生劇烈衝突，實現抱負與保全人格尊嚴不能兩全時，隱居不仕，無疑是唯一可行之路。第四以隱居為出仕的憑藉。當帝王將延聘隱居不仕的士子出仕，當成廣招天下賢才以及政治清明的象徵時，便有一些知識份子投其所好，以退（隱居）為進（入仕），隱居就成了出仕的管道。第五種是為保持氣節而隱居不仕。這種情況大多發生在新舊王朝交替期間。如南宋鄭所南，善畫蘭，宋亡後，畫蘭根不著土，人問其故答曰：「土為他人奪去。」〔註17〕終生不復入仕。

　　從上述四種情形，再加上《片玉集注》：「楚大夫往見莊子，持竿不顧，是漁家傲也。」〔註18〕不難得出二者交集，〈漁家傲〉的隱逸主題近於第一種情況。隱逸是中國古代士人對出處經過思慮後的決定，除不仕之外，並以詩、詞、書、畫等各種方式明志。所以詩詞中不乏這樣的例子，如黃庭堅〈鷓鴣天〉：

> 西塞山前白鷺飛，桃花流水鱖魚肥。朝廷尚覓玄真子，何處如今更有詩。青箬笠，綠蓑衣。斜風細雨不須歸。人間底是無波處，一日風波十二時。〔註19〕

而「漁家閒情」主題中，定有駕一葉扁舟，垂釣漁水上的「漁父」。

　　之時，雖欲為孤豚豈可得乎？子亟去，無污我，我寧遊戲汙瀆之中，無為有國者所羈，終身不仕，以快吾志焉。」（《影印文淵閣四庫全書》本），卷63，冊244，頁355。

〔註17〕　〔明〕都穆：《寓意編》（臺北：臺灣商務印書館，1986年3月《影印文淵閣四庫全書》本），冊814，頁640下。

〔註18〕　〔宋〕周邦彥撰，〔明〕陳元龍注：《片玉集注》卷3，見楊家駱：《增補詞學叢書》（台北：世界書局，1983年，4月），冊7。

〔註19〕　唐圭璋編、王仲聞參訂、孔凡禮補輯：《全宋詞》，冊一，頁509。

在中國文化的傳承中，「漁父」代表的是高潔的隱士。到唐代佛教盛行，「漁父」又蒙上佛教色彩，成爲釣陷在苦海中的芸芸眾生的出家人漁父。唐宋時許多文人不管是懷才不遇而隱或眞正歸隱，都喜歡描寫漁父，將「漁父」詠嘆成看破紅塵、不慕榮利、逍遙自適、陶然隱於山水間的隱士。尤其北宋後期政爭激烈，宦途險惡；南北宋之交，靖康之難、宋室南遷，宋代文人在政治不穩、家國動蕩的時候，總是慷慨激昂，熱切地表達愛國情懷。但當慷慨高歌之後，認清無力改變時，就只能一再將漁父或隱逸思想入詞，低吟不已罷了。〔註20〕

　　士人隱逸心跡的表現在各朝代、各種文學形式中，多有所見，所以詞以此爲主題，不難理解。何況依詞牌名視之，配以「漁家閒情」、「隱逸安閒」的主題，也十分切合。

二、聯章形式的運用

　　近世學者都認爲敦煌曲子詞，是眞正的民間詞，肯定其在詞史上的意義。而〈漁家傲〉此調不見於唐《教坊大曲表》，形式上卻有許多詞作與敦煌作品一般，以聯章體表現，由此看來〈漁家傲〉似乎是較貼近民間的詞調。

　　任半塘《敦煌歌辭總編》所收錄歌辭 1300 餘首，其中聯章詞佔全書近百分之 78%，包括四類：「雜曲、普通聯章」63 組 399 首；「雜曲、重句聯章」19 組 163 首；「雜曲、定格聯章」32 套 313 首；「雜曲、長篇定格聯章」1 套 134 首。〔註21〕

　　而王洪《唐宋詞百科大辭典》，聯章體條下對聯章體有詳細的說明。聯章體有自己的特殊格式，根據《敦煌歌辭總編》的分類，可分成普通聯章、重句聯章、定格聯章、和聲聯章四種。普通聯章爲聯章作品之間沒有固定的文字聯繫；重句聯章爲以固定位置上的相同辭句

〔註20〕黃文吉：〈「漁父」在唐宋詞中的意義〉見《黃文吉詞學論集》（台北：台灣學生書局，2003 年 11 月），頁 89～108。

〔註21〕任半塘：《敦煌歌詞總編》，收錄於舒蘭：《中國地方歌謠集成》（台北：渤海堂文化公司，1989 年 7 月），冊 61～65。

作爲重複形式，聯結各篇唱辭；定格聯章爲以時序作爲重複形式，聯結各篇唱辭；和聲聯章則是以固定位置上的相同和聲辭句爲重複形式，聯結各篇唱辭。〔註22〕王洪的分類來自《敦煌歌辭總編》卷四，重句聯章總說的說明。定格聯章的作品詞句重複，有利於加深印象，渲染主題，增強形象性，適合教義宣導，故有唐僧智嚴作長篇定格聯章《十二時》1套，普勸四眾依教修行，共134首。

洪華穗：〈試從文類的觀點看溫庭筠詞的聯章性〉一文，提及聯章詞的構成條件，有二：一是音樂相同，屬外在條件。二是內容上的各首相關，連成一氣，屬內在條件。也就是說，在同一題目或詞牌之下，由二首以上的詞所構成的數篇作品，而各作品之間有相關性，可依序串聯其意，前後呼應，整體環連；語彙相互呼應有一致的發展層次，具語意的傳承等。〔註23〕這是較嚴謹的聯章體的界定。本文依王洪《唐宋詞百科大辭典》的從寬界定來分析〈漁家傲〉詞作，可以發現〈漁家傲〉詞牌中，有許多具有唐五代流行於民間的聯章詞形式。

北宋初，晏殊塡作詠荷詞作，延續民間特色，歐陽修更是深受聯章方式影響，且大量採用，創作不少好作品。以〈漁家傲〉而言，歐陽修即塡作24闋，以時序作爲重複形式的定格聯章，以「正月」、「二月」、「三月」、「四月」等時序，置於每一首唱辭開頭，分別詠寫十二個月節令與景物。其他如：

黃裳「多幸春來雲雨少」、「汗漫金華寒委地」、「人在月中霄漢遠」、「三月秋光今夜半」、「風入金波凝不住」、「方令庚生初皎皎」、「已送清歌歸去後」。7首詠月。

黃庭堅4首「萬水千山來此土」、「三十年來無孔竅」、「憶昔藥山生一虎」、「百丈峰頭開古鏡」，戲效寶寧勇禪師作古漁家傲。

〔註22〕 王洪：《唐宋詞百科大辭典》（北京：學苑出版社，1990年9月），頁990。

〔註23〕 洪華穗：〈試從文類的觀點看溫庭筠詞的聯章性〉《中華學苑》第51期，頁131～140。

　　淨端「斗轉星移天漸曉」、「浪靜西溪澄似練」、「七寶池中堪下釣」、「一隻孤舟巡海岸」4 首屬佛道修行內容。

　　南宋，呂渭老修行「聞道廬山橫廣澤」、「昨夜山空流石乳」、「潦倒瞿曇饒口悄」、「高絆袈裟挑紙帔」、「頂上鐵輪飛火焰」、「落月杜鵑啼未了」6 首屬佛道修行內容。

　　史浩「珠露溥溥清玉宇」、「蕊沼清冷涓滴水」、「翠蓋參差森玉柄」、「草軟沙平風掠岸」、「太華峰頭冰玉沼」、「春恨不禁聽杜宇」5 首詠荷。

　　洪适「正月東風初解凍」、「二月垂楊花糝地」、「三月愁霖多急雨」、「四月圓荷錢學鑄」、「五月河中菱荇遍」、「六月長江無暑氣」、「七月凜秋飛葉響」、「八月紫蕈浮綠水」、「九月蘆香霜旦旦」、「十月橘洲長鼓柵」、「子月水寒風又烈」、「臘月行舟冰鑿罅」12 闋歌詠漁家閒情。

　　可旻「曾講彌陀經十遍」、「我佛蓮華隨步踏」、「彼土因何名極樂」、「佛讚西方經現在」、「鸚鵡頻伽知幾隻」、「清淨樂邦吾本郡」、「理性本來長自在」、「為厭娑婆求淨土」、「四相相催生病老」、「人世罪冤知底數」、「萬事到頭無益已」、「西望樂邦雲杳隔」、「富貴經中談淨域」、「文墨尖新無處用」、「休縱心猿馳意馬」、「三十六般包一袋」、「一點神魂初托魄」、「淨土故鄉嗟乍別」、「善導可嗟今已往」、「西土紋成東土壞」，20 闋皆為佛道修行內容。

　　以體例而言，屬於定格聯章僅歐陽修 24 闋，洪适 12 闋；其餘皆為普通聯章；就內容主題而言，反覆渲染主題，利於加深印象，適合僧侶教義宣導，故「佛道修行」是大宗。晏殊以此形式填作詠荷內容，後歐陽修也以聯章形式，填作詠蓮主題，十二月鼓子詞；這或許也是促使南宋史浩填作詠荷、洪适吟詠漁家閒情的原因。

　　聯章形式在〈漁家傲〉詞作中處處可見，266 首〈漁家傲〉詞作中，有 96 首作品屬聯章形式，佔詞作 36%，足見聯章形式對〈漁家傲〉的影響頗鉅。聯章形式主要運用在「歲時節令」、「吟詠風物」、「佛道修行」主題上。

三、青樓歌妓的繁盛

　　在戰亂與憂患的社會中，沉迷於花間尊前的享樂，是文人逃避現實的方法之一。但北宋文人流連歌筵舞席，却是因環境昇平，而追求享樂，遣興娛賓、閒居相樂。宋代雖始終有外患，但經開國的安穩經營，商業經濟却有長足的發展，城市經濟空前地繁榮。城市經濟的發展，一方面增強了國家的活力，一方面也形成市民的享樂心理。這種奢侈淫靡，注重享樂的社會風氣，自北宋到南宋，始終未變。孟元老《東京夢華錄》卷二〈酒樓〉條：

> 凡京師酒店，門首皆縛彩樓歡門，唯任店入其門，一直主廊約百餘步，南北天井兩廊皆小閤子，向晚燈燭熒煌，上下相照，濃妝妓女數百，聚於主廊檐面上，以待酒客呼喚，望之宛若神仙。〔註24〕

清楚記載北宋汴京的酒樓規模之大，一家店即有妓女數百，一青樓即如此，何況汴京光商妓中心就有八處之多，足見歌妓數量之多。宋南渡之後，成偏安之局，國力大不如前，但杭州繁華不亞於汴京，歌舞昇平的景況，亦不亞於北宋。周密《武林舊事》卷六〈酒樓〉條記載：

> 每樓各分小閤十餘，酒器悉用銀，以競華侈。每處各有私名妓數十輩，皆時妝袨服，巧笑爭妍。夏月茉莉盈頭，春滿綺陌。憑檻招邀，謂之『賣客』。〔註25〕

又《武林舊事》卷六〈歌樓〉條記載：

> 平康諸坊，如上下抱劍營、漆器牆、沙皮巷、清河坊、融和坊、新街、太平坊、巾子巷、獅子巷、後市街、薦橋，皆群花所聚之地。外此諸處茶肆，清樂茶坊、八仙茶坊、珠子茶坊、潘家茶坊、連三茶坊、連二茶坊，及金波橋等兩河以至瓦市，各有等差，莫不靚妝迎門，爭妍賣笑，朝

〔註24〕　〔宋〕孟元老：《東京夢華錄》（臺北：臺灣商務印書館，1986 年 3 月《影印文淵閣四庫全書》本），卷 2，冊 589，頁 245 下。

〔註25〕　〔宋〕周密：《武林舊事》（臺北：臺灣商務印書館，1986 年 3 月《影印文淵閣四庫全書》本），卷 6，冊 590，頁 245 下。

歌暮弦，搖蕩心目。〔註26〕

宋代都市中，凡歌樓、酒館、平康諸坊和瓦市都是歌妓們聚集與活動
的地方。從上述記載，不難想像南宋都市歌樓酒肆林立，繁弦急管、
鶯聲笑語隨風飄揚的街景。而多如繁星的青樓中，難以計數的歌妓與
宋詞關係密切，是宋詞傳播的重要媒介。清宋翔鳳《樂府餘論》：

> 按詞自南唐以後，但有小令。其慢詞蓋起宋仁宗朝。中原
> 息兵，汴京繁庶，歌臺舞榭，競賭新聲。〔註27〕

道出詞的發展與歌臺舞榭中歌妓的關係。人們到歌樓酒肆，聽歌賞
舞，逍遙享樂，而詞就在歌樓舞榭中，藉歌妓的歌聲流傳、發展。

　　歌妓以歌舞為主業，為求新求變並充實歌舞表演的內容，便向時
相往來文采極佳的文人乞詞，使原本二個不同身分、地位的社會成員
──詞人與歌妓，有了關連。歌妓以歌舞娛人，並藉詞人對自己的讚
嘆，來擴大聲名，提高身份；而詞人醉心於歌妓帶來的耳目之娛，因
此面對乞詞總不吝嗇，所以歌妓的乞詞，具刺激詞人創作的效用。文
人填詞，歌妓以歌聲將詞傳播於世，因此青樓歌妓繁盛，對詞的流傳
幫助極大。

　　宋代文人每逢飲宴，往往命歌妓奏樂唱詞，以助酒性，因此二者
往來頻繁。所以面對歌妓乞詞，即席填詞時，詞作素材自然不離飲酒
尋歡、歌舞場面盛大一類的內容。

　　以對象而言，歌妓就成為填詞時，歌詠表現的主體。黃文吉〈宋
代歌妓繁盛對詞體的影響〉，則歸納歌妓對詞體內容的影響有四。〔註28〕
第一，歌妓的容貌、姿態及才藝，為宋代詞體內容的大宗。這些天生麗
質、才智過人的歌妓，其才智與藝術趣味都高於一般婦女，不僅擁有美

〔註26〕〔宋〕周密：《武林舊事》（《影印文淵閣四庫全書》本），卷6，冊
　　　590，頁246。

〔註27〕〔清〕宋翔鳳：《樂府餘論》，見唐圭璋《詞話叢編》（台北：新文豐
　　　出版公司，1988年2月），冊三，頁2499。

〔註28〕黃文吉：〈宋代歌妓繁盛對詞體的影響〉，見《黃文吉詞學論集》（台
　　　北：台灣學生書局，2003年11月），頁41～68。

麗容貌，更有深厚藝術素養，所以舉凡歌妓的一顰一笑，舉手投足，動人的歌聲，優美的體態，高妙的歌舞才藝，無一不入詞。

　　第二，歌妓是宋代詞人愛情的主要對象，使離愁別緒、相思互慕，充滿詞篇。宋詞中大量寫戀情的詞作，抒情的對象，不是婚姻配偶、大家閨秀，而是歌妓。在封建婚姻制度與封建禮教的束縛下，體態容貌姣好，擅長吟詩作詞，色藝出眾的歌妓，情思涓娟，往往為文人所寵愛，甚至於熱戀而不能自已。這類詞作，有訴說濃烈愛慕的，也有以歌妓口吻抒寫閨怨愁思的；也有臨別相贈或訴別後相思，甚至追念悼亡的。〔註29〕

　　第三，歌妓的不幸遭遇，不管是歌妓自作或詞人悲憫而代言，皆增加詞體的社會性。歌妓處於社會地位的低層，面對淪落風塵的無奈、可憐的身世遭遇、無法擺脫的愛情受害者命運，〔註30〕自然有諸多的無奈與悲傷。他嘗盡人間的辛酸苦辣後，以獨特的眼光，來觀察社會和人生，或自作或由詞人為其發聲，除抒寫心中無奈與悲哀，也為當時社會留下見證。

　　第四，歌妓的淒涼身世，成為詞人個人遭遇或家國衰敗的寄託，提升詞體的意境。在文學作品中美人晚景與烈士暮年，常常融合在一起。所以詞人失意之際，常以歌妓的淒涼身世出發，映照作者的懷才不遇，有志難伸，借淺斟低唱，彌補受創心靈。

　　經由歌妓的演唱，將詞的美與情思展現出來，新詞作方能迅速的傳播；也因演唱不斷需要新詞，而向文人索詞，大大地推動詞的

〔註29〕　李劍亮：《唐宋詞與唐宋歌妓制度》（杭州：杭州大學出版社，2000年11月），頁104～126。

〔註30〕　沈松勤：「歌妓具有音樂天賦和藝術才能，而且聰明美麗，受到文人騷客、官僚士子……各階層人們的欣賞與青睞，所以較諸其他女性，她們的接觸面要廣得多，感情世界也要豐富得多、複雜得多。然而，她們中的大多數僅僅是男性世界欸豔賞藝的尤物，『真心過與他』，卻不會有圓滿的結局……因此她們經歷了其他女性所不曾經歷的情感歷程，產生了其他女性不曾產生的『無限心曲』」。見沈松勤：《唐宋詞社會文化學研究》（杭州：浙江大學出版社，2004年12月），頁133。

發展；更因與歌妓往來，引發熱情，促使詞人寫出情意纏綿的詞作。因此「飲宴歡樂」、「閨怨愁思」、「相思愛情」的主題，便一再地出現於詞作中。

四、唱和酬贈的風氣

　　文人填詞，本是聊佐清歡，爲的是酒筵間的餘興，後來以詩文爲詞的風氣一開，使詞具有應和酬答的實用功能。北宋前期作品，隱約可以發現有「應歌」與「應社」二條路線。「應歌」以歌唱爲目的，所填的詞是給歌女唱的，須合於曲拍，音樂性很高；「應社」以士大夫、文人間的唱和爲主，對象不侷限於歌女，可以是贈與朋友，或彼此和韻酬唱，所以詞成了日常生活中，人際往來的工具，可以用來致謝；也可以用來申賀；有時即席吟詠；有時寄遠懷人；更有贈妓消遣，內容無所不包。因此唱和酬贈以獨特的創作方式，對詞壇產生深遠的影響。

　　社會流行以詞酬唱，提升對詞的填作興趣，也因爲唱和流通，使詞風互爲影響，作風近似。黃文吉〈唱和與詞體的興衰〉將唱和對詞體的發展、興盛的作用，歸納有四：第一，以文會友，促進風雅流行。第二，逞才競能，提昇詞藝技巧。第三，追慕學習，造成詞風流派。第四，累積經驗，擴充詞境內容。〔註31〕〈漁家傲〉詞作中，同時代的詩朋詞侶間的酬唱不少；也不乏後出的詩人詞客追和前賢的作品。

　　就唱和酬贈的內容來看，或應制頌功；或題贈朋友、歌妓、舞者；或即席賦詞助興；或餞送接迎；或以之代書；或以之嘲戲；或弔唁；或索物；或問疾，都是酬唱的內容。〔註32〕以〈漁家傲〉酬贈內容觀之，北宋時以題贈朋友、送別佔大部分。題贈朋友者，如歐陽修「四紀才名天下重」（與趙康靖公）、蘇軾「些小白鬚何用染」（贈曹光州）。

〔註31〕黃文吉：〈唱和與詞體的興衰〉，見黃文吉：《詞學論文集》（台北：台灣學生書局，2003年11月），頁21～39。

〔註32〕王偉勇：《南宋詞研究》（台北：文史哲出版社，1987年9月），頁202。

送別者，如蘇軾「送客歸來燈火盡」（送臺守江郎中）、「一曲陽關情幾許」（送張元唐省親秦州）。也有以詞索物者，如陳師道「一舸姑蘇風雨疾」（從叔父乞蘇州濕紅箋）。也有以之嘲戲，如賀鑄「莫厭香醪斟繡履」（臨淮席上，有客自請履飲之，已輒嘔。有所歡，促召之。既見，如昧平生者。是夜以病目，命幕僚主席，因賦此以調二客。），不管何種內容，都是透過酬贈，達成情感交流的目的。

及至南宋，以文為詞風尚盛行，所以舉凡詩文能歌者，亦以詞為之，因此酬贈的內容，更加擴充。廣泛應用於邀約、賀人喜慶、勸勉、題贈落成、題跋著作書畫、題園亭等。以〈漁家傲〉酬贈內容觀之，同於北宋的有題贈歌妓者，如陳襲善「鷲嶺峰前闌獨倚」（憶營妓周子文）、李生「庭院黃昏人悄悄」（贈蕭娘）、李石「西去征鴻東去水」（贈鼎湖官妓）、郭應祥「白古餘杭多俊俏」（用履齋韻贈紹惜惜）；有送別者，如周紫芝「休惜騎鯨人已遠」（送李彥恢宰旌德）、史浩「春恨不禁聽杜宇」（留別孫表材）、车巘「病枕逢逢驚曉鼓」（送張教）；代之以書者，有陸游「東望山陰何處是」（寄仲高）。至於南宋所擴充的層面，則有張元幹「釣笠披雲青障繞」（題玄真子圖）。南宋還出現大量的壽詞，祝賀的對象有老妻、朋友、自身等，如楊无咎「昨日小春纔得信」（十月二日老妻生辰）、辛棄疾「道德文章傳幾世」（為金伯熙壽）、郭應祥「去歲簿書叢裏過」（丁卯生日自作）等。

就唱和酬贈的形式來看，有分題、和題、和韻（次韻）的運用。分題之作，不見以〈漁家傲〉為之，但不乏和題、和韻的唱和形式。和題是循著他人的詞旨相詠，故主題必受限制。〈漁家傲〉的和題之作有：張先「巴子城頭青草暮」（和程公闢贈別）、王之道「風揭珠簾寒戶透」（和余子美對雪）、吳潛「每日困慵當午晝」、「遍閱芳園開半晝」（和劉制幾）等。和韻（次韻）則主題不限，但用韻須相同。如米友仁「郊外春和宜散步」以相同的韻腳，和晏殊「楊柳風前香百步」韻；而王之道「巖電晶熒君未老」、「歲月漂流人易老」、「燈火熙熙來稚老」三闋，均和孔純老，且韻腳都相同，是屬既和題又和韻的例子。

張炎《詞源》卷下：

> 詞不宜強和人韻。若倡者之曲韻寬平，庶可賡歌。倘韻險
> 又爲人所先，則必牽強賡和，句意安能融貫，徒費苦思，
> 未見有全章妥溜者。〔註33〕

又陳廷焯《白雨齋詞話》卷八：「詩詞和韻，不免強己就人，戕賊性情，莫此爲甚」〔註34〕所言甚是，不過唱和帶動詞體的傳播，且具實用性，是不容小覷的。影響所及，「祝壽」、「送別」主題一再出現，使〈漁家傲〉中不乏「離愁別恨」、「祝壽賀詞」主題。

五、歲時風俗的反映

　　任何一個時代的作家，都是在一定的時代風尚和地域風情的文化氛圍中，進行文學創作，宋詞也不例外。宋詞是宋代社會風俗的一面鏡子，也是宋代各地民俗文化的藝術結晶。它將民間風俗的描寫融注於歌詞中，構成一幅幅生動鮮明、唯妙唯肖的宋代民間風俗圖。

　　孟元老《東京夢華錄》、耐得翁《都城紀勝》、吳自牧《夢粱錄》、周密《武林舊事》記載了宋代城市繁華熱鬧的景象，更記下生活、歲時、婚姻、喪葬等社會風俗。其中入詞最多，莫過於一年當中歡度佳節的描寫。從元旦到除夕出現眾多的歲時節氣，以傳統的民俗節日而流傳於民間，成爲中國古代百姓日常生活中的重要環節，也成爲宋詞的基本題材之一。這些受詞人歌詠的節日中，以元宵、清明、七夕、中秋、重九比例最高，元宵更是吟唱再三。孟元老《東京夢華錄·元宵》：

> 正月十五日元宵，大内前自歲前冬至後，開封府絞縛山棚，
> 立木正對宣德樓。游人已集御街兩廊下，奇術異能，歌舞
> 百戲，鱗鱗相切，樂聲嘈雜十餘里。〔註35〕

〔註33〕〔宋〕張炎：《詞源》卷下，見唐圭璋《詞話叢編》（台北：新文豐出版公司，1988 年 2 月），冊一，頁 256。

〔註34〕〔清〕陳廷焯：《白雨齋詞話》卷八，見唐圭璋《詞話叢編》（台北：新文豐出版公司，1988 年 2 月），冊四，頁 3970。

〔註35〕〔宋〕孟元老《東京夢華錄》（臺北：臺灣商務印書館，1986 年 3

正月十四日至十八日，張燈「數萬盞，望之蜿蜒如雙龍飛走」，全城
游賞。這五夜之間，「萬街千巷，盡皆繁盛浩鬧」。南宋臨安元宵，更
是熱鬧非凡，《西湖老人繁勝錄》：

> 巷陌爪扎歡門掛燈，南至龍山，北至北新橋，四十里燈光不
> 絕。城內外有百萬人家，前街後巷，僻巷亦然，掛燈或用玉
> 柵、或用羅帛、或用紙燈、或裝故事，你我相賽。〔註36〕

可見在宋代上自帝王百官，下至平民百姓，每當正月十五元宵之夜，
舉國上下，全民喜慶，盛況空前。這樣的狂歡娛情，對詞的創作而言，
無疑是一帖催化劑，所以有關元宵的作品，俯拾即是。

　　一般以多至後一百五日爲大寒食，寒食第三日就是清明節，宋人
皆在這三天出城上墳，除了祭掃之外，也是宋人藉寒食花柳明媚之
際，踏青探勝，惜春遊賞的好時光。《東京夢華錄》卷七清明：

> 四野如市，往往就芳樹之下，或園圃之間，羅列盃盤，互
> 相勸酬。都城之歌兒舞女，遍滿園亭，抵暮而歸。〔註37〕

降至南宋，這種踏青遊賞的野宴風氣更盛。吳自牧《夢梁錄》卷二，
清明節條下記載：「車馬往來繁盛，填塞都門。宴於郊者，則就名園
芳圃，奇花異木之處；宴於湖者，則綵舟畫舫，款款撐駕，隨處行樂。
此日又有龍舟可觀，都人不論貧富，傾城而出，笙歌鼎沸，鼓吹喧天，
雖東京金明池未必如此之佳。」〔註38〕所以寒食清明的宴游觀賞，也
是詞作中常見的主題。

　　七夕之俗是由牛郎織女鵲橋相會的傳統故事而來。《荊楚歲時
記》：「七月七日爲牽牛織女聚會之夜。是夕，人家婦女結綵縷，穿七

　　　　　月《影印文淵閣四庫全書》本），卷6，冊589，頁150下。
〔註36〕〔宋〕□□人撰：《西湖老人繁勝錄》（永康：莊嚴文化出版事業公
　　　　　司，1996年8月《四庫全書存目叢書》本），史冊247，頁646下。
〔註37〕〔宋〕孟元老《東京夢華錄》（《影印文淵閣四庫全書》本），卷7，
　　　　　冊589，頁155上。
〔註38〕〔宋〕吳自牧《夢梁錄》（《影印文淵閣四庫全書》本），卷2，冊590，
　　　　　頁23上。

孔針，或以金銀鍮石爲針，陳几筵酒脯瓜果于庭中，以乞巧。」〔註39〕所以七夕的來源甚早，流傳至宋仍有七夕乞巧的習俗。這在《東京夢華錄》卷八七夕條、《夢梁錄》卷四七夕條、《武林舊事》卷三乞巧條，對七夕乞巧的習俗，也都詳加紀錄。只是宋代的七夕詞，除習俗外，關注的是愛情婚姻問題。有借牛郎織女的愛情寄予深刻同情的，也有藉此感慨人世間夫婦分離之悲。

中秋是中國歷久不衰，最富人情味的節日。中國人重鄉土、傷離別，每當中秋佳節來到，往往勾起遊子的思鄉之情。而中秋這一天，舉家團圓，共渡良宵，文人也常有雅會，聯吟酬唱。《東京夢華錄》卷八：

> 中秋夜，貴家結飾臺榭，民間爭佔酒樓翫月。絲篁鼎沸，近內庭居民，夜深遙聞笙竽之聲，宛若雲外。閭里兒童，連宵嬉戲。夜市駢闐，至於通曉。〔註40〕

《夢梁錄》卷四中秋條，玩月游人亦是婆娑於市，至曉不絕。因此詞作中不乏表現寫中秋景色或道中秋之景、賞月之興的詞作。

九月重陽，有賞菊、登高之俗，在宋詞中也有廣泛的反映。《東京夢華錄》卷八重陽，：

> 酒家皆以菊花縛成洞戶。都人多出郊外登高，如倉王廟、四里橋、……等處宴聚。……諸禪寺各有齋會，惟開寶寺、仁王寺有獅子會。諸僧皆坐獅子上，做法事講說，遊人最盛。〔註41〕

登高、飲菊花酒之習，根據續齊諧記所載，始於東漢汝南桓景於九月九日，令家人縫囊，盛茱萸繫臂上，登山飲菊花酒避禍，以後相沿成習。《夢梁錄》卷五九月條：「茱萸名辟邪翁，菊花名延壽客，故假此

〔註39〕〔梁〕宗懍：《荊楚歲時記》（《影印文淵閣四庫全書》本）冊589，頁23～24。

〔註40〕〔宋〕孟元老《東京夢華錄》（《影印文淵閣四庫全書》本），卷8，冊589，頁164～165。

〔註41〕〔宋〕孟元老《東京夢華錄》（《影印文淵閣四庫全書》本），卷8，冊589，頁165。

兩物服之，以消陽九之厄耳。」〔註42〕所以即使是士庶之家，也會購置一、二株翫賞。《武林舊事》卷三也紀錄重九時，於慶瑞殿「分列萬菊，燦然炫目，且點菊燈，罍如元夕。」〔註43〕所以登高酬唱、賞菊都是重九的大事，而淵明東籬賞菊、孟嘉龍山落帽的典故，也反覆出現於數量頗多的重陽節詞作中。

在宋人重視享樂、歡慶節日的時代背景下，繁盛、狂歡的節日，不僅反映出中華民族在長期的發展中，逐步形成的風俗習慣和生活情趣，及豐富而深厚的文化內涵，也爲宋詞開拓了「歲時節序」的題材，且隨著歡樂的節慶氣氛，自北宋以迄南宋，一路發展不歇。

六、宗教傳播的工具

宋代的佛道興盛，故佛道思想的影響也最深，宋詞中隨處可見佛道思想的痕跡，這與士人將參禪悟道逐漸融入日常生活有關。

道教在宋代的地位於眞宗、徽宗兩朝達到極點。「眞宗甚至別創一道教之祖曰趙玄朗，改太上玄元皇帝爲太上混元皇帝。使與唐高宗之封號相對，改玄聖文宣王（孔子）爲至聖文宣王，以避趙玄朗之諱。」不但表達尊崇的立場，並有實質的措施，「各路亦遍置道觀，以侍從諸臣退職者領之，號爲祠祿，迄於南宋未改。方士凡二萬人，皆有俸，每觀給田數百千頃，大齋輒費錢數萬緡。」皇室如此推崇，民間生活更是與道教息息相關，「禳災喪葬，求雨祈晴，多請道士爲之。」道教興盛於宋代的情形，不言而喻。〔註44〕

至於佛教在宋代的發展，從僧尼人數的成長，得以窺見。宋代開國之初（960），兩京諸州僧尼，共67403人。至眞宗天禧末年（1029），

〔註42〕〔宋〕吳自牧《夢粱錄》（《影印文淵閣四庫全書》本），卷5，冊590，頁37。

〔註43〕〔宋〕周密《武林舊事》（《影印文淵閣四庫全書》本），卷3，冊590，頁204。

〔註44〕劉伯驥：《宋代政教史》（臺北：台灣商務印書館，1981年），頁699～700。

天下僧 397615 人，尼 61239 人。〔註45〕前後不過 60 餘年，全國僧人數成倍數成長，增加了 391451 人，由人數的倍增，可以瞭解佛教在宋代流傳興盛的情形，不亞於道教。

　　道教以詞傳播教義，視詞爲傳道、教化門生、寄興述懷的工具，所以大部分詞作以議論爲主，以論帶述，以詞筆述真義。從出世入手，重在超脫世俗的羈絆，不爲得失成敗所累，追求山林隱逸之樂，物我兩忘之樂，修練成仙之樂，與一般宋詞受儒家倡導「達則兼善天下，窮則獨善其身」的理念影響，所形成多爲抒發離愁、鄉愁、懷才不遇、國破家亡之愁的「怨愁」基調不同。其中光怪陸離的道教人物、故事，更爲宋詞提供豐富多彩的創作題材。如王子喬緱山乘鶴吹笙，丁令威化鶴歸遼等，另外道教聖地、九轉丹丸等也都入詞。不但道教真人以道教真義爲旨歸，就連一般文人詞，也都或多或少引入道教人物故事，將創作的視野拓展到神仙世界。又道家主真尚奇譎，注重超凡脫俗的神仙境界及長生不老的生命之思，因此世人眼中的功名利祿、是非曲直，都只是過眼雲煙；自然界的山水花鳥，都染上神奇飄逸、意蘊深邃的靈光，藉由這些飄逸翩翩的神靈仙女和縹緲奇麗的蓬萊仙境，建構出特殊的藝術境界。〔註46〕

　　而宋代僧人眾多，佛教興盛，當中也不乏雅好填詞的僧人，只是詞作數量不多，不過却獨具僧風禪味，內容主要也是宣揚佛戒教旨，力主西方淨土，極言人生之苦，表現出一種輕名利、甘淡泊的生活情趣，以清淡疏爽爲美，且多爲聯章形式，若干首詞以相同詞牌，排比有序，闡發較爲完備的佛教思想體系。

　　宋代佛道興盛，佛道思想自然影響文學的內容，尤其士人將佛道思想融入生活之中，詩詞中便處處可見，嚮往或實踐自得之情。這類

〔註45〕　〔宋〕李攸：《宋朝事實》（臺北：臺灣商務印書館，1986 年 3 月《影印文淵閣四庫全書》本），卷 7，冊 608，頁 96。

〔註46〕　蔡鎮楚、龍宿莽：《唐宋詩詞文化解讀》（北京：北京圖書館出版社，2004 年 9 月），頁 101～118。

的詞作內容不同於道教眞人或僧人所塡，宣傳教義的作品，說教意味較濃，文人只是「取其所需」，並非迷信宗教。〔註47〕所以佛道興盛，主要產生「佛道修行」的主題，附帶的也使「隱逸安閒」的主題得到發展。

　　緣題而作是來自字面意義與盛行的隱逸思想；聯章體盛行於唐五代的民間，〈漁家傲〉多以聯章體塡作，顯現了傳承前代民間詞的特性。而青樓歌妓繁盛、唱和酬贈的風氣、歲時風俗的反映、宗教傳播的工具，則都是與時代背景有關，是時代的氛圍形成的影響因子。

　　綜上可知，部分主題是由二個或二個以上的因素，交叉作用形成，並非僅是單一因素影響，如「歲時節序」、「隱逸安閒」；但也有部分主題是單一因素形成的，如「相思愛情」。影響〈漁家傲〉主題演變的因素既明，下節即就各主題的發展及特色，加以討論。

第三節　多元化主題發展

　　依本章第一節所歸納統計，「佛道修行」、「歲時節序」、「吟詠風物」、「相思愛情」、「隱逸安閒」是〈漁家傲〉詞牌主要的主題。若進一步將各主題所佔比例繪製成比例圖，則可以發現較屬於惆悵之情的主題「閨怨愁思」、「相思愛情」、「離愁別恨」、「感時傷懷」、「羈旅他鄉」等占 20%。而以歡樂氣氛爲主調的「飲宴歡樂」、「歌頌詠人」、「祝壽賀詞」、「歲時節序」等占 27%。（如圖表二）

〔註47〕張再林：《唐宋士風與詞風研究：以白居易、蘇軾爲中心》（北京：人民文學出版社，2005 年 6 月），頁 209～223。

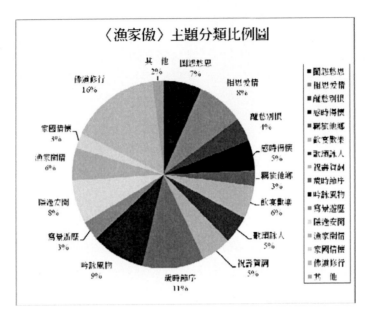

這雖是約略的分法，却可以發現二者並沒有很懸殊的差距，因此不管是惆悵或歡樂的情感，詞家都以〈漁家傲〉詞牌來塡作，並無賓主之分。而〈漁家傲〉詞牌中，最耳熟能詳的當屬范仲淹「塞下秋來風景異」，描寫邊塞蒼茫、戰事膠著的戍邊之苦，這類題材並未因詞的廣受歡迎，而引起風潮，形成主調。這應與范仲淹有此經歷，而其餘詞人並無類似經驗有關。各類主題都有，而各主題是否有演進關係呢？以下將16主題歸納成4大類，觀察主題的發展。

一、怨恨惆悵──唐五代詞的承拓

「愁」是唐五代以來，詞的一貫情調。〈漁家傲〉除繼承「愁」情，也有新的發展。怨別惆悵的情感，包含「閨怨愁思」、「相思愛情」、「離愁別恨」、「感時傷懷」、「羈旅他鄉」等主題，其中以「閨怨愁思」、「相思愛情」居多數。「閨怨愁思」主題中又可細分爲閨怨與愁思二部分。閨怨多以閨中人爲主角；愁思則以男子的立場言思人而滿懷愁緒，如李之儀「洗盡秋容天似瑩」：「遙想去舟魂欲凝。一番佳思從誰詠」、楊无咎「事事無心閒散慣」：「憶昔故人爲侶伴。而今怎奈成疏

間。」表達懷念遠方友人，不得相見的愁思，不過這在〈漁家傲〉中
畢竟佔少數，多數還是以閨中人的怨恨惆悵爲主。如歐陽修〈漁家傲‧
妾解清歌並巧笑〉就寫出歌妓面對春去春又回，情郎仍無音訊，「今
日採花添懊惱。傷懷抱。玉容不及花枝好。」的心情。而杜安世：

> 疏雨才收淡泞天。微雲綻處月嬋娟。寒雁一聲人正遠。添
> 幽怨。那堪往事思量遍。　　誰道綢繆兩意堅。水萍風絮
> 不相緣。舞鑑鸞腸虛寸斷。芳容變。好將憔悴教伊見。

佳人在雨後初霽的黃昏，皎潔月光與雲相映的清新景色中，思及春日
將盡，因爲思念而消瘦的身形，又有誰來關心憐惜呢？朱明夏日又
臨，日長只是更添煩悶時間罷了，語氣中蘊含悲涼哀淒的感受。杜安
世另有二闋「微雨初收月映雲」、「每到春來長如病」也是抒寫類似的
怨恨惆悵。

　　「閨怨愁思」、「相思愛情」這類主題，在〈漁家傲〉中新開拓的
部分爲：文人代言的對象，不僅是青樓歌妓，也有以民間生活中，眞
實而平凡的採蓮女爲主的。這主要表現在「相思愛情」的主題中。這
由晏殊首開風氣，歐陽修繼之。晏殊「越女采蓮江北岸」以採蓮女爲
中心，蓮花陪襯，抒寫採蓮女的相思情懷；歐陽修繼承這樣的新意，
也塡作了六首以採蓮女生活、感情爲主的詞作。只不過這樣的開拓並
沒有被其他詞人延續，「相思愛情」的主角，仍以青樓歌妓爲多。如
陳克：

> 寶瑟塵生郎去後。綠窗閒卻春風手。淺色宮羅新染就。晴時
> 後。裁縫細意花枝鬥。　　象尺熏爐移永晝。粉香泛泛薔薇
> 透。晚景看來渾似舊。沈吟久。箇儂爭得知人瘦。〔註48〕

詞一開頭便將愁緒從何而來，說得清楚明白，以寶瑟蒙塵，彈瑟技
藝高超的春風手閒却，表達出郎去後思君，萬事提不起勁的慵懶情
態。在薔薇粉香微微散發中沉吟，忽地又已是日暮黃昏，只能慨然

〔註48〕 唐圭璋編、王仲聞參訂、孔凡禮補輯：《全宋詞》（北京：中華書局，
　　　　1999 年 1 月），頁 1068。本論文所引宋人詞作，皆據《全宋詞》，爲
　　　　免繁瑣，不一一註明。

歎道：郎君怎知人消瘦呢？全詞愁思縈繞，最後怨嘆一聲，思念低
迴不已。

　　而離愁別恨的主題，首先出現的是張先「巴子城頭青草暮」，繼
而蘇軾填作「千古龍蟠並虎踞」、「送客歸來燈火盡」、「一曲陽關情幾
許」三首，後又有史浩：

> 春恨不禁聽杜宇。買舟忽覓東鄞路。一笑輕帆同野渡。頻
> 回顧。吳山越岫俱眉嫵。　　　何事匆匆分袂去。夫君小隱
> 臨煙渚。明夜月華來竹塢。相思處。還應夢屬清江艫。

此詞是史浩留別孫表材所作，「一笑輕帆同野渡。頻回顧。吳山越岫
俱眉嫵」從杜鵑鳥的叫聲、輕舟、頻回顧，可知人雖出發上路，心却
還是留戀回顧，依依不捨秀麗風光、美好的人情。史浩所寫是送別時
尋常可見的離情別懷，但蘇軾與石孝友雖也寫送別之作，却是一樣心
事二樣情懷。蘇軾「千古龍蟠並虎踞」於金陵賞心亭送王勝之龍圖，
王視事一日即移南郡，以讚美的語氣，送友履職；「一曲陽關情幾許」
送張元唐秦州省親，預設家人、部屬的熱烈相迎的場面；而石孝友「射
虎將軍搴繡帽」，是送李惠言、徐元集赴試南宮：「劍履醒醒天日表。
集英殿下春來早。雙鶚盤空擎百鳥。歸來了。藍袍錦水光相照。」充
滿預祝高中的祝福之情。送別不再只是充滿離愁別恨，也可以充滿祝
福送君遠行，這是送別主題不同於昔日之處。

　　感時傷懷的情感，除了感嘆時光不再之外，還可包含懷才不遇之
嘆。感嘆春去秋來，時光不再，如晏殊「畫鼓聲中昏又曉」：「浮生豈
得常年少。莫惜醉來開口笑。須信道。人間萬事何時了。」這也是宋
人普遍具有當及時行樂的想法。而感嘆懷才不遇，最特別的應屬李清
照「天接雲濤連曉霧」：「學詩謾有驚人句。九萬里風鵬正舉。風休住。
蓬舟吹取三山去。」，此作顛覆李清照給人的婉約印象，以豪邁雄建
的筆力，述說志向。但這類詞作不多，主要還是以傷春悲秋的感嘆為
主。如黃裳「多幸春來雲雨少」：

> 多幸春來雲雨少。且教月與花相照。清色真香庭院悄。前

事杳。還嗟此景何時了。　　莫道難逢開口笑。夜游須趁
人年少。光泛雕欄寒料峭。迂步遶。不勞秉燭壺天曉。

在香氣陣陣、月色清朗的安靜庭院中，興起感嘆「莫道難逢開口笑。
夜遊須趁人年少。」所以雖然春寒料峭，仍信步於庭院中至夜闌人靜，
天將破曉時。這樣的感慨，雖歸類於怨恨惆悵的情感，却有閒逸、不
同於流俗的灑脫胸懷。這感嘆好景不長留，享樂應即時的想法，相似
於晏殊所發之嘆。

　　羈旅他鄉的主題，北宋時並未出現，至南渡詞人始出現。周紫芝
「月黑波翻江浩渺」、胡舜陟「幾日北風江海立」、洪皓「侍宴樂遊游
賞慣」大多集中於南渡之時，這應與時代背景及詞人將真實生活的感
觸寫入有關。所以范仲淹的戍邊生活經驗獨有，南渡詞人的流離羈旅
他鄉也是獨有。

二、歡樂飲宴——昇平繁華的描繪

　　飽含歡樂、祝賀的情感的主題，包含飲宴歡樂、歌頌詠人、祝壽
賀詞、歲時節序等。「歌頌詠人」、「飲宴歡樂」、「祝壽賀詞」，作品數
量不分軒輊，而「歲時節序」則一枝獨秀，遠高於前三者。「飲宴歡
樂」這一類的作品，從北宋至南宋，盛行不歇。如歐陽修「一派潺湲
流弊漲」：「酒美嘉賓真勝賞。紅粉唱。山深分外歌聲響。」這是野外
飲宴之樂，而秦樓楚館飲宴的，則有方千里：

燭彩花光明似畫。羅幃夜出傾城秀。紅錦紋茵雙鳳鬬。看
舞後。腰肢宛勝章臺柳。　　眼尾春嬌波態溜。金樽笑捧
纖纖袖。一陣粉香吹散酒。更漏久。消魂獨自歸時候。

「紅錦紋茵雙鳳鬬」以最不起眼的地毯繡上有盤鳳圖案，細緻鋪寫歌
樓繡幃飲宴場所的精緻；「燭彩花光明似畫」以燭光明亮如畫，寫盡
氣氛的熱鬧，賓客的歡娛；加上歌妓的嬌媚「腰枝宛勝章臺柳」「眼
尾春嬌波態溜」、殷勤「金尊笑捧纖纖袖」。從華燈初上的視覺效果，
到夜深更漏久「美人粉香吹散酒」的嗅覺描寫，細密鋪寫，將飲宴的
歡樂情景一一表出。這類詞的景物除寫美人姿態外，筵席歡樂之外，

房中精緻擺設也是重點，情調同於唐五代詞。

　　歌頌詠人起初多歌頌歌妓，後對象逐漸不拘。起初寫歌妓，多寫其容貌與慵懶情調，後則有歌頌其歌舞技藝超群之作。以歌妓情態慵懶為內容者，如歐陽修「十月小春梅蕊綻」：「錦帳美人貪睡暖。羞起晚。玉壺一晚冰漸滿。」；以詠歌妓貌美如花者，如郭應祥「白古餘杭多俊俏」：「白古餘杭多俊俏。風流不獨誇蘇小。又見尊前人窈窕。花枝裊。貪看忘卻朱顏老。」；寫歌妓表演歌舞技藝情態的則有危稹「老去諸餘情味淺」：「十四條弦音調遠。柳絲不隔芙蓉面。」當歌詠對象不拘於美人後，詞的應社功能更加彰顯，如王之道：

　　　　爵齒俱尊惟此老。詩詞筆力誰能到。奇字古文仍篤好。須
　　　　信道。如公寧復憂才少。　　剩費黃金應買笑。窮通得喪
　　　都忘了。坐對瑤觴看舞妙。攜窈窕。南窗聊得淵明傲。

王之道「爵齒俱尊惟此老」先盛讚董舍人令升（即董棻）詩詞筆力無人能及，「奇字古文」都好，是不可多得的人才。但筆鋒一轉，隨即勸董棻忘了貧困與顯達，忘了得失，享受飲宴歡樂「坐對瑤觴看舞妙」後，與佳人南窗下談詩論調，一如陶淵明「倚南窗而寄傲」。因此王之道歌頌董棻，主要的用意還在下片「剩費黃金應買笑。窮通得喪都忘了。坐對瑤觴看舞妙。攜窈窕。南窗聊得淵明傲。」要他忘懷得失，喝酒、觀舞、吟詩及時享受歡樂。

　　〈漁家傲〉的壽詞有自壽、壽人二類。北宋僅蘇轍「七十餘年真一夢」一闋，屬自壽；南宋壽詞數量較北宋多，除自壽也壽人。如楊无咎「昨日小春纔得信」（十月二日老妻生辰）、辛棄疾「道德文章傳幾世」（為金伯熙壽）、郭應祥「去歲簿書叢裏過」（丁卯生日自作）等。這種南多北少的現象，與南宋的宗教信仰、社會風氣有著莫大的關係。黃文吉《宋南渡詞人》中，曾提到南渡詞人的詞作中，幾乎無人不寫壽詞的：

　　　　壽詞之所以會如此蓬勃發展，這與當時崇奉道教有很大的
　　　　關係。因道教不外講求長生昇仙之事，壽詞的內容亦是如

此，在上位迷信道教，以求壽考，當然在其生日時更加喜
歡聽有關赤松彭祖、松椿龜鶴之類的吉祥話，下位者也以
此逢迎，因此祝賀皇上、太后、宰執、長官生日的詞作就
這樣不斷產生。〔註49〕

所言甚是，所以南宋壽詞發展較北宋蓬勃。祝賀生日，祈求壽考富貴，
是兩宋慶壽風俗中，突出的心理活動。所以壽詞中多有「千歲」、「南
山壽」、「壽星」、「遐齡」等詞彙，如：

> 日借嫩黃初看柳。池塘冰泮遊魚透。庭館匆匆佳氣候。□
> 山透。膺時賢佐生天佑。　　壽者康寧還德厚。功名富貴
> 須長久。從此安排千歲酒。常祝壽。一年一獻黃金酎。—
> —李彌

> 桔綠橙黃霜落候。小春天氣宜晴晝。一片祥光橫宇宙。仙
> 樂奏。千官共祝南山壽。　　湛露恩波濃似酒。□堂宴罷
> 嵩呼後。壓帽宮花紅欲溜。還拜手。瞻天望聖徘徊久。—
> —黃人傑

> 昨夜壽星朝北極。牽牛織女排筵席。聞有謫仙先一夕。方
> 知得。風流倬底人生日。　　慷慨英雄當路識。鶚書已凝
> 循京秩。試問遐齡誰與敵。回堙繹。搔頭添個長長十。—
> —華嶽

也因這類詞語落入窠臼，了無新意，使壽詞於選錄詞集時，不受詞家
青睞。這些歌頌、祝壽主題，不管是或稱美德性、歌詠才華，或是祝
賀生日，所頌雖非一端，但應酬的性質都是一樣的。

歲時節序主題多集中於北宋，歐陽修有二組十二月聯章詞，蘇軾
則填「皎皎牽牛河漢女」一闋，同樣寫七夕，因詞人境遇不同，就有
不同的情調。下舉二者上半闋相較之。

> 七月新秋風露早。渚蓮尚拆庭梧老。是處瓜華時節好。金
> 尊倒。人間綵縷爭祈巧。——歐陽修〈漁家傲‧七月新秋

〔註49〕黃文吉：《宋南渡詞人》（台北：台灣學生書局，1985 年 5 月），頁
82。

風露早〉

　　鳥散餘花紛似雨。汀洲蘋老香風度。明月多情來照户。但
　　攬取。清光長送人歸去。——蘇軾〈漁家傲‧皎皎牽牛河
　　漢女〉

歐陽修寫的是歡渡佳節，並紀錄宋代婦女七夕乞巧的節令習俗。而蘇
軾則是泛寫七夕景物，加入灑脱開適的心境。另歐陽修一組十二月
詞，風格與前一組不類，不似前者以風俗聯綴，主要以風物氣候貫串。
如：

　　正月新陽生翠琯。花苞柳線春猶淺。簾幕千重方半卷。池
　　冰泮。東風吹水琉璃軟。　　漸好憑闌醒醉眼。朧梅暗落
　　芳英斷。初日已知長一線。清宵短。夢魂怎奈珠宮遠。

首句開頭就明白告知春季已經來了，接著以千重簾幕半捲，寫許許多
多的人家半開簾幕迎接春天，又生動地表達了春天天氣的特性，仍不
可貿然將簾幕全開，因爲乍暖還寒。「東風吹水琉璃軟」寫池水的變
化，春風吹拂下粼粼波光，如琉璃一般燦爛耀眼。白日又長一些，夜
晚自然也短一點，該醒醒醉眼，抖擻抖擻精神，振奮起來了。

　　不管是飲宴、祝壽、還是歲時節令都與宋代尋歡逐樂的氣氛濃厚
有關。經由詞作的分析，可以肯定在〈漁家傲〉詞牌中，「飲宴歡樂」、
「歲時節序」主題的出現，是早於「祝壽賀詞」的。

三、詠物寫景——花月山水的摹寫

　　詠物寫景中所要探討的兩個主題是「吟詠風物」與「寫景遊歷」。
〈漁家傲〉以吟詠風物爲主的詞作，所詠之物有「荷」、「月」、「梅」
等，以詠花爲多數，這情形也出現在〈浣溪沙〉中。〈浣溪沙〉的詠
物詞種類繁多，有花、柳、酒、茶之類，其中以詠花爲大宗，千餘首
作品中有 26 首詠梅、詠荷 3 首，〔註50〕詞人喜以〈浣溪沙〉詠梅，
却愛以〈漁家傲〉詠荷。在總數近 300 首〈漁家傲〉詞，就有 14 首

〔註50〕林鍾勇：《宋人擇調之翹楚——浣溪沙詞調研究》（台北：萬卷樓，
　　　　2002 年 9 月），頁 83。

詠荷（蓮）作品。填作比例較之〈浣溪沙〉詠梅，高出許多。

　　〈漁家傲〉詠物之作最先始於晏殊的詠荷，後有史浩與張孝祥。晏殊十四首〈漁家傲〉以荷爲共同主題，或爲主體，或爲陪襯，抒發「相思愛情」、「感時傷懷」之情，所以主題分類上視其偏重而歸入別類，眞正以荷爲主體的有 8 首，而史浩有 5 首，張孝祥 1 首。以下比較三人所詠異同。

> 荷葉初開猶半卷。荷花欲拆猶微綻。此葉此花眞可羨。秋水畔。青涼繳映紅妝面。　　美酒一盃留客宴。拈花摘葉情無限。爭奈世人多聚散。頻祝願。如花似葉長相見。——
> ——晏殊

晏殊「荷葉初開猶半卷」主要是寫荷花盛開的場景及詞人愛賞的心情，屬詠荷且含情帶意的做法。從「此葉此花眞可羨。秋水畔。清涼繳映紅妝面。」寫出清盈秀麗的荷花丰姿，下片以愛賞之情發揮，「拈花摘葉情無限」頻頻祈禱祝願，希望人間的有情人，甚至親人至友都能「如花似葉長相見」，長相依偎。從詠荷帶出長相見的美好願望，全詞氣氛輕快。

> 翠蓋參差森玉柄。迎風泡露香無定。不著塵沙眞體淨。蘆花徑。酒侵酥臉霞相映。　　棹撥木蘭煙水暝。月華如練秋空靜。一曲悠揚沙鷺聽。牽清興。香紅已滿蒹葭艇。——
> ——史浩

史浩「翠蓋參差森玉柄」形式上，與晏殊大不相同。吳梅《鄮峰眞隱大曲跋》謂史浩其所載大曲：「有歌詞，有樂語。且諸曲之下，各載歌舞之狀，尤爲歐、蘇、鄭、董諸子所未及。宋人大曲之詳，無有過於此者。」〔註 51〕史浩的詠荷詞前有：「唱了，後行吹漁家傲。五人舞，換坐，當花心立人念詩：我昔瑤池飽宴游。揭來樂國已三秋。水晶宮裏尋幽伴，菡萏香中蕩小舟。念了，後行吹漁家傲。花心舞上，折花了，唱漁家傲」，有歌詞，有樂語，應屬大曲形式。內容上則以

〔註 51〕 王兆鵬、劉尊明：《宋詞大詞典》（南京：鳳凰出版社，2003 年 9 月），頁 414。

游賞荷花為主，強調荷的不受污染「不著塵沙眞體淨」，及夜月舟中所見幽雅怡人之景，輔以悠揚樂曲的雅賞之樂。

> 紅白蓮房生一處。雪肌霞豔難為喻。當是神仙來紫府。雙槳賦。人間相見猶相妒。清雨輕煙凝態度。風標公子來幽鷺。欲遣微波傳尺素。歌曲誤。醉中自有周郎顧。——張孝祥

張孝祥將紅白蓮並栽，用酒盆種之，遂皆有花，呈周倅。寫出併生的如雪白蓮與如霞紅蓮，在清雨輕煙中的風神意態，人人讚嘆。「風標公子來幽鷺」的用語，與晏殊「幽鷺嫚來窺品格」相似，為寫荷（蓮）常用的語彙。宋沈義父《樂府指迷》曾提到詠花卉的做法：

> 作詞與詩不同，縱是花卉之類，亦須略用情意，或要入閨房之意。……如只直詠花卉，而不著些豔語，又不似詞家體例，所以為難。〔註52〕

可知詠花之作，須略帶情意。晏殊情味濃厚，動人心扉；史浩的清賞亦別具韻味；張孝祥的實用功能顯著，重在應酬往來。

寫景遊歷的作品中，以寫景為重，且把個人的情感融入景中。大自然的山山水水陶冶或撫慰文人心懷，並提供豐富多彩的題材，觸發創作的靈感。文人對大自然景色的描繪，向來不遺餘力，宋代士人對大自然感情更是融洽，不管是巍峨或秀麗的山光、奔騰或潺湲的水色、甚至飛鳥蟲魚、雲月星辰，四季遞嬗流轉，皆能以虛靜的精神狀態觀照之，捕捉其動態，再以文字表達出來。〔註53〕

〈漁家傲〉寫景之作，多山光水色的描繪，米芾「昔日丹陽行樂里」寫的是遠望金山山勢，而葛勝仲「岩壑縈回雲水窟」則是遊覽登臨所見，展現的山光各異。

> 昔日丹陽行樂里。紫金浮玉臨無地。寶閣化成彌勒世。龍宮對。時時更有天花墜。　　浩渺一天秋水至。鯨鯢鼓鬣

〔註52〕〔宋〕沈義父：《樂府指迷》，見唐圭璋《詞話叢編》，冊一，頁281。
〔註53〕李若鶯：《唐宋詞鑑賞通論》（高雄：高雄復文圖書出版社，1996年9月），頁205。

連山沸。員嶠岱與更嵬巋。無根蔕。莫教龍伯邦人戲。——
——米芾

嚴壑縈回雲水窟。林深路斷迷煙客。茅屋數椽攜杖舄。人
寂寂。侵簷萬箇琅玕碧。　　倦客羈懷清似滌。更無一點
飛埃跡。溪漲慢流過几席。寒湜湜。鳧鷖點破琉璃色。——
——葛勝仲

米芾描寫金山大江環繞，每風四起，勢欲飛動，故以「浮玉山」稱之。
而「無根蔕」即仙山無根相連，常隨波上下往返，而遭龍伯之國人釣
走嵬巋，使海上仙山員嶠、岱與流於北極，沉於大海。這是借以形容
金山在「浩渺一天秋水至」時，就如海上仙山，隨波上下擺蕩，寫出
氣勢磅礴的山勢。

　　葛勝仲則是寫身在山中登臨所見。「林深」、「茅屋數椽」、「琅玕
碧」勾勒出秀麗山林靜謐的畫面，底下更續以清澈見底的溪水，有水
鳥劃破青如琉璃的溪面，表現靜中有動，令人感受作者沉靜却不孤寂
的心境。

　　而水色的描寫，多以溪水潺湲爲主，石孝友「夜半潮聲來枕上」
寫錢塘江半夜的潮聲，則與眾不同。

夜半潮聲來枕上。擊殘夢破驚魂蕩。見說錢塘雄氣象。披
衣望。碧波堆裏排銀浪。　　月影徘徊天混漾。金戈鐵馬
森相向。洗盡塵根磨業障。增豪放。從公筆力詩詞壯。

詞一起頭便直言錢塘江上的潮聲滾滾而來，至枕上，擊破夢境，驚擾
人的魂魄。起身披衣眺望，只見碧波濤濤，銀浪拍岸。而毛开「極目
丹楓迎曉霽」一闋則由秋至冬，寫季節的變化。從秋季紅葉片片，燕
去鴻歸，轉至初冬踏雪尋梅的景象。

極目丹楓迎曉霽。山明水淨新霜早。燕去鴻歸無事了。天
渺渺。風吹平野低寒草。　　漸過初冬時節好。尋梅踏雪
城南道。追憶舊遊人已老。歡更少。孤懷擬共誰傾倒。

將丹楓、明亮的山色、清澈的流水、候鳥的轉變、風吹平野的寒草，
種種意象，細細交織成一幅風景畫，末了抒發舊遊人已老，還有誰能

相伴酌酒作結，隱含悲涼的喟嘆。

　　〈漁家傲〉寫景詞中的景觀，有氣勢磅礴的山水，也有溪畔花姿。大多描寫水色，或潮或溪，且多江蘇、浙江之地，可見所寫景物受地域景觀影響。

四、隱逸閒適──士人心情的流露

　　隱逸主題中的情感，大多閒適之風，如前所述，隱逸思想起源甚早，深植中國文人內心。至宋代佛道興盛，更是形成儒釋道合一的情形，而漁父也成了隱士的代稱。所以在隱逸閒適的情感中，將探討「佛道思想」、「隱逸安閒」、「漁家閒情」三個主題。

　　佛道思想對宋詞的影響深遠，道教眞人及僧人也塡作宣傳教義的詞作。〈漁家傲〉中這類宣傳教義的作品，佛多於道，即僧人詞多於道教眞人詞。僧人如淨端、可旻、圓禪師、壽涯禪師等，而宣揚道教內容則有無際道人一闋、無名氏「至道不遙只在邇」、「神是氣兮氣是命」、「精養靈根神守氣」、「我有光珠無買價」四闋。僧人詞方面，北山法師可旻有讚淨土 20 首，先詩後詞，以漁父爲喻，旨在「釣汩之人生，歸涅槃之籃籠」。如「一點神魂初托魄」前有：「紛紛世態盡空華，講外無餘掛齒牙，一串數珠新換線，阿彌陀佛作冤家。」一詩爲序，後有詞：

> 一點神魂初托魄。青蓮華裏琉璃宅。毫相法音非間隔。雖明白。到頭不似金臺客。　　九品高低隨報獲。或經劫數華方拆。若是我生心性窄。應煎迫。未開須把蓮華擘。

不管詩或詞，皆言紛紛世態，盡是紛繁的妄想和假相，九品蓮花須經歷劫數磨練才能綻放，若是明心見性頓悟成佛的心性窄，應該急迫將未開的蓮花剖開，也就是應儘速修行，明心見性，頓悟成佛。希望能警醒眾生，迷途知返。

　　而道教眞人詞，雖與佛教不同，但也是有世俗如鏡花水月，終究成空之意。如無際道人：

七坐道場三奉詔。空花水月何時了。小玉聲中曾悟道。眞堪笑。從來漫得兒孫好。　　辯湧海潮聲浩浩。明如皓月當空照。飛錫西歸雲杳渺。巴猿嘯。大家唱起還鄉調。

上述作品雖佔佛道修行的大部分，但都不受重視，反倒是士人融合參禪悟道與日常生活所寫的佛道詞，較受重視。關於士人將儒釋道揉融於生活的記載，如《宋詩記事》卷十二引《西清詩話》，記載歐陽修曾與道士許昌齡交往甚密，臨終前贈詩云：「石唐仙室紫雲深，潁陽眞人此算心，眞人已去升寥廓，歲歲嵒花自開落，我昔曾爲洛陽客，偶向嵒前坐磐石，四字丹書萬仞崖，神清之洞鎖樓臺，雲深路絕無人到，鸞鶴今應待我來。」〔註54〕多道教語詞；又黃庭堅傾心於釋老，將自身在佛道方面的修養、情趣融於詞作中，使詞情與佛性道理息息相通，如黃庭堅〈漁家傲‧題船子釣灘〉：

蕩漾生涯身已老。短蓑篛笠扁舟小。深入水雲人不到。吟復笑。一輪明月常相照。　　誰謂阿師來問道。一橈直與傳心要。船子踏翻才是了。波渺渺。長鯨萬古無人釣。

表面上寫漁父垂釣，實則將道家的隱逸之趣與佛性禪機融爲一體，字字天然，悟在言外。較之純爲宣傳教旨的枯燥說教，高明得多。

在儒釋道合一，蓬勃發展的氛圍下，隱逸思想更顯著鮮明，因此〈漁家傲〉「隱逸安閒」的作品頗多，以王安石「平岸小橋千嶂抱」、毛滂「年少莫尋潛玉老」爲例。

平岸小橋千嶂抱。柔藍一水縈花草。茅屋數間窗窈窕。塵不到。時時自有春風掃。　　午枕覺來聞語鳥。欹眠似聽朝雞早。忽憶故人今總老。貪夢好。茫然忘了邯鄲道。——王安石

年少莫尋潛玉老。無才無藝煩君笑。暖過茅檐霜日曉。休起早。竹間盡日無人到。　　別徑小峰孤碧峭。曲溝淺浸清繞。此老相看情不少。渾忘了。渾教忘了長安道。——毛滂

〔註54〕　〔清〕厲鶚：《宋詩記事》（臺北：臺灣商務印書館，1986年3月《影印文淵閣四庫全書》本），卷12，冊1484，頁269～270。

王安石「平岸小橋千嶂抱」，以所住的茅屋爲中心，寫出四周景致，千嶂環抱的山谷裏，小橋邊花草，在碧藍春水滋潤下展現生機。所住數間有小窗的茅屋也不必費心打掃，因有春風吹掃，將春風擬人化，有大自然相伴的意味，表現閒適悠哉至極，飄然灑落的世外桃源的生活，末句「茫然忘了邯鄲道」點題，說出居於此地，能忘了虛幻不實如黃粱一夢的榮華富貴。而毛滂「年少莫尋潛玉老」，也有相同的意味。毛滂因政治困厄，心情惡劣成病告臥潛玉後，常常策杖寒秀亭下，欣賞美景之餘，抒發隱逸思想。先寫自己是無才無能潛玉一老叟，住在竹林間的茅屋中，鎮日清閒，無人造訪。此地的風光頗佳，有別徑、有陡峭碧峰，與老叟相看兩不厭，全教人忘了「長安道」，忘了仕途塵務。

隱逸生活在士人的眼中，取其閒適自在的特點，所以洪适以十二月詞聯章詞，寫漁家生活，是對隱居生活的投射，並非眞實的漁家生活苦樂。其題序：「黃童白叟，皆是煙波之釣徒；青笠綠蓑，不識衣冠之盛事。長浮家而醉月，更軺棹以吟風。」，又「長把魚線尋酒甕。春一夢。起來拈笛成三弄。」〈漁家傲‧正月東風初解凍〉；「却掉船來芳草岸。呼侶伴。蓑衣不把金章換」〈漁家傲‧五月河中菱荇遍〉。「春一夢」指富貴名利瞬間消失，金章是帝王用以賜朝廷重臣。亦是明證。特別的是洪适以按月份、氣候，鋪寫漁家生活，並抒發不改其樂的心志。以「二月垂楊花糝地」爲例：

> 二月垂楊花糝地。荻芽迸綠春無際。細雨斜風渾不避。青笠底。三三兩兩鳴根起。　　新婦磯邊雲接袂。女兒浦口山堆髻。一擁河豚千百尾。搖食指。城中虛卻魚蝦市。

此詞將眾多的與漁家生活有關的意象，井井有條地匯集在一起。二月時垂楊花飄灑一地，荻草新發綠芽，春意正濃，生機無限。斜風細雨的春日，漁翁仍舊披著蓑衣、戴著青箬笠，駕舟捕魚去。三三兩兩的漁舟扣擊船弦，引發聲響，驚魚入網。下二句寫遠景，雲朵相接，就像新婦的衣袖；女兒浦的山如堆起的女兒髮髻，茂密蒼翠。末了寫捕獲河豚食指大動的高興心情。「新婦磯邊」、「女兒浦口」、「斜風」、「細

雨」、「青笠」這些是描寫漁家詩詞常出現的語彙。

「佛道修行」多偏向宣揚教義,且僧人詞較多。受佛道思想影響,欣羨隱逸生活的安適,而披蓑戴笠,無憂無慮,斜風細雨不須歸的漁家生活,亦在詞人的影射下,儼然成為隱士生活的代名詞。

總體而言,若以作者繫連定出主題出現的前後而言,則〈漁家傲〉「家國情懷」、「吟詠風物」、「相思愛情」、「歲時節序」早於「隱逸安閒」、「佛道修行」。這是概括的分法,因為各主題交錯出現,若硬要訂出各主題的出現前後,似有不妥,所以僅依大略情形而言。

各主題之中以「佛道修行」、「隱逸安閒」、「漁家情懷」這一類與〈漁家傲〉本意相近的主題居多, 〔註55〕約佔28%,可見〈漁家傲〉是以此為主,再擴及其他與漁家相關的山水景物,舟楫、荷花、採蓮女等。這或許是世人皆知〈漁家傲〉名作為范仲淹「塞下秋來風景異」,內容上却缺乏跟進者的原因之一。

若以主題內容特色及盛行時期而言,表現「家國情懷」與「羈旅他鄉」內容的作品不多,屬邊塞風格更少,僅范仲淹「塞下秋來風景異」一闋,羈旅他鄉主題的主要作者為南渡詞人,如周紫芝、胡舜陟等,面對劇變的時代,詞人生活自然不似北宋安穩,出現「羈旅他鄉」的主題。吟詠風物則偏好詠荷,晏殊首開風氣以〈漁家傲〉詠荷,史浩也以同調、組詞的方式填作。「相思愛情」與「閨怨愁思」則風格近於唐五代,多綺麗風格。歲時節序北宋居多,喜以民間習俗及過節情景為表現重點,其中七夕、重陽是最常被提及的節日。「祝壽賀詞」則大量出現於南宋,北宋僅蘇轍的自壽一闋,是與詞的應酬實用功能有關。佛道盛行,融入士人生活,隱逸思想蓬勃,有視隱逸為清高象徵,也有感嘆政治環境黑暗,興起不如歸去的感嘆及欣羨漁家悠閒生活的內容。

〔註55〕佛道修行與漁家有關,來自北山法師可旻讚淨土 20 首,以漁父為喻,旨在「釣汩之人生,歸涅槃之籃籠」。

第三章 〈漁家傲〉之格律形式

　　詞牌就是一闋詞的音樂腔調，代表詞作的音樂節奏，詞人按著音樂節奏填詞。既是依樂曲旋律來填寫，那同一詞調的作品，理當具有相同的句式、平仄，但實際上，現存的詞作中，不乏「同調異體」的現象。王韻鵬《詞林正韻‧跋》：

> 夫詞爲古樂府歌謠變體，晚唐、北宋間，特文人游戲之筆，被之伶倫，實由聲而得韻。南渡後，與詩开列，詞之體始尊，詞之眞亦漸失。當其末造，詞已有不能歌者，何論今日。〔註1〕

這說明詞在晚唐、北宋間，以唱爲主；及至南宋末造，已經有不能歌者。清馮金伯《詞苑萃猵》卷十九：

> 蓋宋人之詞，可以言音律。而今人之詞，祇可以言辭章。
> 宋之詞兼尚耳，而今之詞爲寓目耳。〔註2〕

也有相同的見解。所以詞在北宋以前，是以樂譜音律爲準，而熟悉的調子經過傳唱譜寫後，漸漸成爲定式。詞家依律填詞，只求協律，尺度較寬，有時爲了適切表達情感，在不違背音律的情形下，會對詞的字數、平仄、斷句方式、押韻位置等，略行調整，故而形成同一詞牌，

〔註1〕〔清〕戈載：《詞林正韻》（台北：文史哲出版社，1991年12月），頁205。

〔註2〕〔清〕馮金伯：《詞苑萃猵》，見唐圭璋《詞話叢編》（台北：新文豐出版社，1988年2月），卷十九，冊三，頁2169。

字句間稍有不同的狀態。再加上南渡之後，除少數精通音樂的詞家外，大部分詞人更只是視名家名作，爲規矩法度依循之，使詞與音樂漸行漸遠，終至脫離，形成「以字之音爲主」〔註3〕的法則。

所以本文探究〈漁家傲〉格律形式，主要是以平仄譜式爲主，先對正體、變體加以辨正；再從體制句式，瞭解〈漁家傲〉格律的種類。最後將〈漁家傲〉詞作的平仄逐字統計，期歸納出〈漁家傲〉的正體格律，一窺歷代詞譜所列〈漁家傲〉詞律的正確與否。

第一節　正體變體之分

一個詞調，並非只有一種格式，詞調中常有多種不同的體式。這些不同的體式，都是同一詞調，但各體式間字數、句數、段落、平仄、斷句、押韻、對仗等，不完全相同，稱爲「同調異體」。較詳備的詞譜，會將詞調的不同體式，一一列出，並對同調多體加以區分，說明孰是正體，孰是變體。《御製詞譜・提要》中曾談到詞譜編輯的方法：

> 今之詞譜，皆取唐宋舊詞以調名相同者互校，以求其句法字數。取句法字數相同者互校，以求其平仄。其句法字數有異同者，則據而注爲『又一體』。其平仄有異同者，則據而注爲『可平可仄』。自《嘯餘譜》以下，皆以此法推究得其崖略、定爲科律而已。〔註4〕

所以詞譜格律的判定，先以「調名」爲標準，再依同調名的「句法字數」校定。有異同時，則判定何者是「正體」，其他則是「又一體」。在詞譜編輯者的看法中，正體應是首創的格式，是「創始之人所作本詞」。〔註5〕變體則是在正體的基調之下，變化產生的。

〔註3〕 施議對：《詞與音樂關係研究》（北京：中國社會科學出版社，1985年7月），頁210。

〔註4〕 〔清〕王奕清等奉敕輯：《御定詞譜》，（台北：台灣商務印書館，1986年3月《影印文淵閣四庫全書》本），冊1495，頁2～3。

〔註5〕 〔清〕王奕清等奉敕編輯：《御定詞譜》，（《影印文淵閣四庫全書》本），冊1495，頁4。

　　王洪《唐宋詞百科大辭典》對「正體」定義為：「有些詞牌有多種體式，需要以某一作品定為標準體式。這個標準體式即稱作正體」；對「變體」定義為：「一個詞牌如有多種體式，凡正體以外的其他體式都稱變體。」〔註6〕朱承平則認為正體又稱正格或定格，別體又稱又一體或別格。辨識正體與變體的標準，首重詞調首創時所使用的體式，將之定為正體。如果詞調的創始之體不容易確定，就把作者較多，即較多人使用的一體，視為正體，或者把有名作而影響較大的一體，列為正體。正體以外的其餘各體，都算別體。〔註7〕據《御定詞譜》所載，〈漁家傲〉：

> 明蔣氏九宮譜目，入中呂引子。按此調始自晏殊，因詞有「神仙一曲漁家傲」句，取以為名。……此調以此詞為正體，宋元人俱如此填，若周詞之疊韻，杜詞之三聲叶韻，蔡詞之添字，皆變體也。〔註8〕

《御定詞譜》提到的〈漁家傲〉體式，共有四種，「此調以此詞為正體」，說的此詞正是晏殊「畫鼓聲中昏又曉」。除以晏殊為正體外，尚有周紫芝的疊韻，即第三句末三字，重複成為第四句；杜安世的二平韻叶三韻；蔡伸前後片第二句各添二字，攤破成二句，名〈添字漁家傲〉。《御定詞譜》認為此調始自晏殊，而舒夢蘭《白香詞譜》，則持不同看法，認為此調是由范仲淹所創：

> 至范希文乃有本調之創，題義蓋與〈漁家樂〉無二致也。《東軒筆錄》云：『范文正守邊日，作〈漁家傲〉樂歌數曲，皆以「塞下秋來」為首句，頗述邊鎮之勞苦。……』是以此調創自希文，已可證明，為所詠則漸涉於泛耳。〔註9〕

〔註6〕 王洪：《唐宋詞百科大辭典》（北京：學苑出版社，1997 年 8 月），頁 1145。

〔註7〕 朱承平：《詩詞格律教程》（廣州：暨南大學出版社，2004 年 8 月），頁 277。

〔註8〕 〔清〕王奕清等奉敕輯：《御定詞譜》（《影印文淵閣四庫全書》本），卷 14，冊 1495，頁 244。

〔註9〕 舒夢蘭：《白香詞譜》（台南：北一出版社，1971 年 8 月），頁 16。

聞汝賢《詞牌彙釋》引《柳塘詞話》：

　　〈水鼓子〉范希文衍之爲〈漁家傲〉，此以短句而衍爲長言
　　也。〔註10〕

也認爲此調由范仲淹所創，而且是依據〈水鼓子〉增衍而來。所以關
於〈漁家傲〉詞牌創調的記載，有二派說法。一以晏殊首作；一以范
仲淹始創。現依據前述辨識正體與變體的三項標準，一一檢視，尋求
正變之分。

　　第一，以詞調首創所用的體式而言。范仲淹長晏殊三歲，年紀相
當，晏殊於早十年登進士第。〔註11〕范仲淹〈漁家傲〉詞應作於任陝
西經略安撫副使，抗擊西夏期間（1040～1041），〔註12〕時年約 51 歲。
而晏殊於眞宗景德二年（1005）賜同進士出身後，仕途順遂，詞中多
園林景致，又「畫鼓聲中昏又曉」詞中表現出及時享樂的理趣，應是
年紀漸增之後，方能出此言，但無法得知作於何時，所以無確切證據
可以斷定二者先後。既然二者無法確切地分辨，何者爲詞調的創始之
體，因此本文將定較多人使用的體式爲正體。

　　第二，以較多人使用者爲正體而言。《御定詞譜》記〈漁家傲〉
有四體，除晏殊一體之外，尚有周紫芝「遇坎乘流隨分了」一體、杜
安世「疏雨才收淡淨天」一體、蔡伸「煙鎖池塘秋欲暮」一體。《御
定詞譜》以晏殊「畫鼓聲中昏又曉」爲正體，應當是依據此條件判定。
根據筆者實際查閱〈漁家傲〉詞作，周紫芝的四仄韻一疊韻的體式，
是將上下片第三句末三字重複，成爲第四句。體式與之相同的〈漁家
傲〉詞中，僅楊无咎「事事無心閒散慣」：

　　事事無心閒散慣。有時獨坐溪橋畔。雨密波平魚曼衍。魚

〔註10〕聞汝賢：《詞牌彙釋》（台北：作者字印本，1963 年 5 月），頁 589。
〔註11〕范仲淹生於太宗端拱二年（989），晏殊生於太宗淳化二年（991）。
　　　　見賀新輝：《宋詞鑑賞辭典》（北京：北京燕山出版社，1996 年 7 月），
　　　　附錄詞人年表，頁 1214～1215。
〔註12〕唐圭璋編、王仲聞參訂、孔凡禮補輯：《全宋詞》（北京：中華書局，
　　　　1999 年 1 月），頁 11。

曼衍。輪輕釣細隨風捲。　　憶昔故人爲侶伴。而今怎奈
成疏間。水遠山長無計見。無計見。投竿頓覺腸千斷。

此體式僅此二首，其餘無所見。而杜安世的兩平韻三叶韻的體式，較
相合的也只有杜安世的三首詞作「疏雨才收淡泞天」、「微雨初收月映
雲」、「每到春來長如病」。

疏雨才收淡泞天。微雲綻處月嬋娟。寒雁一聲人正遠。添
幽怨。那堪往事思量遍。　　誰道綢繆兩意堅。水萍風絮
不相緣。舞鑑鸞腸虛寸斷。芳容變。好將憔悴教伊見。

微雨初收月映雲。巢栖燕子欲黃昏。花片不飛風力困。春
色盡。蠟梅枝上櫻□嫩。　　誰撼金環鎖深洞。薰餘乍厭
錦衾溫。消減玉肌誰與問。朱明近。日長無事添閒悶。

每到春來長如病。玉容瘦與薄妝稱。不慣被人拋擲瞭。思當
本。奈向後期全無定。　　早是厭厭愁欲凝。花間眾禽愁
難聽。天賦多情翻成恨。有誰問。畫屛一點爐煙暝。

其中「疏雨才收淡泞天」上片押「先仙阮願霰」，下押「先仙換線霰」
屬兩平韻三叶韻的體式；「微雨初收月映雲」僅上片押「文魂園輄園」、
「每到春來長如病」僅下片押「蒸青恨問徑」合於兩平韻三叶韻的體
式，並非上下片皆是。蔡伸的添字體，更是絕響，僅此一首。所以依
較多人使用者爲正體的原則，《御定詞譜》以此定晏殊此體爲正體，
是非常恰當的。《御定詞譜》記載晏殊一體，並未記載范仲淹「塞下
秋來風景異」一詞，我們不妨比較一下二者詞譜，觀察其差異。

塞下秋來風景異。衡陽雁去無留意。四面邊聲連角起。
千嶂裏。長煙落日孤城閉。

濁酒一杯家萬里。燕然未勒歸無計。羌管悠悠霜滿地。
人不寐。將軍白髮征夫淚。

｜｜－－－｜｜。－－｜｜－－｜。｜｜－－－｜｜。
－｜｜。－－｜｜－－｜。

－｜｜－－｜｜。－－｜｜－－｜。－｜－－－｜｜。
－｜｜。－－｜｜－－｜。

畫鼓聲中昏又曉。時光只解催人老。求得淺歡風日好。
齊揭調。神仙一曲漁家傲。

綠水悠悠天杳杳。浮生豈得長年少。莫惜醉來開口笑。
須信道。人間萬事何時了。

⊙⊙－－－⊙｜。－－⊙｜⊙－｜。⊙｜⊙－－｜｜。
－⊙｜。⊙－⊙⊙－－｜。

⊙｜－－－｜｜。⊙－⊙⊙－－｜。⊙｜⊙－－⊙｜。
⊙⊙｜。⊙－⊙｜－－｜。

二者詞譜初步觀之，大致相同，僅上片第三句及下片第一、三句的第
一、三字平仄，略有不同。至於後人多依從何者，須經由下節平仄分
佈的準確統計後，依據科學的數據，方能定奪。但若僅就體式而言，
晏殊與范仲淹的詞作，應屬同一體式。經初步觀察，〈漁家傲〉基本
上多數詞家奉行晏殊、范仲淹所填之體式，應爲正體，而周紫芝、杜
安世、蔡伸之作則爲變體。

　　第三，以影響較大的名作，列爲正體而言。舒夢蘭《白香詞譜》
與《柳塘詞話》，應是據此而認爲此調是由范仲淹所創。范仲淹「塞
下秋來風景異」一詞是〈漁家傲〉最受詞家喜愛，入選詞集次數最高
的名作（詳見附錄三、歷代選集所選錄之漁家傲作品統計）。若以此
標準定爲正體，自然當之無愧。不過《柳塘詞話》所載，認爲范仲淹
以〈水鼓子〉短句而衍爲長言，是否正確，這可能需要多方的探求。

　　敦煌作品中有〈水鼓子〉39首，原卷前段殘缺，失調名。《敦煌
歌詞總編》依據卷末題「寄古外子」及敦煌寫卷伯3808卷，所傳樂
譜內有「水鼓子」；《教坊記》「曲名」表亦有〈水沽子〉。又《北窗瑣
言》載〈水牯子〉，《樂府詩集》載〈水鼓子〉，皆七言四句體，而定
爲〈水鼓子〉。下依序舉其二、其三、其四爲例：

降誕宮中呼萬歲，此時長慶退雲飛。銀臺門外多車馬，盡
是公卿進御衣。

朝廷賞罰不逡巡，宣事書家出閣頻。當日進黃聞數紙，即
憑酬答有功人。

中書奉勑當時行。盡集朝官入大明。遠國戎夷休下禮，聖
朝天子得蕃情。〔註13〕

〈水鼓子〉七言四句體，與〈漁家傲〉單調相較，〈漁家傲〉僅多出
三字句一句。從字句上，二者似有關聯性，但由格律、用韻觀之，則
不類。〈漁家傲〉以仄聲韻為主，〈水鼓子〉多用平聲韻。又張夢機《詞
律探原》：

> 詞乃音樂文學，出乎喉舌，合乎絲篁，本位諧律而作。惟
> 自詞樂失其鏗鏘，倚聲者遂漫無圭臬。……考訂格律視萬
> 氏（萬樹《詞律》）為詳，惟敦煌寫卷所載唐詞，猶未及見，
> 終不免遺珠之憾，此本章（唐五代詞考源及訂律）之所由
> 作也。〔註14〕

在張夢機依據任二北《敦煌曲校錄》、潘石禪《敦煌雲謠集》新書所
載錄敦煌曲，及林大椿《全唐五代詞彙編》所載唐五代詞為準。對唐
五代詞進行考源及訂律，詳列曲調考源、異名、宮調、詞譜等，並未
見與〈漁家傲〉詞牌相關之考定。所以不管是從用韻，或專家的考定
來看，范希文衍〈水鼓子〉為〈漁家傲〉的說法，似乎還得有更強而
有力的證據支撐，才能成立。

綜上所述，〈漁家傲〉此調始自何人，似無明證，因此以多數人
使用的體式即晏殊「畫鼓聲中昏又曉」一體，雙調，六十二字，上下
片各五仄韻，定為正體，較具說服力。

第二節　體式類型之辨

在詞盛行的時期，詞樂家喻戶曉，詞人直接依樂填詞，或者仿同
一樂調的詞作填寫，根本不須與平仄格律有關的詞譜。南宋後期，樂
譜漸亡佚，唱法漸失傳之後，詞人多不曉音律，填詞失去依據，詞譜

〔註13〕曾昭岷、曹濟平、王兆鵬、劉尊明：《全唐五代詞》（北京：中華書
　　　　局，1999 年 12 月），副編卷二，頁 1123～1124。
〔註14〕張夢機：《詞律探原》（台北：文史哲出版社，1981 年 11 月），頁 195。

才應運而生。《御製詞譜・序》：

> 夫詞寄於調，字之多寡有定數；句支長短有定式；韻之平
> 仄有定聲。杪忽無差，始能諧合。否則音節乖舛，體制混
> 淆，此圖譜之所以不可略也。〔註15〕

所謂「圖譜」（詞譜）即是後人根據同類作品的文字應用情形，所歸
納出平仄、用韻、對仗等，概括而出的共同規律及格式。後人填詞便
依據詞譜，依字面推敲，因而形式上便有顯著的區別，形成許多「又
一體」的現象。這種以字音爲主的創作，雖突顯了詞的文學性格，卻
也阻隔後人對詞調的掌握。現存最早的詞譜是明代張綖的《詩餘圖
譜》，但因所收詞多非古詞，疏漏較多；作者又根據近體詩的平仄，
對詞譜妄加更動，頗受世人譏議。明清時較爲流行的是程明善的《嘯
餘譜》、賴以邠《填詞圖譜》、萬樹《詞律》、王奕清等奉敕編輯之《御
定詞譜》、舒夢蘭《白香詞譜》、謝元淮《碎金詞譜》等，其中以《詞
律》、《御定詞譜》是詞譜中的鉅作，所收詞調齊全，歸納得體，考證
詳備，受詞人讚譽。〔註16〕是後人考究前人詞律的重要依據。本文將
依據《詞律》、《御定詞譜》二者所列，討論《漁家傲》之體制。關於
〈漁家傲〉詞譜的記載，《詞律》記二體，〔註17〕《御定詞譜》記四
體。

　　《詞律》二體：

　　1、周邦彥〈漁家傲〉「灰暖香融銷永晝」，雙調，五仄韻，六十
二字體。

　　2、杜安世〈漁家傲〉「疏雨才收淡汀天」，〔註18〕雙調，兩平韻
三叶韻，六十二字體。

〔註15〕　〔清〕王奕清等奉敕輯：《御定詞譜》（《影印文淵閣四庫全書》本），
　　　　　冊1495，頁1。
〔註16〕　宛敏灝：《詞學概論》（上海：上海古籍出版社，1987年7月），頁
　　　　　152～158。
〔註17〕　〔清〕萬樹：《詞律》（台北：廣文書局，1971年9月）卷9，頁170。
〔註18〕　《詞律》、《御定詞譜》皆作「疏雨才收淡淨天」，《全宋詞》作「疏
　　　　　雨才收淡汀天」，用字不同，但平仄相同。今據《全宋詞》定之。

《御定詞譜》四體：

1、晏殊〈漁家傲〉「畫鼓聲中昏又曉」，雙調，五仄韻，六十二字體。

2、周紫芝〈漁家傲〉「遇坎乘流隨分了」，雙調，四仄韻一疊韻，六十二字體。

3、杜安世〈漁家傲〉「疏雨才收淡泞天」，雙調，兩平韻三叶韻，六十二字體。

4、蔡伸〈漁家傲〉「煙鎖池塘秋欲暮」，雙調，五仄韻，六十六字體。

以上所列六體，去其重複，則有五體，茲將這五體，表列於後。

表格一：〈漁家傲〉體式一覽表

作 者	調 名	分 片	用 韻	字數	句	型	備 註
晏殊	漁家傲	雙調	五仄韻	62	77737	77737	御定詞譜
杜安世	漁家傲	雙調	兩平韻 三叶韻	62	77737	77737	詞律 御定詞譜
周邦彥	漁家傲	雙調	五仄韻	62	77737	77737	詞律
周紫芝	漁家傲	雙調	四仄韻 一疊韻	62	77737	77737	御定詞譜
蔡伸	添字 漁家傲	雙調	五仄韻	66	745737	745737	御定詞譜

關於本調平仄分佈的準確統計，將在下節討論說明。在此僅將《詞律》、《御定詞譜》所得之格律錄出。本文以「＋」表可平可仄；「－」表平；「｜」表仄；「⊖」表譜平而可仄；「①」表譜仄而可平，將此五體的平仄格式列出。

《御製詞譜》舉晏殊「畫鼓聲中昏又曉」一體，62字，五仄韻：

畫鼓聲中昏又曉。時光只解催人老。求得淺歡風日好。

齊揭調。神仙一曲漁家傲。

綠水悠悠天杳杳。浮生豈得長年少。莫惜醉來開口笑。

須信道。人間萬事何時了。

⊙⊙－－　－⊙｜。－-⊙｜－-｜。－⊙｜⊙－－｜｜。
－⊙｜。－－⊙⊙－－｜。

⊙｜－－｜｜。－-⊙⊙－－｜。⊙｜⊙－－⊙｜。
－⊙｜。－-⊙｜－－｜。

此體應是五體中，定可平可仄之處最多的一體。這些可平可仄之處，
如何定之？《御製詞譜》晏殊詞下注曰：

> 晏詞別首前段起句「幽鷺慢來窺品格」，「幽」字平聲。歐
> 陽修詞第二句「葉籠花罩鴛鴦侶」，「葉」字仄聲、「花」字
> 平聲；後段起句「愁倚畫樓無計奈」，「愁」字平聲、「畫」
> 字仄聲，第二句「亂紅飄過秋塘外」，「亂」字仄聲，第三
> 句「腸斷樓南金鎖戶」，「腸」字平聲。杜安世詞第四句「有
> 誰道」，「有」字仄聲。俱與此詞小異，譜內可平可仄者據
> 之。〔註19〕

從上述說明可知，此譜並不是透過實際詞作的全面校勘分析，比較綜
合，然後作出科學的概略。若所定詞律能經得起宋人絕大多數詞作驗
證，才稱得上是正體定格。單就晏殊詞觀之，上下片第三句第一字的
平仄不同。這或許是宋詞格律寬鬆使然；也或許是作者認為換了他
字，將使詞大為失色，只好捨形式而就內容的作法。

　　《詞律》、《御定詞譜》皆舉杜安世「疏雨才收淡淨天」一體，62
字，兩平韻三叶韻：

> 疏雨才收淡淨天。微雲綻處月嬋娟。寒雁一聲人正遠。
> 添幽怨。那堪往事思量遍。
>
> 誰道綢繆兩意堅。水萍風絮不相緣。舞鑑鸞腸虛寸斷。
> 芳容變。好將憔悴教伊見。

－｜－－｜｜－。－-⊙｜｜－－。－｜｜－－｜｜。
－－｜。｜－｜｜－｜。

〔註19〕　〔清〕王奕清等奉敕輯：《御定詞譜》（《影印文淵閣四庫全書》本），
　　　　　冊1495，頁244。

－｜－－｜｜－。①－⊖｜｜－－。｜｜－－－｜｜。

－－｜。｜－－｜－－｜。　——《詞律》

－｜－－｜｜－。－－｜｜｜－－。－｜｜－－｜｜。

－⊖｜。｜－①｜－－｜。

－｜－－｜｜－。①－⊖｜｜－－。①－⊖－－｜｜。

－－｜。｜－－｜－－｜。　——《御定詞譜》

《詞律》與《御定詞譜》所列平仄譜式，對可平可仄的看法有差異。如《詞律》第一句第一字、第二句第一字、第三字，定爲平而可仄，《御定詞譜》就不如此認爲。二者對可平可仄，所見略同之處，僅下片第二句一、三字。查閱唐五代迄宋〈漁家傲〉詞作中，此一體式，僅杜安世一闋作品完全相合，另有二首上片或下片相合者，故僅能以三首合於二平韻三叶韻之處加以比對。則「微雨初收月映雲」、「疏雨才收淡泞天」二首上片平仄皆爲：

－｜－－｜－－。－｜－｜｜－－。－｜｜－－｜｜。

－｜｜。｜－－｜－－｜。

則《詞律》第一、二句中一、三字，定爲「平可仄」、「仄可平」之處，略顯多餘；而《御定詞譜》將第四、五句第二字，定爲「平可仄」、「仄可平」之處，較爲合理。而「疏雨才收淡泞天」、「每到春來長如病」二首下片平仄依序爲：

－｜－－｜｜－。｜－－｜｜－－。｜｜－－－｜｜。

－－｜。｜－－－｜－｜。　——「疏雨才收淡泞天」

｜｜｜｜｜｜－。｜－－｜｜－－。－｜－－－｜｜。

｜－｜。｜－｜｜－－｜。　——「每到春來長如病」

第一句平仄有很大出入，《詞律》、《御定詞譜》皆作「－｜－－｜｜－」似有不妥；《御定詞譜》第二、三句一、三字皆定爲「仄可平」、「平可仄」較合於實際詞作。除《詞律》、《御定詞譜》尚有嚴賓杜《詞範》、潘慎《詞律辭典》載有此體，格律如下：

－｜－－｜｜－。－－｜｜｜－－。－｜｜－－｜｜。

－⊖｜。｜－①｜－－｜。

一｜一一｜｜。①一⊖｜一一。｜｜一一一｜｜。

一一｜。｜一一一一｜｜。 ——嚴賓杜《詞範》〔註20〕

一｜一一｜｜。一①一一｜一一。一｜一一一｜｜。

一⊖｜。｜一①一｜。

一｜一一｜｜。①一⊖｜一一。①｜一⊖一一｜｜。

一一｜。｜一一一｜一一｜。 ——潘慎《詞律辭典》〔註21〕

嚴賓杜《詞範》上片平仄與《御定詞譜》相同，下片前二句一同，不過後三句《詞範》所定便不同於《御定詞譜》，第三句《詞範》定爲「｜｜一一｜｜」與《詞律》同；末句《詞範》定爲「｜一一一一｜」與《詞律》、《御定詞譜》的「｜一一｜一一｜」有一字之差。若就杜安世三首作品末句「｜一一｜一一｜」、「｜一一一一｜」、「｜一｜｜一一｜」來看，嚴賓杜所定便不具說服力。而潘慎《詞律辭典》皆遵循於《御定詞譜》所訂定，並說明譜內可平可仄之處，即依據別首校定，只是既然依據別首校定，如上片第一、二句亦有平有仄，爲何不也定爲可平可仄？箇中緣由，令人無法猜透。因所能比對的詞作有限，所以能否形成定式，筆者也不敢貿然斷定，尚待進一步求證。

《詞律》舉周邦彥「灰暖香融銷永晝」一體，62 字，五仄韻：

灰暖香融銷永晝。蒲萄架上春藤秀。曲角欄干群雀鬥。

清明後。風梳萬縷亭前柳。

日照釵梁光欲溜。循階竹粉沾衣袖。拂拂面紅如著酒。

沈吟久。昨宵正是來時候。

⊖｜⊖一一｜｜。⊖一①｜一一｜。①｜⊖一一｜｜。

一⊖｜。⊖一①｜一一｜。

①｜一一｜｜。⊖一①｜一一｜。①｜①一一｜｜。

一⊖｜。①一①｜一一｜。

與晏詞相較，則周邦彥詞定爲可平可仄之處，與晏殊無二致，不過位

置比晏詞固定，且所定格律上下片較齊一。與杜安世詞較之，則周邦
彥詞上下片第四句「－－｜」與之相同，不同的是杜安世詞定第二字
爲「平」，而周邦彥詞則定爲「可平可仄」。

《御定詞譜》舉周紫芝「遇坎乘流隨分了」一體，62 字，四仄
韻一疊韻：

> 遇坎乘流隨分了。雞蟲得失能多少。兒輩雌黃堪一笑。
> 堪一笑。鶴長鳧短從他道。
>
> 幾度秋風吹夢到。花姑溪上人空老。喚取扁舟歸去好。
> 歸去好。孤篷一枕秋江曉。

> ｜｜－－－｜｜。－－｜｜－－｜。－｜－－－｜｜。
> －｜｜。｜－－｜－｜。
>
> ｜｜－－－｜｜。－－－｜－－｜。｜｜｜－－－｜｜。
> －｜｜。－－｜｜－－｜。

以晏詞校之，則此體大致與晏詞相同。不同的是上下片第四句用疊
韻。另外遍尋〈漁家傲〉詞作，與此詞同屬四仄韻一疊韻的詞作，僅
楊无咎「事事無心閒散慣」一闋。

> 事事無心閒散慣。有時獨坐溪橋畔。雨密波平魚曼衍。
> 魚曼衍。輪輕釣細隨風捲。
>
> 憶昔故人爲侶伴。而今怎奈成疏間。水遠山長無計見。
> 無計見。投竿頓覺腸千斷。

> ｜｜－－－｜｜。－｜－｜｜－－｜。｜｜｜－－－｜｜。
> －｜｜。－－｜｜－－｜。
>
> ｜｜｜－－｜｜。－｜－－－｜｜。｜｜｜－－－｜｜。
> －｜｜。－－｜｜－－｜。

比較二詞，平仄格律大同小異。小異之處在可平可仄之處，如上片二、
三句第一字、第五句一、三字，下片一、二句第三字的平仄，便不相
同。但四仄韻一疊韻的用韻方式則是一致。

《御定詞譜》舉蔡伸「煙鎖池塘秋欲暮」一體，66 字，五仄韻：

> 煙鎖池塘秋欲暮。細細前香，直到雙棲處。並枕東窗聽夜雨。

偎金縷。雲深不見來時路。

曉色朦朧人去住。香覆重簾,密密聞私語。目斷征帆歸別浦。空凝佇。苔痕綠印金蓮步。

－｜｜－－｜｜。｜｜｜－－,｜｜｜－－｜。｜｜｜－－｜｜。

－－｜。－－｜｜－－｜。

｜｜｜－－｜｜。－｜｜－－,｜｜｜－｜。｜｜｜－－｜｜。

－－｜。－－｜｜－－｜。

66 字體,只此一詞,無他闋可校。若以晏詞校之,則上下片第二句各添二字,攤破作兩句,名〈添字漁家傲〉。《詞譜》認為其調近〈蝶戀花〉,爲以上下片多第五句三字爲分別。潘慎則認爲這種以詞屬調的方式,並不正確,因這僅就字句相近而言,其調是否相近,那就未必。〔註22〕

「添字」一法是詞人依舊曲而造新聲的方法之一,其他尚有「犯調」、「轉調」、「攤破」、「減字」、「偷聲」、「疊韻」、「添字」、「促拍」、「聯章」等方式。添字、攤破是在本調的基礎上,添入樂句,加繁節奏,增多字句創制新調的方法,這種方式與偷聲、減字正好相反。從音樂的角度而言,在原有曲調的基礎上,對樂句節奏等稍作增添和調整,稱之爲「添聲」、「攤聲」;從詞體的角度來看,在原有詞體的基礎上,對句式、字數略加增添和調整,稱之爲「攤破」、「添字」。〔註23〕不管是添字、攤破或偷聲、減字,最初是歌妓和演奏家爲了達到美聽效果,在演唱時,有意無意地增添樂曲音律,加上長短字句,後來這種唱法固定了,便演變成另一詞調,如〈浣溪沙〉外,尚有〈攤破浣溪沙〉、〈浣溪沙慢〉。

至於蔡伸一詞上下片各添二字,所添究竟爲何?我們可以透過詞譜的比對,尋求可能的答案。上列四體第二句爲:

〔註22〕 潘慎:《詞律辭典》,頁 1457。

〔註23〕 王兆鵬、劉尊明:《宋詞大辭典》(南京:鳳凰出版社,2003 年 9 月),頁 41。

晏殊「⊖－①｜⊖－｜」

杜安世「⊖－①｜｜－－」

周邦彥「⊖－①｜－－｜」

周紫芝「－－｜｜－－｜」

蔡伸「｜｜－－，｜｜－－｜。」

除杜安世因押平聲韻，而稍有不同外，大體上都是「－－｜｜－－｜」。比對蔡伸第二句平仄，可以發現除却第一、二字之後，平仄便合於「－－｜｜－－｜」。由此當可推論，上片「細細」、下片「香覆」當爲添字之所在。因添字一體，僅此一首，無他詞可校，所以筆者僅能就他體的平仄觀察，作粗淺的推論。

綜合上述，〈漁家傲〉體式，當以雙調，62 字，五仄韻，「77737 77737」句型，爲定式。筆者實際查閱〈漁家傲〉詞作，單調不多，僅呂洞賓「二月江南山水路」、洪适「漁父飲時花作蔭」、「漁父醉時收釣餌」、「漁父醒時清夜永」、「漁父笑時鶯未老」，其他皆爲雙調。

至於字數，除蔡伸一體 66 字之外，尚有歐陽修「十一月新陽排壽宴」、「十二月嚴凝天地閉」、淨端「一隻孤舟巡海岸」三闋各多一字，爲 63 字。《御定詞譜》認爲歐陽修詞「十一月新陽排壽宴」、「十二月嚴凝天地閉」，都是因爲月令的關係，而多一字，所以非添字體。〔註24〕至於淨端「一隻孤舟巡海岸」則無人提及。

《詞學季刊》正體常格中考見襯字：「詞有襯字之說，以一調兩體相較而可信，以一調兩疊相較而益可信，既如前說矣。然兩體相較，必於相異處而求其所以爲異；兩疊相較，必於應同處而求其所以不同；是必藉句調之變而後有以見之。」〔註25〕所以現在我們就依《詞學季刊》所提之法——探求淨端「一隻孤舟巡海岸」一闋的襯字。

一隻孤舟巡海岸。盤陀石上垂鉤線。釣得錦鱗鮮又健。堪

〔註24〕〔清〕王奕清等奉敕編輯：《御定詞譜》（《影印文淵閣四庫全書》本），冊 1495，頁 244。

〔註25〕佚名：〈詞通——論字〉《詞學季刊》1 卷 1 號（1933 年 4 月），頁 132。

愛羨。龍王見了將珠換。　　釣罷歸來蓮苑看。滿堂盡是
眞羅漢。便爇名香三五片。梵□獻。原來佛不奪眾生願。

淨端此詞 63 字，句型爲「77737　77738」，所以下片第五句多出一字。
下片第五句平仄爲「－－｜｜｜｜－｜」，比較前述五體末句平仄：

　　晏殊「⊖－①｜－－｜」
　　杜安世「｜－－｜－－｜」
　　周邦彥「①－①｜－－｜」
　　周紫芝「－－｜｜－－｜」
　　蔡伸「－－｜｜－－｜」

則平仄應爲「－－｜｜－－｜」。若以同詞相較，則上片末句「龍王
見了將珠換」平仄爲「－－｜｜－－｜」，所以不論是不同體式或同
一闋詞，下片末句的平仄都是相同的。即第三、四、五字處，僅須二
仄音，而「原來佛不奪眾生願」的三、四、五字爲「佛」、「不」、「奪」，
若減省任一字，則意思全然不同，無法達意，應是添加襯字而成。林
聰明《敦煌俗文學研究》中曾說：

> 襯字即在本格之外所增添的字，可使文意流暢，且令歌者
> 時有疏密清新之致。故詞曲使用襯字，原爲適應修辭達意
> 之需，而不在配合聲樂之故。蓋襯字因辭而異，使用多寡
> 亦各首不同，並且隨襯隨了，不成定格。若爲適樂聲之需
> 而添聲添字，則一經添就，即永成定格，用某調並需尊某
> 格。〔註26〕

因此淨端此詞，不視爲添字體式。而以相同方法檢視歐陽修「十一月
新陽排壽宴」、「十二月嚴凝天地閉」，平仄爲「｜｜｜－－－｜｜」，
與其他首句「｜｜－－－｜｜」比較，僅首三字多出一仄聲字，而首
三字「十一月」、「十二月」，亦爲無法減省者，所以《御定詞譜》認
爲二詞，因爲月令的關係，而多一字，非添字體的見解，是經得起檢
驗的。

〔註26〕林聰明：《敦煌俗文學研究》（私立東吳大學中國學術著作獎助委員
　　　會，1984 年 7 月），頁 323～324。

用韻方面〈漁家傲〉詞作，除杜安世一體押二平韻三叶韻之外，還有 9 首混用平聲韻的詞作，依序爲：

1、歐陽修「五月榴花妖豔烘」

2、歐陽修「十一月新陽排壽宴」

3、杜安世「疏雨才收淡泞天」

4、杜安世「微雨初收月映雲」

5、杜安世「每到春來長如病」

6、李光「海多無寒花發早」

7、朱敦儒「畏暑閒尋湖上徑」

8、周紫芝「休惜騎鯨人已遠」

9、呂勝己「長記潯陽江上宴」

10、陳亮「漠漠平沙初落雁」

11、郭應祥「去歲簿書叢裏過」

12、吳禮之「紅日三竿鶯百囀」

詳細韻腳列於第四章第二節「越出部界的觀察」，此處不多贅述。在 266 首詞作中，僅 12 首混用平聲韻，可見〈漁家傲〉是以雙調五仄韻爲主要用韻方式。

〈漁家傲〉除蔡伸添字與歐陽修十一月、十二月詞、淨端「一隻孤舟巡海岸」字數不同之外，其餘詞作句型，皆爲整齊的「77737 77737」，推測當是距離唐詩不遠，句型較近於七律，只比七律多出二句「三字句」。

僅就該平該仄處觀之，各體之間差異不大，但對詞譜中可平可仄的界定，當是要務。若要定出合於大多數〈漁家傲〉詞作的平仄格式，則透過詞作實際使用情形的統計，當爲最科學的方法，可釐清譜式中，可平可仄之處恰當與否，這個重點將於下節「律句格式之別」中討論之。

第三節 律句格式之別

唐宋詞人倚聲填詞時，首先考慮的是如何使詞的字句合於樂曲，而不是考慮字句的多少和平仄的異同。詞人可以用一個節拍唱一個字音，也可以用一個節拍唱二個字音，甚至幾個節拍唱一個字音。且在音律不是特別重要，不影響主旋律的地方，還可以變動樂曲的節奏，或部分句子的平仄、韻律或句逗等。樂譜尚存時，所顯現的只是唱法和唱腔不同罷了；但樂譜亡佚之後，除少數可以製腔造調的詞家之外，一般多以熟悉的調子填詞，而這些樂壇上熟悉的調子，經過反覆譜寫、反覆演唱，逐漸形成定式。於是無形的聲音，便體現在有形的字格當中，而這一定式，便是當日填詞所依據的樂譜。〔註27〕因此後世根據這些依定式而填的詞作，歸納整理紀錄而成的詞譜，雖屬同一詞調，但在體式和格律上，因失去音樂的連結，就有許多差異。若再加上詞人以舊調舊體為基調，加以變化，使單調的小詞可能變成雙調或多調的長曲，小令可能變成慢詞的大改動，更讓體式和格律，判然有別。

所以若能對同一體式的詞作，進行格律的統計，定出該詞多數人使用的詞譜，多少有助於瞭解該詞牌原本樣貌，這是樂譜亡佚之後，較有依據、較科學的方法之一。對此涂宗濤《詩詞曲答問》中提到：

> 詩律必須以唐人的作品去驗證，凡符合唐人大多數作品實際的，這樣的格律規定就是正確的；反之，不管哪一家的主張，都是不正確的，因它並不被唐代詩人所遵守，並沒有被唐代人的大量創作實踐所驗證，因而是不可信的。按此原則，詞律的規定，也必須用宋人的作品去驗證，看他是否符合宋人大多數同調作品的實際，然後判斷其是否可信。〔註28〕

對這個問題，林玫儀也有類似見解：

〔註27〕施議對：《詞與音樂關係研究》，頁 209～210。

〔註28〕涂宗濤：《詩詞曲答問——《詩詞曲格律綱要》副編》（天津：天津人民出版社，2005 年 1 月），頁 154。

前人凡是涉及律譜之事，大多以《詞律》、《詞譜》爲依歸。然而二書所述，歧異甚多。非唯體式或多或寡，其破法、分片乃至選詞等，亦頗有扞格之處；而書中例詞所用版本之良窳，更往往影響調式之釐定。因此欲整理律譜之學，必須全面分析、歸納作品，再參照《詞律》、《詞譜》所列調式加以修訂，方能編製成完備而又符合實際之律譜。〔註29〕

從二人所言，可知欲尋求解決之道，唯有透過實際詞作平仄分佈的統計，才能定出符合實際，可以之檢視宋人詞作的譜式。

　　〈漁家傲〉詞作扣除殘句及一詞二列的作品之後，共266首。其中歐陽修「十一月新陽排壽宴」、「十二月嚴凝天地閉」首句、淨端「一隻孤舟巡海岸」末句，爲八字句；蔡伸「煙鎖池塘秋欲暮」上下片二、三句作「細細前香，直到雙棲處。」、「香覆重簾，密密聞私語。」，皆無法與七字句相較，又杜安世三首作品爲二平韻三叶韻，與五仄韻的體式不類，故不列入平仄統計。而周紫芝的四仄韻一疊韻與晏殊五仄韻一體相類，所以本文以四仄韻一疊韻及五仄韻的體式進行統計，希望能尋得最符合宋人塡作〈漁家傲〉的格律。下表依字、句詳細統計出，各句各字平仄分佈的情況。

表格二：〈漁家傲〉各字平仄統計表

	第一字		第二字		第三字		第四字		第五字		第六字		第七字	
	平	仄	平	仄	平	仄	平	仄	平	仄	平	仄	平	仄
第一句	85	174	1	258	205	54	257	2	255	4	0	259	1	258
第二句	170	89	256	3	72	187	4	255	256	3	258	1	1	258
第三句	99	160	1	258	149	110	259	0	255	4	1	258	2	257
第四句	251	8	118	141	2	257								
第五句	183	76	252	7	67	192	1	258	258	1	255	4	0	259
第六句	74	185	3	256	165	94	251	8	254	5	7	252	0	259

〔註29〕林玫儀：〈韻律分析在宋詞研究上之意義〉《中國文哲研究集刊》第六期，頁58。

第七句	175	84	254	5	77	182	6	253	257	2	257	2	1	258
第八句	93	166	3	256	137	122	256	3	257	2	4	255	1	258
第九句	251	8	125	134	3	256								
第十句	174	85	253	6	77	182	2	257	258	1	257	2	2	257

表二各欄數字，分別是每個字使用平、仄的闋數。這些數字代表〈漁家傲〉平仄格律的分佈。

爲定出〈漁家傲〉平仄格律，筆者以「3：7」的比例作爲門檻，意即 10 闋之中，有 7 闋或 7 闋以上作「平」，則定律爲平；有 7 闋或 7 闋以上作「仄」，則定律爲仄。因此先計算出各字平仄的比值。比值越大，則平仄的差距越小，意即詞人塡作時，此字用平或用仄皆有，差距不大。反之，比值越小，則平仄的差距越大，詞人塡作時，此字用平或用仄，較有共識。關於列出各字比值及使用數量較多的平仄，方便觀察，定出譜式。

表格三：〈漁家傲〉各字平仄比值表

	第一字		第二字		第三字		第四字		第五字		第六字		第七字	
	平仄	比值	平仄	比值	平仄	比值	平仄	比值	平仄	比值	平仄	比值	平仄	比值
第一句	仄	0.49	仄	0.00	平	0.26	平	0.01	平	0.02	仄	0.00	仄	0.00
第二句	平	0.52	平	0.01	仄	0.39	仄	0.02	平	0.01	平	0.00		
第三句	仄	0.62	仄	0.00	平	0.74	平	0.00	平	0.02	仄	0.00	仄	0.01
第四句	平	0.03	仄	0.84	仄	0.01								
第五句	平	0.42	平	0.03	仄	0.35	仄	0.00	平	0.00	平	0.02	仄	0.00
第六句	仄	0.40	仄	0.01	平	0.57	平	0.03	平	0.02	平	0.03	仄	0.00
第七句	平	0.48	平	0.02	仄	0.42	仄	0.02	平	0.01	平	0.01	仄	0.00
第八句	仄	0.56	仄	0.01	平	0.89	平	0.01	平	0.01	平	0.02	仄	0.00
第九句	平	0.03	仄	0.93	仄	0.01								
第十句	平	0.49	平	0.02	仄	0.42	仄	0.01	平	0.00	平	0.01	仄	0.01

由上表可知，詞人對〈漁家傲〉詞作的格律，七言句的第二、四、五、六、七字，幾乎沒有爭議，大家有共同的認定。但對於每句的第一、三字用平或用仄差異頗大。現以平仄比值小於 0.43 者，即二者

相比，有 7 闋或 7 闋以上爲平或爲仄，則定爲「平」或「仄」以「－」、「｜」表示之。平仄之間的比差大於「3：7」，小於「4：6」（即 0.43 ＜X 比值＜0.63），以平爲多數者，則定爲譜平而可仄，以「⊖」表示之，若以仄爲多數，則定爲譜仄而可平，以「⊙」表示之；至於比差大於「4：6」（即比值大於 0.63）以上者，皆定爲可平可仄，以「＋」表示。

如此可得下列結果：

⎡〈漁家傲〉平仄格律⎤
　　⊙｜－－－｜｜。⊖－｜｜－－｜。◉｜＋－－｜｜。
　　－＋｜。⊟－｜｜－－｜。
　　⊡｜⊖－－｜｜。⊖－⊡｜－－｜。⊙｜＋－－｜｜。
　　－＋｜。⊖－⊡｜－－｜。

這是依據上述原則所定之譜式，故其間不乏與歷代詞譜不同的地方。其中以方框「□」劃記者，是筆者認爲亦可定爲譜平而可仄或譜仄而可平之處。因爲第五句第一字的比值 0.42、第六句第一字的比值 0.40、第七句第三字的比值 0.42、第十句第三字的比值 0.42，都相當接近「3：7」（比值 0.43）的比例，若以寬鬆的角度來看，是可以定爲譜平而可仄或譜仄而可平的。而「反黑處」第三句第一字比值爲 0.62，接近「4：6」0.63 的比值，所以定爲可平可仄「＋」，也屬恰當。而其餘 5 個定爲可平可仄（「＋」）之處的比差，皆超過二分之一以上，有的甚至接近「1：1」，所以定爲可平可仄，應是無疑的。

至於歷代詞譜格律書對〈漁家傲〉詞譜的記載，究竟何者爲勝？所定格律究竟何處疏失呢？爲觀察歷代詞譜對〈漁家傲〉格律訂定的優劣，筆者蒐羅載有〈漁家傲〉詞譜 27 家，除上節已錄的《詞律》、《御定詞譜》除外，其餘各家如下所列：

〔清〕舒夢蘭：《白香詞譜》（台南：北一出版社，1971 年 8 月）

〔清〕陳廷敬：《康熙詞譜》（長沙：岳麓書社，2000 年 10 月）

蕭繼宗：《實用詞譜》（台北：中華叢書編審委員會，1957 年 9 月）

王力：《漢語詩律學》（上海：新知識出版社，1958 年 1 月）

嚴賓杜：《詞範》（台北：中華叢書編審委員會，1959 年 10 月）

查培繼：《詞學全書》（台北：廣文書局，1971 年 4 月）

沈英名：《孟玉詞譜》（台北：正中書局，1972 年 3 月）

龍沐勛：《唐宋詞格律》（台北：里仁書局，1979 年 3 月）

謝无量：《詞學指南》（台北：台灣中華書局，1981 年 10 月）

賀新輝：《宋詞鑑賞辭典》（北京：北京燕山出版社，1987 年 3 月）

蘭少成、陳振寰：《詩詞曲格律與欣賞》（桂林市：廣西師範大學出版社，1989 年 7 月）

狄兆俊：《填詞指要》（南昌：百花洲文藝出版社，1990 年 12 月）

潘慎：《詞律辭典》（太原：山西人民出版社，1991 年 9 月）

姚普、姚丹：《說詩談詞》（西安：陝西人民出版社，1992 年 2 月）

徐志剛：《詩詞韻律》（濟南：濟南出版社，1992 年 12 月）

徐柚子：《詞範》（上海：華東師範大學出版社，1993 年 4 月）

夏傳才：《詩詞入門—格律、作法、鑒賞》（天津：南開大學出版社，1995 年 8 月）

袁世忠：《常用詞牌譜例》（南昌：百花洲文藝出版社，1996 年 5 月）

耿振生：《詩詞曲的格律和用韻》（鄭州：大象出版社，1997 年 4 月）

涂宗濤：《詩詞曲格律綱要》（天津：天津人民出版社，2000 年 9 月）

夏援道：《詩詞曲聲律淺說》（武漢：湖北教育出版社，2000 年 10 月）

士會：《詩詞挈領》（九龍：萬里書店，2001 年 4 月）

王兆鵬、劉尊明：《宋詞大詞典》（南京：鳳凰出版社，2003 年 9 月）

嚴建文：《詞牌釋例》（杭州：浙江古籍出版社，2004 年 2 月）

　　朱承平：《詩詞格律教程》（廣州：暨南大學出版社，2004 年 8 月）

　　上述詞譜皆載〈漁家傲〉詞牌，然各家說法不一。其中對各句平、仄之處，爭議不大，但在「可平可仄」的部分，則眾說紛紜。爲方便探討，將各家詞譜，相同者歸類，相異者另立之，詳如下表。因各家詞譜標明平仄之法，方式眾多，爲求清楚明瞭，本文以「＋」表可平可仄；「－」表平；「｜」表仄；「⊖」表譜平而可仄；「①」表譜仄而可平，重新整理，並錄出各詞譜中〈漁家傲〉格律：

表格四：各家所錄〈漁家傲〉詞譜

書　　　名	所錄〈漁家傲〉詞譜
《唐宋詞格律》 《詞學指南》 《填詞指要》 《詩詞入門—格律作法鑒賞》 《常用詞牌譜例》 《詩詞曲格律綱要》	＋｜＋－－｜｜。＋－＋｜－－｜。＋｜＋－－｜｜。 －＋｜。＋－＋｜－－｜。 ＋｜＋－－｜｜。＋－＋｜－－｜。 －＋｜。＋－＋｜－－｜。
《詩詞挈領》	＋｜＋－－｜｜。＋－＋｜－－｜。＋｜＋－－｜｜。 －｜｜。＋－＋｜－－｜。 ＋｜＋－－｜｜。＋－＋｜－－｜。 －｜｜。＋－＋｜－－｜。
《實用詞譜》	＋｜＋－－｜｜。＋－＋｜－－｜。＋｜＋－－｜｜。 －－｜。＋－｜｜－－｜。 ＋｜＋－－｜｜。＋－＋｜－－｜。 －－｜。＋－｜｜－－｜。
《白香詞譜》	｜｜＋－－｜｜。＋－＋｜－－｜。＋｜＋－－｜｜。 －＋｜。＋－＋｜－－｜。 ｜｜＋－－｜｜。＋－＋｜－－｜。 －＋｜。＋－＋－－｜｜。
《宋詞鑑賞辭典》	＋＋＋＋－－＋｜｜。＋－＋｜－｜。＋｜＋－－｜｜。 －＋｜。＋＋＋｜－－｜。 ＋｜＋－－｜｜。＋－＋＋＋｜－－｜。 ＋＋｜。＋－＋｜－－｜。

出處	格律
《漢語詩律學》《詩詞曲格律與欣賞》《說詩談詞》《詩詞曲的格律和用韻》	⊕｜⊖－－｜｜。⊖－⊕｜－－｜。⊕⊕⊖－－｜｜。 －⊕｜。⊖－⊕｜－－｜。 ⊕｜⊖－－｜｜。⊖－⊕｜－－｜。⊕⊕⊖－－｜｜。 －⊕｜。⊖－⊕｜－－｜。
《詞律》	⊖｜⊖－－｜｜。⊖－⊕｜－－｜。⊕⊕⊖－－｜｜。 －⊖｜。⊖－⊕｜－－｜。 ⊕｜－－－｜｜。⊖－⊕｜－－｜。⊕⊕⊖－－｜｜。 －⊖｜。⊖⊕－⊕｜－－｜。
嚴賓杜《詞範》	⊕｜⊖－－｜｜。⊖－⊕｜－－｜。⊖⊕⊕－－｜｜。 －⊕｜。⊖－⊕｜－－｜。 ⊕⊕⊖－－｜｜。⊖－⊕｜－－｜。⊕⊕⊖－－｜｜。 －⊕｜。⊖－⊕｜－－｜
《詞學全書》	⊖｜⊖－－｜｜。⊖－⊕｜－－｜。⊕⊕⊖－－｜｜。 －｜｜。⊖－⊕｜－－｜｜。 ⊖⊕⊖－－｜｜。⊖－⊕｜－－｜。⊕⊕⊖－－｜｜。 －｜｜。⊖－⊕｜－－｜。
《孟玉詞譜》	⊕｜⊖－－｜｜。⊖－⊕｜－－｜。⊕⊕⊖－－｜｜。 －⊕｜。⊖－⊕｜－－｜。 ⊕⊕⊖－－｜｜。⊖－⊕｜－－｜。⊕⊕⊖－－｜｜。 －⊕｜。⊖－⊕｜－－｜。
徐柚子《詞範》	⊕｜⊖－－｜｜。⊖－⊕｜－－｜。⊕⊕⊖－－｜｜。 －⊕｜。⊖－⊕｜－－｜。 ⊕｜｜－－｜｜。⊖－⊕｜⊖－－｜｜。 －⊕｜。⊖－⊕｜－－｜。
《詩詞格律教程》	⊕｜⊖－－｜｜。⊖－⊕｜－－｜。 ⊖⊕｜。⊖－⊕｜－－｜。 ⊕｜⊖－－｜｜。⊖－⊕｜－－｜。⊕｜⊖－－｜｜。 ⊖⊕｜。⊖－⊕｜－－｜。
《御定詞譜》《康熙詞譜》《詞律辭典》	⊕⊕⊖－⊕｜。⊖－⊕｜⊖｜⊖⊕⊕－－｜。 －⊕｜。⊖⊖⊕⊕－－｜。 ⊕｜⊖－－－｜｜。⊖－⊕⊕－－｜。⊕｜⊕－－ ⊕｜。⊖⊕｜。⊖－⊕｜－－｜。
《宋詞大詞典》	⊕⊕⊕⊖－⊕｜。⊖－⊖⊕⊖｜⊖⊕⊕－－⊕｜。 ⊖⊕｜。⊖⊖⊕⊕－－｜。 ⊖⊕⊖⊖－⊕｜。⊖－⊕｜⊖－｜⊕⊕⊕－－⊕｜。 ⊖⊕｜。⊖⊖⊕⊕－－｜。

《詞牌釋例》	⊕⊕──·⊕│·⊖─⊕│·─│·⊖│·⊕│·─一││· ─⊕│·⊖─⊕⊕─一│·。 ⊕│·⊖──││·⊖─⊕│·一一│·⊕│·⊕│·─一⊕│· ⊖─│·⊖·─⊕│·─·。
《詩詞曲聲律淺說》	│││──│││──│· ─│││──│· │││──│││──│· ─││，──│││·。
《詩詞韻律》	│││──│││──│· ─││·──││· │││──│││──│· ─││·──│││· ─│││──│·。 │││──│││──│· ─││·──│││· │││──│││──│· ─││·──│││─│·。

上表所列不依時代或出版先後，而以格律相近爲依歸，筆者以格律可平可仄「＋」不加限制者爲一類；譜平而可仄「⊖」、譜仄而可平「⊕」稍加限制者區分多寡爲二類，完全沒有可平可仄處爲一類，將詞譜定律略分成四大群，討論之。

龍沐勛《唐宋詞格律》、謝无量《詞學指南》、狄兆俊《塡詞指要》、夏傳才《詩詞入門―格律作法鑒賞》、袁世忠《常用詞牌譜例》、涂宗濤《詩詞曲格律綱要》，這六家所定詞譜皆一致。加上《詩詞挈領》、《實用詞譜》，共有八家定第一、二句作「＋│＋──││」、「＋─＋│──│」。而根據「表二」清楚可知，第一句第一字和第三字的平仄比分別爲「85：174」、「205：54」，彼此相差 89 首、151 首；第二句第一字和第三字的平仄比分別爲「170：89」、「72：187」，相差 81 首、115 首，這樣的差距不可謂不小，此八家未區分出差別，直接定爲可平可仄，過於寬鬆。

另蕭繼宗《實用詞譜》與士會《詩詞挈領》皆定上下片第四句爲「──│」。根據「表二」所統計，上下片第四句第二字的平仄比爲

「118：141」、「125：134」，比值高達「0.84」、「0.93」，宜定爲「＋」，且用字仄多於平，定爲「－」實是錯誤。而舒夢蘭《白香詞譜》第十句定爲「＋－＋－－｜＋」，其中第四、六、七字，有很大的問題。根據「表二」，第十句的四、六、七字平仄數爲「2：257」、「257：2」、「2：257」，比例懸殊，所以應定爲「｜」、「－」、「｜」，而非舒夢蘭所定「－」、「｜」、「＋」，這是很明顯的錯誤。

賀新輝《宋詞鑑賞辭典》所定格律與《詩詞作法講話》、《唐宋詞格律》等所定相較，可平可仄之處更多。爲方便說明，將《宋詞鑑賞辭典》格式列出，與《詩詞作法講話》、《唐宋詞格律》等所定皆爲可平可仄之處，不再加以說明，僅就多出部分，以「反黑」表示，加以討論。

> ＋＋＋＋－＋｜。＋－＋｜＋－｜。＋｜＋－－｜｜。
> －＋｜。＋＋＋｜－－｜。
> ＋｜＋－－｜｜。＋－＋＋－－｜。＋｜＋－－｜｜。
> ＋＋｜。＋－＋｜－－｜。

上片多出五處，下片多出二處。上片第一句二、四、六字的平仄比「1：258」、「205：54」、「0：259」，應可直接定出平仄的，不需定爲可平可仄。其他如第二句第五字平仄比「256：3」、第五句第二字平仄比「252：7」、第七句第四字平仄比「6：253」、第九句第一字平仄比「251：8」，道理亦同。

以上十家所定格律近似。而王力《漢語詩律學》、蘭少成、陳振寰《詩詞曲格律與欣賞》、姚普、姚丹《說詩談詞》、耿振生《詩詞曲的格律和用韻》所列格律相同，對可平可仄之處，稍加區分限制，分出以平爲主或以仄爲主。譜式上下片皆爲「⊙｜⊖－－｜｜。⊖－⊙｜－－｜。⊙｜⊖－－｜｜。－⊙｜。⊖－⊙｜－－｜。」根據「表二」統計，筆者認爲此格律第三句第三字與第四句第二字，所定平仄並不適切。因爲上片第三句第三字與第四句第二字平仄比爲「149：110」、「118：141」；下片爲「137：122」、「125：134」，皆高於「4：6」，

所以定爲可平可仄「＋」，較恰當。這與前述十家相同，爲必須校正之處，雖譜式定爲「⊖」、「①」，但仍與實際差異頗大。

另外萬樹《詞律》、嚴賓杜《詞範》、查培繼《詞學全書》、沈英名《孟玉詞譜》、徐柚子《詞範》、朱承平《詩詞格律教程》，譜式與王力等人所定，差異不大，以下就所異之處，進行討論。

萬樹《詞律》上片七字句大致與王力等人相同，下片則不同，定爲「①｜－－｜｜。⊖－①｜－－｜。①｜①－－｜｜。－⊖｜。①－①｜－－｜。」二者一經比對，就可以發現問題所在。第三句第三字、第四句第二字與第五句第一字，《詞律》所持意見雖仍是譜平而可仄（或譜仄可平）之類，但平仄的主張，恰恰與王力等人相反。不過支持者有之，如嚴賓杜《詞範》、查培繼《詞學全書》也都將上下片第三句三字定爲「①」。所以若不經由實際詞作的統計爲依據，恐怕很難確定孰是孰非。第三句第三字、第四句第二字意見如前所論，不再贅述。至於第五句第一字則王力等人所定較《詞律》精準。因下片第五句第一字平仄比爲「174：85」，以平爲多，所以定爲譜平而可仄「⊖」較恰當。

對於第一句的平仄，查培繼《詞學全書》力排眾議，將之定爲「⊖｜①－－｜｜」與王力等人「①｜⊖－－｜｜」相異。如前所述，第一句一、三字的平仄比爲「85：174」、「205：54」，所以的確以「①｜⊖－－｜｜」爲宜。另查培繼所訂，上下第四句「－｜｜」較王力等人「－①｜」武斷，「－①｜」已經不近實際情形，「－｜｜」偏離更多，這都可從「表二」清楚看出。

沈英名《孟玉詞譜》、徐柚子《詞範》與王力等人不同處，在於下片第一句第三字及第三句第一字。王力等人一、三句皆定爲「①｜⊖－－｜｜」，而沈英名《孟玉詞譜》定第一句爲「①｜①－－｜｜」，徐柚子《詞範》定爲「①｜－－－｜｜」；第三句則二人一致定爲「⊖｜⊖－－｜｜」。下片第一句第三字平仄比爲「165：94」，平多於仄，但不能對 94 個仄聲字，視而不見，所以定爲「①｜⊖－－｜｜」是

較合於實際情況的。而下片第三句第一字平仄比為「93：166」，仄多於平，所以「⊙」比「⊖」更具說服力。

朱承平《詩詞格律教程》與王力等人不同處，在於將三字句的格律定為「⊖⊙|」。第四句及第九句第一字的平仄比為「251：8」、「251：8」，所以定為「⊖」是錯誤的。

上述各家大致上對於某處可平可仄的看法，差異不大，也與筆者所統計出來的可平可仄位置相近。而王奕清《御定詞譜》、陳廷敬《康熙詞譜》、潘慎《詞律辭典》、王兆鵬、劉尊明《宋詞大詞典》、嚴建文《詞牌釋例》譜式中，對可以可平可仄的位置則多出很多，與實際情形差異頗大。為方便看清楚，以下出列出《御定詞譜》的格律定式，並以「反黑」表示其與各家不同。

⊙⊙—⊖|—⊙|。⊖—⊙|⊖—|。⊖|⊙——||。
—⊙|。⊖⊙⊙⊙——|。
⊙|⊖——||。⊖—⊙⊙——|。⊙|⊙——⊙|。
⊖⊙|。⊖—⊙|——|。

可以清楚看到，第一句二、四、六字；第二句第五字；第五句二、四字；第七句第四字；第八句第六字，這些位置，上述各家無人定為可平可仄，而《御定詞譜》、《康熙詞譜》、《詞律辭典》則如此定。據「表二」則第一句二、四、六字平仄比為「1：258」、「257：2」、「0：259」比例如此懸殊，當可直接定為「|」、「—」、「|」，不須定為「⊙」、「⊖」、「⊙」。而第二句第五字、第五句二、四字，平仄比為「256：3」、「252：7」、「1：258」，應定為「—」、「—」、「|」；第七句第四字、第八句第六字平仄比為「6：253」、「4：255」，也應直接定為「|」、「|」。這些地方都是不須定為可平可仄的，這是《御定詞譜》、《康熙詞譜》、《詞律辭典》共通的錯誤。

王兆鵬、劉尊明《宋詞大詞典》所定格律上下片可平可仄之處，也多於二、四、六字，問題同於《御定詞譜》。甚至較《御定詞譜》多出第三句第六字也定為「⊙」的情形。第三句第六字平仄比為「1：

258」，定爲「｜」更貼切。而嚴建文《詞牌釋例》也除與《御定詞譜》有共同的問題之外，更將第十句韻腳定爲可平可仄。實際上，第十句第七字平仄比「2：257」，定爲「｜」無疑，不須定爲「⊙」。

最後，夏援道《詩詞曲聲律淺說》、徐志剛《詩詞韻律》，直接以名作平仄爲準，完全沒有可平可仄之處。又二書所列三格律，已有小異之處，且無法符合大多數詞作的實際狀況，以此定爲格律定式，更是不恰當的做法。

至於本章第一節所提，范仲淹與晏殊所用，何者較得眾人的推崇而依循呢？上片第三句：范仲淹用「｜｜－－｜｜」、晏殊用「⊖｜⊙－－｜｜」，統計所訂格律爲「◐｜十－－｜｜」，一、三字定爲可平可仄，故不分軒輊。下片第一句，范仲淹用「－｜｜－－｜｜」、晏殊用「⊙｜⊖－－｜｜」，統計所訂格律爲「｜｜⊖－－｜｜」，第一字以仄爲主；第三字用平居多，故從晏爲多。下片第三句，范仲淹用「－｜－－－｜｜」、晏殊用「⊙｜⊙－－⊙｜」，統計所訂格律爲「⊙｜十－－｜｜」，第一字以仄爲主；第三字可平可仄，亦是從晏較多。

總體來看，〈漁家傲〉的七言句平仄格式，來自七律首句仄起不入韻式的平仄格律。七律首句仄起不入韻式的平仄格律，如下：

⊙｜⊖－－｜｜，⊖－⊙｜｜－－。
⊖－⊙｜－－｜，⊙｜－－⊙｜－。
⊙｜⊖－－｜｜，⊖－⊙｜｜－－。
⊖－⊙｜－－｜，⊙｜－－⊙｜－。

〈漁家傲〉取一、三、五、七句「｜｜－－｜｜」、「－－｜｜－－｜」，成爲七字句的平仄格式，並於三、四句七字句中，加入一句三字句的短句，形成長短節奏的變化，且上下片相同，有反覆迴環之美。又〈漁家傲〉七言句，取自於七律七言句，因此一、三字可以不論，第五字不能隨意更動，所以七言句末三字是要分辨清楚的，這從「表二」〈漁家傲〉七言句末三字的平仄統計來看，是相合的。也因詩律七言一、

三字可以不論，所以〈漁家傲〉可平可仄的位置，多出現在一、三字，這也與詩律相合。不過詞的平仄規定，還是較嚴格的。明俞彦《爰園詞話》：

> 詞全以調爲主，調全以字之音爲主。音有平仄，多必不可移者，間有可移者。仄有上、去、入，多可移者，間有必不可移者。儻必不可移者，任意出入，則歌時有棘喉澀舌之病。故宋時一調，作者多至數十人，如出一吻。今人既不解歌，而詞家染指，不過小令、中調，尚多以律詩手爲之，不知孰爲音，孰爲調，何怪乎詞之亡已。〔註30〕

詞調的平仄，多不可移者，間有可移者，不可任意改換。對不可移者，若任意爲之，則歌唱時就會有棘喉澀舌的毛病，所以平仄有定式，應是多數詞家的共識，只有當合律却害意而使詞不美時，方不拘泥平仄，選擇以表意爲主而出格，不過這都是特例，而非常態。因此定格律時，要以平仄格律的常態爲主，才能定出合於大多數詞作的平仄譜式。

　　本文以宋人實際詞作，統計其格律平仄的使用情形，並算出比例，訂出較合於詞作實際狀況的平仄格律，並以之一一探討各家所訂格律的缺失，相信這對〈漁家傲〉詞牌的格律，有一定程度的校正作用。

〔註30〕　〔明〕俞彦：《爰園詞話》，見唐圭璋《詞話叢編》（台北：新文豐出版公司，1988 年 2 月），冊一，頁 400。

第四章　〈漁家傲〉之用韻探究

　　最初詞家作詞，並無詞韻專書，大抵依照詩韻，從寬使用，甚至使用自己的方音押韻，因此填詞用韻並無嚴格的規範，甚為寬鬆。自南宋以至明清的詞韻專書或亡佚散失，如朱敦儒曾擬定的詞韻；或編訂不善，流傳不廣，如明胡文煥《會文堂詞韻》，其中廣被詞家接受且認同其精審的，只有清戈順卿《詞林正韻》一書。清杜文瀾《憩園詞話》：

> 現行詞韻，如晚翠軒、學宋齋，皆非善本，即秦氏所刻之
> 菉斐軒，雖非偽造，時為曲韻，亦難引用。為戈順卿手定
> 詞林正韻，考定精詳，洵可傳世。〔註1〕

故本文依據戈載《詞林正韻》的分部，將〈漁家傲〉韻腳的韻部分別查出，進行分析，找出〈漁家傲〉詞牌常使用的韻字，常用的韻部，並進一步觀察越出部界的情形，分析各韻部相混的情形，是否合於用韻之法。又韻部分佈代表的是「聲」；主題內容所展現的是「情」，茲將「聲」、「情」二者交互討論，分析〈漁家傲〉詞韻分佈的因素。分析韻部時還可發現詞人以〈漁家傲〉填詞時，有部份和韻作品。藉由和韻作品的觀察，也可以知道最受詞人喜愛，及最常被追和的〈漁家傲〉韻腳是哪些。

〔註1〕　〔清〕杜文瀾：《憩園詞話》卷一，見唐圭璋《詞話叢編》（台北：
　　　　新文豐出版，1988年2月），冊三，頁2858。

第一節　用韻分部的情形

〈漁家傲〉雙調，62 字，共 10 句，每句皆用韻，上下片各 5 個韻腳。對照《詞林正韻》查閱所屬韻目、韻部，查閱過程中遇到一字多音且分屬不同韻目者，就依照字義所屬，歸納之，詳見附錄一。統計後發現，〈漁家傲〉押韻主要為仄聲韻，但部份詞作韻腳亦有使用平聲韻的情形。以下將韻腳分佈於詞韻各部的情形條列如後，韻部加上灰底者為平聲韻，韻字後（）內數字為該韻字出現的次數。

第一部

一　東：烘（1）、蝀（2）

二　冬：鬆（1）

三　鍾：葑（1）

一　董：動（5）、俸（1）

二　腫：捧（2）、寵（1）、壠（1）、勇（2）、種（1）、擁（2）

一　送：弄（4）、痛（1）、夢（5）、洞（1）、凍（2）、送（6）、眾（1）、棟（1）、糉（1）、鳳（1）、鞚（1）、甕（1）

三　用：用（5）、縱（1）、共（4）、重（5）、縫（1）

第二部

十　陽：颺（1）、香（1）

十一　唐：當（1）

三　講：項（1）

三十六　養：象（1）、槳（5）、仰（2）、掌（1）、爽（1）、響（3）、鏹（1）、嚮（1）、丈（1）、杖（1）、賞（2）、往（4）、上（9）、養（1）、網（1）、紡（1）、

三十七　蕩：蕩（1）、晃（1）、莽（1）

四十一　漾：樣（2）、訪（5）、放（6）、舫（2）、望（5）、相（1）、餉（4）、向（7）、唱（4）、障（3）、上（2）、壯（1）、漲（4）、悵（1）、量（2）、釀（5）、況（1）、漾（7）、

嶂（1）

四十二　宕：蕩（2）、浪（9）、傍（2）、盎（1）

第三部

五　支：離（1）

四　紙：是（9）、氏（1）、蕊（5）、髓（1）、旎（1）、綺（3）、妓（2）、倚（2）、蟻（1）、艤（2）、被（1）、紙（4）、觜（1）、橢（1）、邐（1）

五　旨：指（4）、水（18）、履（1）、壘（1）、美（5）、比（5）、旨（1）

六　止：市（2）、使（1）、似（3）、裏（18）、李（2）、鯉（1）、已（2）、矣（2）、喜（6）、起（18）、里（6）、子（2）、耳（1）

七　尾：幾（1）、尾（1）、鬼（1）

十一　薺：底（4）、弟（1）、洗（3）

十四　賄：悔（1）、罪（1）、勵（1）

五　寘：瑞（1）、睡（8）、刺（1）、寄（3）、累（1）、易（2）、戲（5）、騎（1）、臂（1）、帔（1）、避（2）

六　至：翠（8）、醉（12）、遂（2）、悴（1）、地（16）、稚（1）、膩（3）、墜（6）、四（1）、類（1）、淚（10）、贔（1）、位（1）、鼻（1）、寐（3）、媚（4）、至（7）、利（1）、至（1）、視（1）

七　志：試（2）、事（5）、字（2）、異（3）、記（2）、意（20）、餌（1）

八　未：味（3）、沸（2）、氣（7）、卉（1）、未（5）、畏（1）

十二　霽：細（8）、砌（1）、閉（2）、麗（2）、計（6）、桂（2）、霽（2）、蒂（1）、髻（1）、契（1）、濟（1）、帝（1）

十三　祭：際（6）、歲（1）、世（4）、勢（2）、袂（4）、製（1）、枻（1）、稅（1）

十四　太：會（3）、膾（1）、外（6）

十八　隊：對（2）、退（1）、內（3）、輩（1）、佩（1）、妹（1）、
　　　　　碎（3）、塊（1）

第四部

八　語：許（4）、舉（7）、緒（3）、所（3）、楚（2）、暑（2）、
　　　　渚（2）、處（1）、佇（3）、旅（1）、侶（9）、女（2）、
　　　　與（1）、語（15）、嶼（2）、黍（1）

九　噳：羽（2）、雨（20）、宇（2）、府（5）、斧（1）、父（2）、
　　　　武（1）、舞（8）、取（9）、聚（3）、麈（1）、乳（2）、
　　　　柱（1）、縷（6）、主（3）

十　姥：浦（4）、祖（1）、土（3）、艣（1）、虎（1）、苦（4）、
　　　　古（1）、鼓（4）、戶（5）、午（2）、塢（1）、五（1）、
　　　　吐（1）

九　御：馭（2）、去（39）、據（2）、踞（1）、絮（5）、處（34）、
　　　　曙（2）

十　遇：句（4）、具（2）、諭（1）、付（1）、賦（2）、霧（5）、
　　　　趣（3）、注（1）、炷（2）、樹（8）、數（6）、住（22）、
　　　　遇（1）、鑄（1）、駐（1）

十一　暮：慕（3）、步（7）、暮（20）、素（6）、訴（1）、妬（2）、
　　　　　度（15）、渡（8）、路（23）、露（12）、鷺（4）、護
　　　　　（1）、顧（8）、故（1）、痼（1）、誤（2）

第五部

十三　佳：捱（1）

十二　蟹：解（3）、罷（2）、灑（1）

十五　海：改（2）、採（1）、彩（1）、載（1）、在（6）、待（2）、
　　　　　海（1）

十四　太：大（4）、賴（2）、奈（1）、害（1）、蓋（2）、外（1）

十五　卦：派（2）、賣（1）、債（3）

十六　怪：壞（2）、界（4）、拜（1）、怪（2）、瞰（2）

十七　夬：快（1）、敗（2）、邁（1）

十九　代：黛（2）、袋（1）、靆（1）、耐（2）、愛（4）、礙（2）、
　　　　　賽（1）

第六部

二十　文：雲（1）

二十三　魂：溫（1）、昏（1）、奔（1）

十六　軫：盡（6）、緊（2）、引（2）

十七　準：準（1）

十八　吻：粉（3）

十九　隱：近（9）、隱（2）

二十一　混：穩（4）、本（1）、損（2）

二十一　震：鬢（1）、信（5）、進（1）、襯（1）、趁（2）、陣（3）、
　　　　　吝（1）

二十二　稕：潤（2）、峻（1）

二十三　問：分（1）、暈（3）、郡（1）、問（7）、醞（2）、慍（1）

二十六　圂：困（4）、悶（2）、頓（1）、嫩（4）

十七　恨：恨（6）

第七部

二十六　桓：觀（2）

一　先：天（1）、堅（1）、研（1）

二　仙：傳（1）、緣（1）、娟（1）

二十　阮：苑（2）、遠（17）、晚（12）

二十三　旱：攤（1）嬾（4）

二十四　緩：款（1）、管（6）、琯（1）、滿（15）、短（10）、暖（9）、
　　　　　緩（1）

二十六　產：限（6）、眼（3）、醆（2）

二十七　銑：顯（1）、眄（1）

二十八　獮：淺（9）、翦（1）、軟（3）、辨（1）、婉（1）、展（1）、
　　　　　　轉（9）、變（1）、遣（2）、衍（2）、卷（9）、捲（3）

二十五　願：遠（1）、勸（7）、怨（5）、獻（1）、健（2）、萬（1）、
　　　　　　願（5）

二十八　翰：漢（2）、看（7）、岸（14）、散（9）、旦（2）、歎（2）、
　　　　　　爛（1）

二十九　換：喚（3）、觀（2）、腕（1）、玩（2）、翫（2）、半（10）、
　　　　　　絆（2）、泮（1）、畔（9）、伴（12）、幔（2）、漫（3）、
　　　　　　算（2）、斷（23）、段（1）、亂（18）、換（7）

三十　　諫：鴈（4）、慣（3）、慢（3）

三十一　襇：間（1）、盼（2）

三十二　霰：殿（2）、電（2）、旬（1）、練（4）、見（18）、宴（7）、
　　　　　　咽（1）、燕（6）、縣（1）、片（3）、遍（11）、綻（5）、
　　　　　　現（1）

三十三　線：線（5）、箭（3）、羨（3）、扇（1）、顫（1）、釧（1）、
　　　　　　囀（1）、轉（2）、戀（4）、院（6）、眷（1）、倦（2）、
　　　　　　便（7）、面（11）、變（3）、弁（1）

第八部

四　　　宵：燒（1）

二十九　篠：鳥（4）、窈（14）、裊（1）、了（33）、嫋（4）、杳（6）、
　　　　　　曉（19）、皎（1）

十　　　小：悄（9）、少（15）、沼（2）、擾（4）、繞（6）、遶（4）、
　　　　　　渺（9）、杪（4）、表（7）、小（11）、

三十一　巧：巧（1）

三十二　晧：皓（1）、浩（2）、好（36）、槁（1）、寶（2）、保（1）、
　　　　　　抱（7）、埽（10）、草（15）、早（15）、倒（10）、

三十四 嘯：島（2）、討（2）、道（5）、老（37）、惱（10）釣（3）、眺（2）、調（6）、跳（1）、窱（1）、叫（1）、嘯（1）

三十五 笑：鞘（1）、峭（2）、俏（1）、誚（1）、少（17）、照（14）、要（2）、妙（14）、笑（33）、嶠（1）、詔（1）

三十六 效：豹（1）、貌（1）、櫂（2）、鬧（3）

三十七 号：耗（3）、傲（9）、報（2）、帽（6）、燥（2）、到（22）、號（1）、

第九部

七 歌：囉（1）

三十三 哿：可（1）、舸（1）、娜（1）

三十四 果：顆（1）、坐（1）、朵（1）、墮（1）

三十八 箇：賀（1）、那（1）、箇（2）

三十九 過：和（1）、破（2）、磨（1）、挫（1）、座（1）、過（2）

第十部

三十五 馬：把（2）、寫（1）、者（3）、社（2）、惹（1）、下（5）、馬（3）、也（2）、寡（1）

十五 卦：畫（2）、挂（1）

四十 禡：怕（2）、借（2）、舍（3）、麝（1）、夜（2）、罅（2）、駕（4）、價（1）、亞（2）、迓（1）、化（2）、話（1）、射（1）

第十一部

十五 青：聽（1）

十六 蒸：凭（1）、凝（3）

三十八 梗：冷（2）、省（1）、影（6）、景（2）、境（2）、永（1）、艋（1）

三十九 耿：倖（1）、耿（1）

四十　　靜：省（2）、整（1）、餅（2）、靜（11）、井（1）、嶺（1）

四十一　迥：炯（1）、竝（2）、醒（7）、鼎（1）、艇（2）、迥（2）

四十三　映：鏡（5）、柄（2）、病（5）、詠（3）、映（6）、命（1）、
　　　　　　　竟（1）

四十五　勁：淨（3）、聖（1）、盛（4）、令（3）、勁（1）

四十六　徑：瑩（4）、暝（5）、定（11）、徑（6）、聽（1）

四十七　證：稱（1）、興（4）、應（1）

第十二部

四十四　有：久（14）、否（3）、負（3）、酒（14）、首（3）、手（7）、
　　　　　　　守（1）、受（1）、柳（6）、有（1）

四十五　厚：後（2）、剖（1）、走（2）、厚（4）、斗（1）

四十九　宥：又（1）、囿（2）、鼽（2）、舊（5）、秀（5）、繡（1）、
　　　　　　　岫（2）、袖（10）、就（6）、獸（1）、壽（6）、瘦（9）、
　　　　　　　晝（12）、溜（8）、皺（5）、驟（3）、胄（1）、宙（1）、
　　　　　　　佑（1）、酎（1）

五十　　候：茂（2）、奏（3）、豆（1）、漏（2）、後（12）、鬭（6）、
　　　　　　　透（11）、候（11）、逗（1）

五十一　幼：謬（1）

第十三部

四十七　寢：枕（2）、甚（2）、品（1）、、飲（1）、錦（1）

五十二　沁：蔭（1）、禁（1）

第十四部

二十四　鹽：覘（1）、簾（1）、占（1）

四十八　感：撼（1）、蕎（1）、感（1）

四十九　敢：敢（1）

五十　　琰：漸（1）、閃（1）、冉（1）、染（2）、苒（1）、斂（2）、
　　　　　　　儉（1）、掩（1）、揜（1）、貶（1）、塹（1）

五十一　忝：點（1）、簟（2）、忝（1）

五十三　謙：減（3）、黯（1）

五十四　檻：檻（1）

五十三　勘：暗（2）

五十四　闞：淡（1）、纜（1）

五十五　豔：焰（2）、灩（1）、豔（1）、厭（1）

五十六　掭：念（1）

五十七　驗：劍（3）

五十九　鑑：鑑（1）

第十六部

四　　　覺：角（2）、握（1）、濁（1）、覺（4）

十八　　藥：爍（1）、灼（1）、杓（1）、著（2）、酌（1）、略（1）、
　　　　　　卻（3）、約（1）、藥（1）

十九　　鐸：落（2）、珞（1）、樂（1）、薄（1）、莫（1）、寞（1）、
　　　　　　錯（2）、作（1）、閣（1）、惡（1）、諤（1）、蕚（1）、
　　　　　　鶴（2）

第十七部

五　　　質：失（1）、日（4）疾（2）、匹（1）、筆（1）、佛（1）、
　　　　　　密（1）、逸（1）、溢（1）、一（2）、乙（1）、秩（2）

六　　　術：出（1）

二十　　陌：魄（2）、百（1）、迫（1）、柏（1）、白（4）、拆（1）、
　　　　　　宅（4）、客（11）、格（4）、碧（7）、窄（2）、隙（1）、
　　　　　　擇（1）、陌（1）

二十一　麥：脈（3）、擘（1）、策（2）、冊（1）、摘（4）、隔（4）、
　　　　　　革（1）、獲（1）、謫（1）、翮（1）、膕（1）

二十二　昔：惜（2）、舄（1）、積（4）、迹（1）、席（8）、昔（1）、
　　　　　　夕（4）、隻（1）、石（1）、役（3）

二十三 錫：	淅（2）、寂（2）、覓（2）、冪（1）、適（4）、滴（6）、 葯（1）、敵（5）、滌（1）、溺（1）、的（1）
二十四 職：	織（3）、識（10）、飾（1）、湜（1）、食（1）、仄（2）、 色（8）、測（2）、惻（3）、息（6）、驚（2）、直（1）、 力（5）、翼（1）、億（1）、憶（3）、域（1）、逼（2）、 側（2）、極（2）
二十五 德：	得（11）、北（1）、國（4）
二十六 緝：	濕（2）、立（1）、笠（1）、泣（1）、急（2）、十（2）

第十八部

八 勿：	拂（1）
十 月：	月（2）、髮（1）、發（1）
十一 沒：	窟（1）
十二 曷：	薩（1）
十三 末：	闊（1）
十四 黠：	八（1）
十六 屑：	切（1）、節（1）、穴（1）、結（1）
十七 薛：	雪（2）、舌（1）、說（2）、別（2）、烈（1）、設（1）、 拙（1）、悅（1）
二十九 葉：	葉（1）、靨（1）、接（1）

第十九部

二十七 合：	踏（1）、合（1）、嚃（1）
三十一 業：	業（1）
三十四 乏：	法（1）

　　由上述實際用韻情形，可以看到〈漁家傲〉用韻除少部分平聲韻字之外，幾乎遍及仄聲韻各部，僅第十五部入聲韻沒有用到。若以韻目細分，則有23個韻目的韻字，沒有受到詞人採用。這23個韻目如下：

第一部去聲「宋」　第六部上聲「很」　第十五部入聲「屋」「沃」
　　　　　　　　　　去聲「焮」　　　　　　　　　　「燭」

第二部去聲「絳」 第十一部上聲「拯」「等」 第十七部入聲「櫛」
　　　　　　　　　　　　　　　　去聲「嶝」
第三部去聲「廢」 第十二部上聲「黝」　　　第十八部入聲「迄」「帖」
第五部上聲「駭」 第十四部上聲「儼」「范」 第十九部入聲「盍」「洽」
　　　　　　　　　　去聲「陷」「梵」　　　　　　　　「狎」

　　這些韻目未被使用的原因，或許是因爲韻字太少，如第一部去聲
「宋」韻目底下只有 5 個韻字、第二部去聲「絳」韻目底下只有 8 個
韻字；或字義太冷僻，不常用到。若以韻目的使用率來看，則第四部、
第七部、第八部、第九部、第十部這 5 個韻部的韻目完全被使用，可
能是〈漁家傲〉主要用韻的韻部。但爲求客觀，以下再將詞作依據前
述韻腳，更進一步繫聯成單闋詞所使用的韻部，由各韻部詞作數量進
行評比，所得數據如下表。

表格五：〈漁家傲〉韻部使用比例表

韻　　部	數　　量	佔總數量比例	使用排名率
第一部	6	2.68%	9
第二部	10	4.46%	7
第三部	35	15.63%	3
第四部	37	16.52%	2
第五部	2	0.89%	13
第六部	6	2.68%	9
第七部	35	15.63%	3
第八部	41	18.30%	1
第九部	1	0.45%	15
第十部	3	1.34%	11
第十一部	8	3.57%	8
第十二部	16	7.14%	6
第十三部	0	0.00%	
第十四部	2	0.89%	13
第十五部	0	0.00%	

第十六部	3	1.34%	11
第十七部	18	8.04%	5
第十八部	1	0.45%	15
第十九部	0	0.00%	
總　計	224		
異部通押	42		
一詞兩列	8		
殘　句	19		

　　上表不計入超越韻界（42首）及殘句（19首）；一詞二列（有8首）的情形也不重複計入。因此我們可以清楚的知道，〈漁家傲〉韻部以第八部18.30%所佔比例最多、第四部16.52%居次，第三部與第七部15.63%居第三位，而第九部與第十八部0.45%最少，且完全不單獨使用第十三部、第十五部及十九部韻填詞。

　　總而言之，不管是以韻目、韻字的使用來看，或從各韻部詞作數量來看，〈漁家傲〉的用韻，都是以「篠」、「小」、「嘯」、「笑」等漂灑的第八部韻；「語」、「嘆」、「御」、「遇」等幽咽的第四部韻；「紙」、「旨」、「寘」、「至」等縝密的第三部韻、「阮」、「旱」、「願」、「翰」等清新的第七部韻，這些韻部的上去韻為主。

第二節　越出部界的觀察

　　宋人作詞，沒有標準的韻書，不必照韻填製，但因文人對詩韻嫻熟，所以或多或少受到詩韻影響，隱約中若有共同遵守的詞韻，再加上雜以口語押韻，所以惹來清杜文瀾的批評：「宋詞用韻有三病：一則通轉太寬，二則雜用方音，三則率意借協。」；〔註2〕又《詞林正韻》雖具有權威性，但仍比實際詞的用韻嚴謹，不能百分之百與實際詞作契合，因為它是取李唐以來的詩韻而成，不是從宋詞的實際用韻歸納，所以自然會有差距。因此便產生一些「越出部界」的用韻情形。

〔註2〕〔清〕杜文瀾：《憩園詞話》，見唐圭璋《詞話叢編》，冊三，頁2858。

在 266 闋完整的〈漁家傲〉作品，除上述正例外，越出部界遊走於兩個韻部以上的詞作，共計 42 首。其類型計有 17 種：

「第一部與第六部」　　　　　「第二部與第十四部」

「第三部與第四部」　　　　　「第三部與第五部」

「第五部與第九部」　　　　　「第五部與第十部」

「第五部與第六部與第十一部」　「第六部與第十一部、第十三部」

「第六部與第十一部」　　　　「第七部與第十四部」

「第八部與第十二部」　　　　「第八部與第十六部」

「第八部與第十二部、第十六部」「第十二部與第十七部」

「第十六部與第十七部」　　　「第十七部與第十八部」

「第十八部與第十九部」

　　這些類型當中以「第七部與第十四部」最多，共 9 闋；其次是「第八部與第十二部」、「第三部與第五部」，各 4 闋；「第三部與第四部」、「第五部與第十部」、「第六部與第十一部」居第三，各 3 闋。所以詞韻寬鬆是事實，而且混韻的類型不少。

　　士會《詩詞契領》曾將「混韻」分成「以原音 i 為韻尾者」、「尾輔音-n 的韻語」、「尾輔音-n 和-ng 的韻語」、「尾輔音-m 和-n、-ng 的韻語」、「尾輔音-t、-p、-k 的韻語」、「同為-k 尾輔音的韻語」六種，這六種類型雖與王力《漢語詩律學》〔註3〕所分類型不同，但所談論到的韻部混用的情形，二者皆一一點出。故本文參酌上述二位的分法，將〈漁家傲〉用韻變例歸納為以下幾類：

一、變而不離其宗

　　所謂「變而不離其宗」是根據王力的說法，是指詞韻為不同部，但於切韻系統中屬同一韻攝者。可以分為「第三部與第五部通叶」、「第十七部與第十八部通叶」。

〔註3〕王力：《漢語詩律學》（香港：中華書局，1999 年 5 月），頁 546～564。

（一）第三部與第五部通叶

可　旻「佛讚西方經現在」：在（海）、界（怪）、解（蟹）、邁
　　　　（夬）、待（海）、派（卦）、大（太）、在（海）、輩（隊）、
　　　　退（隊）

可　旻「三十六般包一袋」：袋（代）、愛（代）、塊（隊）、待
　　　　（海）、勖（旨）、悔（賄）、膾（太）、罪（賄）、內（隊）、
　　　　佩（隊）

可　旻「西土紋成東土壤」：壞（怪）、界（怪）、快（夬）、礙
　　　　（代）、內（隊）、大（太）、載（海）、解（蟹）、拜（怪）、
　　　　外（太）

歐陽修「妾本錢塘蘇小妹」：妹（隊）、對（隊）、蓋（太）、採
　　　　（海）、瞭（怪）、奈（太）、外（太）、在（海）、愛（代）、
　　　　改（海）

　　　以《詞林正韻》所分「賄」、「隊」屬第三部，而「海」、「怪」、「蟹」、
「夬」、「卦」、「太」、「代」屬第五部，但若以韻攝的角度來看，均屬
「蟹」攝，都以原音〔i〕為韻尾，在詩韻中早就相通。許金枝在〈詞
林正韻部目分合之研究〉〔註4〕一文中，也認為將「灰賄隊」併入第
三部實非恰當的分法。

（二）第十七部與第十八部通叶

歐陽修「二月春耕昌杏密」：密（質）、出（術）、一（質）、拂
　　　　（勿）、匹（質）、失（質）、乙（質）、日（質）、溢（質）、
　　　　疾（質）

　　　以《正韻》所分，「質」、「術」屬第十七部，「勿」屬第十八部；
以韻攝來看，「質」、「術」、「勿」同是「臻」攝；以董同龢《漢語音
韻學》〔註5〕所擬定的韻母來看，則「質」〔-jet〕、「術」〔-juet〕、「勿」

〔註4〕 許金枝：〈詞林正韻部目分合之研究〉，《中正嶺學術研究集刊》，1986
　　　 年第五期，頁3～5。
〔註5〕 董同龢：《漢語音韻學》（台北：文史哲出版社，1979年9月），165

〔-juət〕，都具有同樣的尾輔音〔t〕，因而相通。

二、尾輔音同而相混

這是根據董同龢《漢語音韻學》擬音，及韻攝來加以判定。只要是尾輔音相同，但切韻屬不同韻攝，就歸類於此，這一類主要以尾輔音「k」為主。

（一）第十六部與第十七部通叶

　　　呂渭老「聞道廬山橫廣澤」：澤（陌）、白（陌）、宅（陌）、客（陌）謫（麥）、翮（麥）、策（麥）、藥（藥）、酌（藥）、却（藥）

以《正韻》分部，「陌」、「麥」屬第十七部，「藥」屬第十六部。以韻攝來看，「陌」、「麥」是「梗」攝，擬音為「-ɐk」、「-uæk」；「藥」屬「宕」攝，擬音為「-jak」，同樣具有尾輔音「k」而相通。

三、「-t」、「-k」、「-p」相混

入宋之後，入聲字音漸起變化，部分入聲字或失其韻尾，或韻尾已轉化，致使讀音產生變化，所以證諸稼軒詞韻與詞林正韻「-t」、「-k」、「-p」三系收尾不同的入聲字產生混用。〔註6〕這裏所列出「-t」、「-k」、「-p」相混者，須是「-t」、「-k」、「-p」相混之外，且分屬不同韻攝者，方劃歸入類，與變而不離其宗的屬同一韻攝者不同。

（一）第十七部與第十八部通叶

　　　葛勝仲「巖壑縈回雲水窟」：窟（沒）、客（陌）、舄（昔）、寂（錫）、碧（陌）、滌（錫）、跡（昔）、席（昔）、湜（職）、色（職）

窟（沒），「臻」攝擬音「-tuən」；客（陌）、舄（昔）、寂（錫）「梗」攝，客（陌）擬音「-ɐk」；舄（昔）、寂（錫）「-iɐk」。二者分屬不同

　　　　～179。
〔註6〕許金枝：〈詞林正韻部目分合之研究〉，頁13。

韻攝，且分別以「-t」、「-k」收尾，所以與歐陽修「二月春耕昌杏密」，同屬第十七部與第十八部通叶，但因爲韻尾不同，而列入「-t」、「-k」、「-p」相混。

（二）第十八部與第十九部通叶

> 可　旻「我佛蓮華隨步踏」：踏（合）、髮（月）、發（月）、八（黠）、薩（曷）、合（合）、闊（末）、法（乏）、嚼（合）、撒（曷）

> 可　旻「淨土故鄉嗟乍別」：別（薛）、節（屑）、雪（薛）、切（屑）、月（月）、業（業）、接（葉）、說（薛）、舌（薛）、葉（葉）

第十八部與第十九部均爲入聲韻，符合入聲韻獨押而不與平仄通押的用韻原則。合（合）、法（乏）「咸」攝，擬音爲「-Ap」、「-uɐp」；而發（月）、八（黠）、薩（曷）、闊（末）爲「山」攝，擬音爲「-juɐt」、「-æt」、「-at」、「-uat」，故爲「-t」、「-p」相混。

四、「-n」、「-ŋ」、「-m」相混

「-n」、「-ŋ」、「-m」相混，主要有二種：「第六部與第十一部、第十三部通叶」及「第七部與第十四部通叶」二類。而「第六部與第十一部、第十三部通叶」又可細分成「第六部與第十一部、第十三部」、「第六部與第十一部通」二類。另外筆者認爲「第二部與第十四部通叶」、「第一部與第六部通叶」也屬於「-n」、「-ŋ」、「-m」相混這一類，所以歸類於此。

（一）第六部與第十一部、第十三部通叶

甲、第六部與第十一部、第十三部通叶

> 張　炎「門掩新陰孤館靜」：靜（靜）、趁（震）、病（映）、甚（寢）、枕（寢）、徑（徑）、盛（勁）、定（徑）、近（隱）、令（勁）

張　炎「辛苦移家聊處靜」：靜（靜）、趁（震）、病（映）、甚
　　（寢）、枕（寢）、徑（徑）、盛（勁）、定（徑）、近（隱）、
　　令（勁）

乙、第六部與第十一部通叶

歐陽修「九月霜秋秋已盡」：盡（軫）、映（映）、盛（勁）、粉
　　（吻）、近（隱）、定（徑）、嫩（圂）、勁（勁）、凝（證）、
　　信（震）

朱敦儒「畏暑閒尋湖上徑」：徑（徑）、陣（震）、整（靜）、影
　　（梗）、靜（靜）、艇（迥）、映（映）、醒（迥）、定（徑）、
　　憑（蒸）

李昴英「重著夾羅猶怯冷」：冷（梗）、鏡（映）、鼎（迥）、靜
　　（靜）、影（梗）、定（徑）、永（梗）、醒（迥）、緊（軫）、
　　引（軫）

（二）第七部與第十四部通叶

晏　殊「越女採蓮江北岸」：岸（翰）、便（線）、豔（豔）、慢
　　（諫）、面（線）、繖（旱）、盞（產）、斷（換）、晚（阮）、
　　亂（換）

歐陽修「喜鵲填河仙浪淺」：淺（獮）、畔（換）、暗（勘）、斂
　　（琰）、面（線）、見（霰）、限（產）、戀（線）、短（緩）、
　　箭（線）

蘇　軾「些小白鬚何用染」：染（琰）、點（忝）、箭（線）、厭
　　（豔）、貶（琰）、敢（敢）、忝（忝）、冉（琰）、漸（琰）、
　　減（豏）

朱敦儒「鑑水稽山塵不染」：染（琰）、健（願）、漫（換）、扇
　　（線）、勸（願）、散（翰）、減（豏）、轉（獮）、伴（換）、
　　燕（霰）

周紫芝「休惜騎鯨人已遠」：遠（阮）、占（鹽）、劍（驗）、焰

（豔）、看（翰）、縣（霰）、伴（換）、燕（霰）、款（緩）、
晚（阮）

洪　皓「臂上茱囊懸已滿」：滿（緩）、限（產）、看（翰）、且
（翰）、斷（換）、玩（換）、徧（霰）、劍（驗）、勸（願）、
見（霰）

吳禮之「紅日三竿鶯百囀」：囀（線）、亂（換）、斷（換）、斂
（琰）、滿（緩）、面（線）、傳（仙）、院（線）、顫（線）、
勸（願）

譚宣子「深意纏綿歌宛轉」：轉（獮）、見（霰）、掩（琰）、暖
（緩）、苑（阮）、亂（換）、軟（獮）、短（緩）、斷（換）、
遠（阮）

危　積「老去諸餘情味淺」：淺（獮）、釧（線）、黶（琰）、見
（霰）、院（線）、遠（阮）、面（線）、晚（阮）、懶（旱）、
岸（瀚）

（三）第二部與第十四部通叶

歐陽修「近日門前溪水漲」：漲（漾）、訪（漾）、帳（漾）、向
（漾）、悵（漾）、舂（感）、上（養）、浪（宕）、障（漾）、
往（養）

劉學箕「漢水悠悠還漾漾」：漾（漾）、浪（宕）、槳（養）、放
（漾）、上（養）、項（講）、盎（宕）、唱（漾）、纜（闞）、
傍（宕）

（四）第一部與第六部通叶

杜安世「微雨初收月映雲」：雲（文）、昏（魂）、困（圂）、盡
（軫）、嫩（圂）、洞（送）、溫（魂）、問（問）、近（隱）、
悶（圂）

「-n」、「-ŋ」、「-m」三個系統，在宋代仍舊是分明的，一直到現
在還能將「-n」、「-ŋ」的分別，保留在北方官話中，但詞人填詞既無

詞韻的約束，就不免受方言的影響。當時有些方音已分不清「-n」、「-ŋ」、「-m」的系統了，所以造成混用的情形。

　　學者討論的僅僅是「第六部與第十一部、第十三部通叶」及「第七部與第十四部通叶」二類。但依此準則，只要是「-n」、「-ŋ」、「-m」混用及劃歸同一類的話，那歐陽修「近日門前溪水漲」、劉學箕「漢水悠悠還漾漾」、杜安世「微雨初收月映雲」這三首也該歸入這一類，因爲杜安世「微雨初收月映雲」韻腳洞（送）爲通攝，韻尾爲「-juŋ」，其他韻腳均屬臻攝韻尾爲「-ən」是「-n」、「-ŋ」相混。而歐陽修「近日門前溪水漲」韻腳蒼（感）爲咸攝，韻尾爲「-Am」，其他韻腳屬宕攝，韻尾爲「-aŋ」；劉學箕「漢水悠悠還漾漾」韻腳纜（闞）爲咸攝，韻尾爲「-am」，其他韻腳屬宕攝韻尾爲「-aŋ」，都是屬於「-ŋ」、「-m」相混的類型，因此本文將其分入此類。但唐圭璋〈歷代詞學研究述略〉認爲「眞文」（第六部）與「東冬」（第一部）通叶，是受方音影響而通叶。〔註7〕

五、主要原音相同或相近而相叶

　　主要原音相同或相近而相叶有三類，即「第三部與第四部通叶」、「第八部與第十二部、第十六部通叶」、「第五部與第十部通叶」。其中「第三部與第四部通叶」，這是王力所提認爲是特別變例－押韻出於常理之外的。而「第五部與第十部通叶」，則依據許金枝的看法，而劃歸本類。

（一）第三部與第四部通叶

　　　　史　　浩「蕊沼清冷涓滴水」：水（旨）、里（止）、綺（紙）、裏（止）、李（止）、侶（語）、倚（紙）、起（止）、美（旨）、睡（寘）

〔註7〕　唐圭璋：〈歷代詞學研究述略〉原載於《詞學》（1981 年第 1 期），今收錄於王小盾、楊棟編：《詞曲研究》（武漢：湖北教育出版社，2004 年 1 月），頁 207～226。

　蘇　軾「一曲陽關情幾許」：許（語）、去（御）、住（遇）、處
　　　　（御）、霧（遇）、雨（噳）、絮（御）、路（暮）、似（止）、
　　　　度（暮）

　無名氏「輕拍紅牙留客住」：住（遇）、句（遇）、髓（紙）、與
　　　　（語）、縷（噳）、羽（噳）、乳（噳）、負（暮）、處（御）、
　　　　去（御）

　　　王力認爲「語御」與「紙寘」相通，有兩種可能的原因，第一種
可能是當時詞人的方音語紙御寘本來相混。第二種可能是「y」「i」
兩音頗有近似之處，詞人從寬通叶。〔註8〕對此對此唐圭璋表示「居
魚」（第四部）與「齊微」（第三部）通叶，也是受方音影響而通叶，
〔註9〕二者的看法相近。

（二）第八部與第十二部、第十六部通叶

　　　第八部與第十二部、第十六部通叶，又可以細分成三類：

甲、第八部與第十二部通叶

　黃　裳「方令庚生初皎皎」：皎（篠）、曉（篠）、窈（篠）、妙
　　　　（笑）、小（小）、走（厚）、照（笑）、少（小）、了（篠）、
　　　　寫（篠）

　張繼先「草草開尊資一笑」：笑（笑）、了（篠）、厚（厚）、照
　　　　（笑）、誚（笑）、悄（小）、茂（候）、表（小）、透（候）、
　　　　曉（篠）

　趙長卿「客裏情懷誰可表」：表（小）、少（小）、笑（笑）、悄
　　　　（小）、了（篠）、草（皓）、惱（皓）、好（皓）、守（有）、
　　　　老（皓）

　黃　裳「已送清歌歸去後」：後（候）、悄（小）、調（嘯）、少

〔註8〕 王力：《漢語詩律學》（香港：中華書局，1999 年 5 月），頁 555～556。
〔註9〕 唐圭璋：〈歷代詞學研究述略〉，見王小盾、楊棟編：《詞曲研究》，
　　　　頁 207～226。

（小）、照（笑）、鞘（笑）、少（笑）、了（篠）、擾（小）、
曉（篠）

乙、第八部與第十六部通叶

歐陽修「四月芳林何悄悄」：悄（小）、小（小）、窈（篠）、笑
（笑）、老（皓）、覺（覺）、曉（篠）、抱（皓）、眺（嘯）、
草（皓）

王　采「日月無根天不老」：老（皓）、了（篠）、擾（小）、曉
（篠）、覺（覺）、遶（小）、表（小）、好（皓）、道（皓）、
草（皓）

丙、第八部與第十二部、第十六部通叶

呂渭老「潦倒瞿曇饒口悄」：悄（小）、笑（笑）、覺（覺）、道
（皓）、剖（厚）、了（篠）、遶（小）、討（皓）、老（皓）、
草（皓）

走（厚）、厚（厚）、守（有）、後（候）、剖（厚）屬第十二部，
「流」攝，董同龢擬音爲「-u」、「-ju」，與「效」攝的皓「-au」、小
「-jæu」、篠嘯「-iɛu」，都有相同的韻尾而相叶，至於第十六部「覺」，
「江」攝，擬音爲「-ɔk」，則應該是原音相近。依據董同龢的看法，
中古時期「江」攝的「江講絳覺」的原音當是近於「u」、「o」而後來
容易與「a」混的，所以擬作「ɔ」。〔註 10〕因此第八部與第十二部、
第十六部相叶是因爲有原音「u」音而相通。不過根據唐圭璋說法則
「蕭豪」（第八部）與「幽侯」（第十二部）通叶，亦屬受方音影響而
通叶。〔註 11〕

（三）第五部與第十部通叶

王以寧「往事閒思人共怕」：怕（禡）、亞（禡）、馬（馬）、罷

〔註 10〕董同龢：《漢語音韻學》（台北：文史哲出版社，1979 年 9 月），166。
〔註 11〕唐圭璋：〈歷代詞學研究述略〉關於方音在詞韻中的通叶，除上述「眞
　　　文與東冬」、「居魚與齊微」、「蕭豪與幽侯」外，尚有、「歌戈與蕭豪」、
　　　「庚亭與江陽」，見王小盾、楊棟編：《詞曲研究》，頁 207～226。

（蟹）、社（馬）、化（禡）、舍（馬）、夜（禡）、借（禡）、
下（馬）

無名氏「我有光珠無買價」：價（禡）、下（馬）、也（馬）、寡
（馬）、者（馬）、舍（禡）、罷（蟹）、化（禡）、駕（禡）、
馬（馬）

這一類採用許金枝對詞林正韻分部的看法，他認爲戈載將「佳」、
「卦」分爲二韻，半入第五部，半入第十部，而與「佳」、「卦」相承
的上聲「蟹」韻，則全部入第五部，是不切合音理的。應將「蟹」韻
主要原音「-a」者，併入第十部，主要原音「-ai」者，併入第五部。
〔註12〕依據上述說法，則罷（蟹），就可以與舍（馬）、夜（禡）等馬、
禡韻相叶。

六、其 他

　　〈漁家傲〉用韻除上述五種較有規則可尋之外，其他還有 4 首混
韻詞。這應是個人個別用韻所形成的。

（一）第五部與第九部通叶

郭應祥「去歲簿書叢裏過」：過（過）、賀（箇）、箇（箇）、和
（過）、破（過）、大（太）、座（過）、墮（果）、囉（歌）、
磨（過）

（二）第五部與第十部通叶

壽涯禪師「深願弘慈無縫罅」：罅（禡）、界（怪）、賽（代）、
賣（卦）、敗（夬）、壞（怪）、蓋（太）、怪（怪）、愛
（代）、債（卦）

　　第一首大（太）屬「蟹」攝，主要原音是「-ai」，而第九部過、
箇的主要原音是「-a」。第二首愛（代）、蓋（太）屬「蟹」攝，主要
原音是「-ai」，而第十部罅（禡）主要原音是「-a」依前述許金枝的

〔註12〕許金枝：〈詞林正韻部目分合之研究〉，頁 7。

說法，「蟹」攝「-ai」這類原音應留於第五部，所以前述二首應是詞
人個人用韻一時誤用造成的。

（三）第十二部與第十七部通叶

龐　籍「儒將不須躬甲冑」：冑（宥）、走（厚）、奏（候）、酒
（有）、壽（宥）、透（候）、逗（候）、秀（宥）、一（質）、
後（厚）

畫（麥）「梗」攝，擬音「-uæk」；一（質）「臻」攝，擬音「jet」；
而逗、秀等韻腳是屬「流」攝候、宥韻，擬音「-u」、「-ju」，所以應
是個人隨意押取的結果。

（四）第五部與第六部與第十一部通叶

杜安世「每到春來長如病」：病（映）、稱（証）、曃（怪）、本
（混）、定（徑）、凝（蒸）、聽（青）、恨（恨）、問（問）、
暝（徑）

這一闋原本應屬於「-n」、「-ŋ」、「-m」相混一類，但因詞人以「曃」
字押韻，韻尾「-ɐi」，形成「-n」、「-ŋ」與「-ɐi」相混，因此列入其
他類。

上述都是就跨越韻部的情形而談，除此之外，〈漁家傲〉還出現
許多使用押平聲韻，不合於格律的狀況，總計有 12 首，包含「同部
異聲」有 6 首與「越出部界」的有 6 首，如下所列：

一、同部異聲：共 6 首（混用同部平聲韻）

1、歐陽修「五月榴花妖豔烘」：烘（東）、重（用）、糭（送）、
送（送）、鳳（送）、動（董）、共（用）、弄（送）、鬆（冬）、
夢（送）

2、歐陽修「十一月新陽排壽宴」：宴（霰）、線（線）、卷（獮）、
轉（獮）、面（線）、箭（線）、研（先）、遠（阮）、院（線）、
片（霰）

3、杜安世「疏雨才收淡泞天」：天（先）、娟（仙）、遠（阮）、

怨（願）、徧（霰）、堅（先）、緣（仙）、斷（換）、變（線）、
見（霰）

4、呂勝己「長記潯陽江上宴」：宴（霰）、徧（霰）、旬（霰）、
觀（桓）、見（霰）、遠（阮）、畔（換）、換（換）、晚（阮）、
滿（緩）

5、陳　亮「漠漠平沙初落雁」：雁（諫）、限（產）、晚（阮）、
勸（願）、滿（緩）、岸（翰）、慣（諫）、燕（霰）、觀（桓）、
遠（阮）

6、李　光「海多無寒花發早」：早（皓）、帽（号）、好（皓）、
老（皓）、惱（皓）、道（皓）、少（笑）、燒（宵）、倒（皓）、
草（皓）

二、跨部異聲：共 6 首（跨越部界且混用平聲韻）

1、郭應祥「去歲簿書叢裏過」：過（過）、賀（箇）、箇（箇）、
和（過）、破（過）、大（太）、座（過）、墮（果）、囉（歌）、
磨（過）

2、朱敦儒「畏暑閒尋湖上徑」：徑（徑）、陣（震）、整（靜）、
影（梗）、靜（靜）、艇（迥）、映（映）、醒（迥）、定（徑）、
凭（蒸）

3、杜安世「微雨初收月映雲」：雲（文）、昏（魂）、困（圂）、
盡（軫）、嫩（圂）、洞（送）、溫（魂）、問（問）、近（隱）、
悶（圂）

4、杜安世「每到春來長如病」：病（映）、稱（証）、瞭（點）、
本（混）、定（徑）、凝（蒸）、聽（青）、恨（恨）、問（問）、
瞑（徑）

5、周紫芝「休惜騎鯨人已遠」：遠（阮）、占（鹽）、劍（驗）、
焰（豔）、看（翰）、縣（霰）、伴（換）、燕（霰）、款（緩）、
晚（阮）

6、吳禮之「紅日三竿鶯百囀」：囀（線）、亂（換）、斷（換）、

斂（琰）、滿（緩）、面（線）、傳（仙）、院（線）、顫（線）、勸（願）

所使用平聲韻，爲第一部、第六部、第七部、第八部、第九部、第十一部、第十四部這 7 個韻部的平聲韻。「烘」屬「東」韻、「鬆」屬「多」在第一部；「雲」屬「文」韻、「昏」屬「魂」韻在第六部；「研」、「天」、「堅」屬「先」韻，「娟」、「緣」、「傳」屬「仙」韻，「觀」屬「桓」韻，均在第七部；「燒」屬「宵」韻在第八部。「囉」屬「歌」韻在第九部；「凭」、「凝」屬「蒸」韻、「聽」屬「青」韻均在第九部；「占」屬「鹽」韻在十四部。

平聲字與上、去聲韻字混押，在唐代民間詞偶有這種現象，入宋以後則逐漸增加，有通首平上去混押完全沒有規律的，也有規則交錯間雜的。在〈漁家傲〉平聲字與上、去聲韻字混押的詞作中，大部分都是沒有規則可尋，只有杜安世「疏雨才收淡泞天」一闋的平、上、去混押是有規律的。上片開頭以二個平聲字「天（先）、娟（仙）」開頭，後面緊接著「遠（阮）、怨（願）、徧（霰）」三個仄聲韻；下片也是如此以平聲「堅（先）、緣（仙）」開頭，仄韻「斷（換）、變（線）、見（霰）」結尾。王力對平仄互叶的定義是：規定某處用平，某處用仄，在一定的位置上，由同一韻部的平仄間用。〔註 13〕符合這樣的定義，是爲平仄互叶的詞作，所以杜安世「疏雨才收淡泞天」應屬此類。這樣的用韻情況推測是詞人刻意填作，因杜安世另一闋「每到春來長如病」下片及「微雨初收月映雲」也有類似特色。其他造成平上同押的情形，或許是一時疏忽，或許是聲調在演唱時配合旋律之後，並沒有太大的差別，所以隨意使用。

龍榆生《詞曲概論》曾提及主押平聲韻的詞作中夾入仄聲韻的作用：一在使音節變得複雜美聽，二在給感情上以調節。所以通首押仄聲韻的詞作，在開頭或腰間偶用一句平收，是酌爲調劑。〔註 14〕依照

〔註 13〕 王力：《漢語詩律學》，頁 559～560。
〔註 14〕 龍榆生：《詞曲概論》（北京：北京出版社，2004 年 9 月），頁 202

這種說法，如能規則地使用平上去聲，則聲調定有更豐富的變化，這是全用平聲或全用上、去聲所達不到的藝術效果，宋人填詞日久，應是漸漸體會到這一點，才如此平仄混用的吧！

第三節　用韻聲情的觀察

詞調的聲情有別，有的悲傷含怨、有的閒適安逸、有的慷慨激昂、有的情意綿綿，隨著不同的情感，展現出不同的面貌。所以作詞前須選聲擇調，張炎《詞源》：「作慢詞，看是甚題目，選擇曲名，然後命意。」〔註15〕這是就慢詞而言，其實不論是任何詞調都是如此，清沈祥龍《論詞隨筆》：

> 詞調不下數百，有豪放，有婉約，相題選調，貴得其宜。
>
> 調合，則詞之聲、情始合。〔註16〕

所以選擇詞調實是作詞的第一步。而詞調聲響的匯流處，即在詞的韻字上，因此本節尋找各主題常用韻部的「聲」，多面向探討其與主題內容「情」的關聯。

詞調都屬某個宮調，故聲情可以宮調區分。周邦彥〈漁家傲〉二首是唯一標明宮調為「般涉調」的〈漁家傲〉詞作。般涉調為羽聲七調之一，屬黃鍾羽。周德清《中原音韻》曾記載凡聲音各應於律呂，分於六宮十一調：

> 仙呂清新綿邈，南呂感嘆傷悲，中呂高下閃賺，黃鍾富貴纏綿，正宮惆悵雄壯，道宮飄逸清幽。大石風流蘊藉，小石旖旎嫵媚，高平條暢混樣，般涉拾掇坑塹，歇指急并虛歇，商角悲傷宛轉，雙調健捷激裊，商調悽愴怨慕，角調嗚咽悠揚，宮調典雅沉重，越調陶寫冷笑。〔註17〕

～209。

〔註15〕〔宋〕張炎：《詞源》卷下，見唐圭璋《詞話叢編》冊一，頁258。

〔註16〕〔清〕沈祥龍：《論詞隨筆》，見唐圭璋《詞話叢編》冊五，頁4060。

〔註17〕〔元〕周德清：《中原音韻》（臺北：臺灣商務印書館，1986年3月《影印文淵閣四庫全書》本），卷下，冊1496，頁695下。

周德清所論的雖是曲，但也可作為詞的宮調情感屬性的參考。〈漁家傲〉入般涉調，又屬黃鍾羽。般涉調「拾掇坑塹」的說明，晦澀不明。就字義而言，「拾掇」，謂拾取也；「坑」，地之深陷空虛處也；「塹」，坑也。概括而言，即是來自虛空坑塹的聲響，這樣還是很抽象，對瞭解〈漁家傲〉的聲情幫助不大。因此想從宮調認識〈漁家傲〉的聲情，所獲不多。

　　聲情還可以從用韻的疏密，進行初步的認識。〈漁家傲〉用韻是以上去為主的仄韻，一闋十句且句句押韻。龍榆生《詞曲概論》：

> 韻位的疏密，與所表達的情感起伏變化、輕重緩急，有著不可分割的關係。大抵隔句押韻，韻位排得均勻的，他所表達的情感都比較舒緩，宜於雍容愉樂場面的描寫；句句押韻或不斷轉韻的，他所表達的情感，比較急促，宜於緊張迫切場面的描寫。〔註18〕

〈漁家傲〉句句押韻，押的又是上去韻，根據龍榆生的說法，則〈漁家傲〉會顯示出緊促的情調，適宜表達曲折變化、纏綿悱惻的淒惘的心情。這樣的用韻特色，是否能從〈漁家傲〉詞作中，得到印證。底下將就用韻與主題進行統計，嘗試從中找出關聯。

表格六：〈漁家傲〉聲情分佈表

主題 韻部	閨怨愁思 歲時節序	相思愛情 吟詠風物	離愁別恨 寫景遊歷	感時傷懷 隱逸安閒	羈旅他鄉 漁家閒情	飲宴歡樂 家國情懷	歌頌詠人 佛道修行	祝壽賀詞 其他
一				1				1
	1				1	1	1	
二				1		4		
	1		1		1	1		
三	2	2			1	2	2	3
	3	3	2	3	5		4	

〔註18〕龍榆生：《詞曲概論》（北京：北京出版社，2004年9月），頁190。

四	2	3	6	2	1	1		
	5	4	3	2	2	1	5	
五		1						
							1	
六			1				1	1
	1	1					1	
七	2	5		1	2	1	1	1
	8	6		2	2		4	
八	2	1		5	1	2	7	1
	3	2	1	7	1		6	2
九			1					
十		1			1		1	
十一	1	1						
	1	1		2			2	
十二	2	2		2		2		3
	1	2	1	1				
十三								
十四								
	1						1	
十五								
十六								1
				1			1	
十七	3	2	1		1			2
		2					5	2
十八								
				1				
十九								

備註：此表不含越出部界之作。

　　就「表二」所列，〈漁家傲〉用韻整體上仍以第七、第八部韻居多，與前文所觀察的結果相似。但因不同的主題中，蘊含相異的情感，而產生某種程度的區別。如：「閨怨愁思」、「相思愛情」、「離愁別恨」、「感時傷懷」、「羈旅他鄉」所傳達的聲情以怨恨惆悵為主，韻部以第四部韻居多，較為集中。

　　而「飲宴歡樂」、「歌頌詠人」、「祝壽賀詞」、「歲時節序」大多為歡樂祝賀的情調，韻部分佈較分散。「飲宴歡樂」以第二部韻居多；「歌頌詠人」主要用第八部韻表現；「歲時節序」多以第七部韻填作。

　　至於「吟詠風物」主要用韻同於「歲時節序」，多為第七部韻；「隱逸安閒」以第八部韻展現；「漁家閒情」多用第三部韻填作。而「寫景遊歷」、「祝壽賀詞」、「家國情懷」、「佛道修行」在用韻上則無明顯集中於某韻部的現象。特別的是〈漁家傲〉對入聲韻部的使用不多，且多集中於第十七部韻，以表現「佛道修行」的主題居多。王易與曾永義都曾對韻部的聲情，加以說明。王易《詞曲史》記載如下：

> 韻與文情關係至切：平韻和暢，上去韻纏綿，入韻迫切，此四聲之別也。東董寬洪，江講爽朗，支紙縝密，魚語幽咽，佳蟹開展，真軫凝重，元阮清新，蕭篠飄灑，歌哿端莊，麻馬放縱，庚梗振屬，尤有盤旋，侵寢沉靜，覃感蕭瑟，屋沃突兀，覺藥活潑，質術急驟，忽月跳脫，合盍頓落，此韻部之別也。〔註19〕

又曾永義〈影響詩詞曲節奏的要素〉提及：

> 東鍾韻沉雄，江陽韻壯闊，車遮韻淒咽，寒山韻悲涼，先天韻輕快，魚模韻舒徐，支思韻幽微，家麻韻放達，皆來韻瀟灑。〔註20〕

以王易與曾永義的說法，則第四部魚語韻幽咽、舒徐；第七部元阮韻

〔註19〕　王易：《詞曲史》（南京：江蘇教育出版社，2005年8月），頁178。
〔註20〕　此所分韻部為〔元〕周德清：《中原音韻》的分為十九類的分法。一東鍾、二江陽、十四車遮、八寒山、十先天、五魚模、三支思、十三家麻、六皆來。見曾永義：〈影響詩詞曲節奏的要素〉《中外文學》四卷八期，1976年1月，頁24。

清新；第八部蕭篠韻飄灑；第三部支紙韻纓密。各韻部的聲情不同，若能依主題內容配以相合的韻部，則聲與情更能相得益彰。

以〈漁家傲〉詞作，檢視韻與主題情感的關聯，則幽咽、舒徐的第四部魚語韻，多用來表現「離愁別恨」；清新的第七部元阮韻，則多抒寫「歲時節序」；「歌頌詠人」的主題，常用飄灑的第八部蕭篠韻；第三部支紙韻則以近於均分的狀態，出現於各主題。〔註21〕「漁家閒情」雖多用第三部韻，但因僅是一詞人所作，所以應與個人用韻習慣相關，而出現較集中的現象，代表性略顯不足。

依據龍榆生說法，押上去為主的仄聲韻，句句用韻，會顯示出緊促的情調，適宜表達曲折變化、纏綿悱惻的淒惘的心情，但從〈漁家傲〉主題與用韻聲情關聯的分析來看，則不同的主題內容，有不同的韻部聲情相配。也許是詞家本身有慣用的韻部，又或者是詞家因應所想要表達情感的態度，有時是情意溢滿字裏行間，濃烈說愁；有時則是以飄然的態度，灑脫面對，這與詞家的內心修養和慣於表達的方式有關，而形成同一主題，以不同的韻部聲情表達的現象。但基本上詞韻與聲情之間，仍有一定的關聯，只是這關聯並非不可逾越，所以仍可以在〈漁家傲〉詞作中找到以振屬之韻，寫閨怨愁思主題，或是用急驟的韻部，填隱逸閒適內容的詞作。徐釚《詞苑叢談》：

> 宋人詞調，確自樂府中來。時代既異，聲調遂殊，然源流未使不同，亦各就其情知所近取法之耳。〔註22〕

應可對這樣的現象，稍加說明。

唐五代詞牌多與主題感情相合，因此詞牌名與內容情感尚且相

〔註21〕 丁邦新曾對元曲韻字與代表意義，探求聲情關係，所得結論為：元代散曲中的韻字沒有示意的作用。韻字與所表聲情無必然關係，以詞韻第三部韻觀之，丁邦新的說法似可提供另一面向的思考。丁邦新：〈元曲韻字示意說之探討〉《臺靜農先生八十壽慶論文集》（台北：聯經出版社，1981 年 11 月），頁 821～842。

〔註22〕 〔清〕徐釚：《詞苑叢談》（台北：木鐸出版社，1982 年 2 月），頁80。

似，但詞樂喪失後，脫離音樂的詞，以文字譜爲主，押韻的聲情也就不注重了。僅有的依據，只是寫戀情不用雄放的調子，寫慷慨激昂的愛國情操不用艷歌的大原則。且有相當多的唐宋詞調，既不能歸之爲艷歌，也不能歸之爲雄曲。〔註23〕因此今人從用韻與主題分部的統計中，也僅能略見韻部聲情與主題的相關性。

關於〈漁家傲〉的聲情，吳熊和〈選聲擇調與詞調聲情〉一文中，曾明確指出：

> 〈漁家傲〉也是個高調。晏殊〈漁家傲〉：「齊揭調，神仙一曲〈漁家傲〉。」王之道〈漁家傲〉：「絕唱新歌仍敏妙。聲窈窕。行雲初過〈漁家傲〉。」歐陽修用〈漁家傲〉調作鼓子詞十二篇，歌唱時用小鼓伴奏。〔註24〕

這段認爲〈漁家傲〉聲情，屬高亢詞調的論述，似乎無法全面概括〈漁家傲〉詞牌的聲情。就韻部而言，晏殊：「求得淺歡風日好。齊揭調。神仙一曲漁家傲。」與王之道：「絕唱新歌仍敏妙。聲窈窕。行雲初過漁家傲。」都是以飄灑的第八部韻塡；而歐陽修的鼓子詞十二篇，大部分是以清新的第七部韻塡作，且其中不乏幽微縝密的第三部、幽咽的第四部，各有各的聲情，因此無法代表〈漁家傲〉主要聲情。且較早塡作〈漁家傲〉的晏殊，14 首詞作的韻部，就使用了第二、三、四、六、七、八、十二、十七韻部，一共八個不同的韻部，所以〈漁家傲〉的聲情既非雄曲，亦非艷歌，而是介於二者之間，只要韻部與主題相配，則可以廣泛地運用。

本文從各個角度觀察，試圖呈現〈漁家傲〉的聲情，但也只能說對〈漁家傲〉的聲情，稍加勾勒，無法精細描繪，而吳熊和因周邦彥所作二首〈漁家傲〉標明宮調爲「般涉調」，就大膽認定〈漁家傲〉是個高亢的詞調的說法，似有可議之處。

〔註23〕 吳熊和：〈選聲擇調與詞調聲情〉《杭州大學學報》第 13 卷第 2 期，1983 年 6 月，頁 48。
〔註24〕 吳熊和：〈選聲擇調與詞調聲情〉《杭州大學學報》，頁 48。

第四節　和韻的音韻特色

　　文人詞最初是在酒邊歌筵，供歌妓娛賓遣興用的，自脫離酒席，延伸至文壇，它的功能就逐步拓展，但主要還是以酬贈內容為主。而酬贈的方式，除主動填詞致意之外，還有分題、和題、和韻三種方式。其中和韻（或謂次韻），就是以和他人韻腳的方式，是最常見的。所以和韻對詞調的流行有一定的影響貢獻，除可以看出當時互相酬唱的情形，也可以明白哪些韻腳最常被追和，並觀察詞人所喜愛的〈漁家傲〉韻部。在總數 293 首〈漁家傲〉詞作中，以同調和他人韻腳的有 4 組共 12 闋作品，屬於個人重唱的次韻作品則有 4 組 13 闋，現依韻部分列如下：

1、第四部

　　步（暮）、露（暮）、府（噓）、趣（遇）、路（暮）、處（御）、語（語）、去（御）、住（遇）、雨（噓）

　　晏　殊「楊柳風前香百步」

　　米友仁「郊外春和宜散步」

2、第六、十一、十三部

　　靜（靜）、趁（震）、病（映）、甚（寢）、枕（寢）、徑（徑）、盛（勁）、定（徑）、近（隱）、令（勁）

　　張炎「門掩新陰孤館靜」、「辛苦移家聊處靜」

3、第八部

　　老（皓）、到（号）、好（皓）、道（皓）、少（笑）、笑（笑）、了（篠）、妙（笑）、窕（篠）、傲（号）

　　王之道「巖電晶熒君未老」、「歲月漂流人易老」、「燈火熙熙來稚老」、「繫國安危還故老」、「海岱惟青遺一老」、「爵齒俱尊惟此老」、「老老恩波今及老」

　　掃（皓）、小（小）、杳（篠）、繞（小）、曉（篠）、渺（小）、了（篠）、老（皓）、惱（皓）、好（皓）

　　陳　著「浪麥風微花霧掃」、「山弄夕輝眉淡掃」

4、第十二部

晝（宥）、秀（宥）、鬥（候）、後（候）、柳（有）、溜（宥）、
袖（宥）、酒（有）、久（有）、候（候）

周邦彥「灰暖香融銷永晝」

方千里「燭彩花光明似晝」

楊澤民「穠李素華曾縞晝」

陳允平「日轉花梢春已晝」

晝（宥）、皺（宥）、岫（宥）、瘦（宥）、圃（宥）、舊（宥）、
候（候）、酒（有）、久（有）、袖（宥）

吳潛「每日困慵當午晝」、「遍閱芳園閒半晝」

5、第十七部

惻（職）、積（昔）、國（德）、得（德）、識（職）、客（陌）、
仄（職）、席（昔）、適（錫）、滴（錫）

周邦彥「幾日輕陰寒測測」

方千里「冷葉啼螿聲惻惻」

楊澤民「未把金杯心已惻」

陳允平「自別春風情意惻」

極（職）、席（昔）、夕（昔）、得（德）、日（質）、識（職）、
秩（質）、敵（錫）、繹（昔）、十（緝）

華　嶽「昨夜壽星朝北極」

趙希蓬「怪見台星離紫極」

從主題分部而言，較集中於三類主題：歌頌祝壽有 9 首；隱逸閒
適的有 6 首；閨怨愁思有 5 首，其他為思鄉、歡樂飲宴、詠荷、感嘆、
戒酒等內容。若就韻部而言，和韻最多的韻部以第八部最多，第十二
部、第十七部次之，與〈漁家傲〉整個用韻情形，大致吻合。

以詞家來看，張炎與吳潛、陳著各 2 首，而王之道個人重唱的次
韻之作最多有 7 首。這七首的內容主要分成二個：一是和孔純老，一
是和董舍人，雖然都不出祝賀歌頌之意，但却能以相同韻腳，變化出

不同的詞意。如「了」字就有「完成」之意的「新妝了」；句末助詞的用法「簾捲東風了」；也有結束意思的「莫叫虛過芳菲了」。「傲」字則有「相嘲傲」、「漁家傲」、「南窗傲」、「淵明傲」、「消驕傲」的變化。且全以飄灑的第八部韻來歌頌祝賀，應是以特有的聲情，歌頌對方飄逸灑脫的風采。

二人相和的有二組：晏殊「楊柳風前香百步」、米友仁「郊外春和宜散步」與華嶽「昨夜壽星朝北極」、趙希蓬「怪見台星離紫極」。晏殊從荷塘景致的優美下筆，表現喜愛美景的心情；米友仁則是從景氣和暢的春郊著手，寫「且看群岫煙中雨」的隱逸閒適，這二首所詠主題雖不同，但以「舒徐」的第四部韻配合，都能讓人感受到美景環繞下，作者想表達的心境。而華嶽、趙希蓬則不但是和韻，更是寫作相同主題──祝壽。這位壽星的生日在七夕的前一日，華嶽以「聞有謫仙先一夕」說出，趙希蓬則用「明日人間逢七夕」，都是在第三句的位置，各具巧思，不過趙希蓬全詞第八句相同位置，用了與華嶽相同的字句「誰與敵」，算是不盡理想之處。華嶽以祝賀千歲，歌頌壽星綽約俊美、當推薦給朝廷為重點；趙希蓬則帶寫壽筵的熱鬧盛大，皆以急驟的十七部韻表達熱切祝福與熱鬧情境。

而二人以上相和的也有二組，就是方千里、楊澤民、陳允平三位詞人追和周邦彥的二闋詞作。這三人和清真詞是出了名的多，可以將和清真詞的詞作集合成冊的，王偉勇《南宋詞研究》：

> 南宋詞人和韻北宋之作，論普遍，以東坡詞最廣；論數量，
> 則以清真詞最豐，蓋以專集和之也。〔註25〕

說的就是周邦彥每製一調，士紳名流就會依律相和唱。方千里、楊澤民有《和清真全詞》各一卷，時人合二人及周邦彥詞刻之為《三英集》行世。而陳允平追和周邦彥的詞作，則收錄於《西麓繼周集》中。底下我們就來看看方千里、楊澤民、陳允平對周邦彥〈漁家傲〉這二闋

〔註25〕 王偉勇：《南宋詞研究》（台北：文史哲出版社，1987 年 9 月），頁
204。

詞的追和。

　　首先看以第十二部韻盤旋的聲情所寫作的四首：周邦彥「灰暖香融銷永」、方千里「燭彩花光明似畫」、楊澤民「穠李素華曾縞畫」、陳允平「日轉花梢春已畫」。其內容以歡樂飲宴、愁思為主。歡樂飲宴過後，周詞「沉吟久。昨宵正是來時候」與方千里「更漏久。消魂獨自歸時候。」都有沉思吟味的餘韻縷縷；而陳詞「徘徊久。一雙燕子歸時候。」與楊詞「徘徊久。者番枉走長亭候。」寫久候不得見的愁思，縈繞心頭。這些以盤旋繚繞的第十二部韻作為韻腳，更能使聲情相和，情意繚繞。

　　至於押第十七部韻的，包含替女子發聲二首，以男子口吻書寫二首。方千里「冷葉啼螿聲惻惻」、陳允平「自別春風情意惻」以女子立場寫出閨怨相思，方詞「秦箏不理香塵積」「銀臺燭淚成行滴」、陳詞「愁來懶傍菱花仄」「杯盈珠淚還偷滴」，一如唐五代的綺靡風格，寫女子相思哭泣之狀，急驟的第十七韻部就將女子的又氣又急，淚下如雨的泣訴，栩栩呈現。

　　而周邦彥「幾日輕陰寒測測」是以男子立場，寫書生有家歸未得，長住歌樓，思鄉愁懷，賴美人解慰的情景，這種非迷戀不醒的慨嘆情緒，以第十七部韻表白內心暗自焦急、憂慮不得歸的心情，亦有特殊的情調。楊澤民「未把金杯心已惻」則是寫常因陶陶大醉導致沉疴，所以立下「從今更不嘗涓滴」的戒酒決心，也適合以十七部韻表達立志戒酒的急切激動的心情。

第五章　〈漁家傲〉之名家名作

　　評選單一詞牌的大家、名作，實非易事，因評選的標準不易訂定，可是若能品評出大家名作，並進一步分析大家所填詞作內容主題趨向，或後世對名作的評價，亦有助於對此詞牌之認識。

第一節　選評標準

　　根據《全唐五代詞》及《全宋詞》所錄總數 293 首的〈漁家傲〉詞作，是由 101 位詞人所填作（《全唐五代詞》中的無名氏及呂巖與《全宋詞》重複，故不再計入），平均每人不到 3 闋，且有 67%的作品掌握在 25 人手上，所以無論是內容或形式，這 25 人的作品會有很深刻的影響力，牽動著〈漁家傲〉的內容和形式。

　　詞牌本身有音樂性，詞人藉以抒發感情，但隨著流傳日廣，創作者越多，詞牌的音樂屬性，則可能因某些詞人的大量創作而轉變；又或者因為本調出現了享譽詞壇的名作，引起其他詞人跟進，時日一久，累積出可觀的數量，反而使原本的音樂屬性遭到遺忘，而這些當初可能只是某詞家、某名作的情思，卻成了這個詞調的主流聲情。

　　作品數量的多寡與影響層面的大小有關，有足以左右詞調聲情的力量；而作品受後人青睞，選入選集，則代表對此闋詞有相當程度的重視，而且藉由各選集選入次數的多寡，也可看出作品的流傳度。因

此選評名家名作的標準，先以作品數量的多寡選出常塡詞人；次依作品選入選集的次數，求得著名作品。再依據統計而出的數量及入選次數，交叉比對，評選出名家，進行探討。

　　常塡詞人以詞作數量統計，不難執行；著名作品則以 25 種選集著手進行統計。這 25 種選集包括，由宋迄清的選集 13 種以及近代選集 12 種：

由宋迄清

　　宋‧曾慥《樂府雅詞》及拾遺（臺北：臺灣商務印書館，1986年 3 月《影印文淵閣四庫全書》本），冊 1489。

　　宋‧黃昇《花庵詞選》及續集（臺北：臺灣商務印書館，1986年 3 月《影印文淵閣四庫全書》本），冊 1489。

　　宋‧趙聞禮《陽春白雪》（北京：中華書局，1985 年《叢書集成初編》影印《粵雅堂叢書》本）。

　　宋‧周密、清‧查爲仁、厲鶚箋《絕妙好詞》（臺北：臺灣商務印書館，1986 年 3 月《影印文淵閣四庫全書》本），冊 1490。

　　佚名《草堂詩餘》（臺北：臺灣商務印書館，1986 年 3 月《影印文淵閣四庫全書》本），冊 1489。

　　明‧楊愼《詞林萬選》（臺北：莊嚴文化事業公司，1997 年 6 月《四庫全書存目叢書》據清乾隆十七年曲溪洪振珂重印明末毛氏汲古閣刻詞苑英華本），冊 422。

　　明‧陳耀文《花草粹編》（臺北：臺灣商務印書館，1986 年 3 月《影印文淵閣四庫全書》本），冊 1490。

　　清‧朱彝尊《詞綜》（臺北：臺灣商務印書館，1986 年 3 月《影印文淵閣四庫全書》本），冊 1993。

　　清‧張惠言《詞選》（台北：中華書局，1981 年《四部備要》據錢塘徐氏校本校刊），冊 591。

　　清‧黃蘇《蓼園詞選》──《清人選評詞集三種》（濟南：齊魯書社，1988 年 9 月）。

清・周濟輯《宋四家詞選》(北京:中華書局,1985 年《叢書集成初編》影印《滂喜齋叢書》本)。

清・沈辰垣、王奕清等奉敕編《御選歷代詩餘》(臺北:臺灣商務印書館,1986 年 3 月《影印文淵閣四庫全書》本),冊 1991～1993。

清・夏秉衡《歷朝名人詞選》(臺北:廣文書局,1972 年 9 月據掃葉山房石印)。

近代選集

梁令嫻《藝蘅館詞選》(臺北:臺灣中華書局,1970 年 10 月)。

龍沐勛《唐宋名家詞選》(臺北:臺灣開明書店,1975 年 4 月)。

朱祖謀輯唐圭璋箋注《宋詞三百首箋注》(臺北:臺灣學生書局,1976 年 9 月)。

唐圭璋《全宋詞簡編》(上海:上海古籍出版社,1981 年 7 月)。

胡雲翼《詞選》(上海:上海古籍出版社,1982 年 10 月)。

唐圭璋《唐宋詞簡釋》(上海:上海古籍出版社,1986 年 11 月)

夏承燾《唐宋詞選》(北京:中國青年出版社,1987 年)。

俞陛雲《唐五代兩宋詞選釋》(台北:文史哲出版社,1988 年 7 月)。

盧元駿《詞選註》(臺北:正中書局,1988 年 10 月)。

俞平伯《唐宋詞選釋》(石家莊:花山文藝出版社,1997 年 11 月)。

中國社會科學院文學研究所《唐宋詞選》(北京:人民文學出版社,1997 年 1 月)。

胡適選注《詞選》(石家莊:河北人民出版社,1999 年 1 月)。

以上述選集中唐五代迄宋的詞作為範圍,排除明清詞作,統計〈漁家傲〉詞選入選集的實際狀況,以求貼近昔時受人青睞的景況。25 本選集中《絕妙好詞》未選錄〈漁家傲〉詞作,故透過統計整理這 24 種選集,所產生的數據結果,應具有一定的可信度,可重現當時景況。

　　首先以作者爲準對所塡〈漁家傲〉詞作數量，進行統計，可得塡
作最多的前25名，依次爲：

1、歐陽修	50闋	2、可　旻	20闋
3、洪　适	16闋	4、晏　殊	14闋
5、王之道	8闋	6、無名氏（宋）	7闋
7、黃　裳	7闋	8、蘇　軾	6闋
9、呂渭老	6闋	10、黃庭堅	6闋
11、史　浩	6闋	12、周紫芝	5闋
13、秦　觀	5闋	14、呂　嚴	4闋
15、賀　鑄	4闋	16、淨　端	4闋
17、洪　皓	4闋	18、楊无咎	4闋
19、毛　滂	3闋	20、張元幹	3闋
21、王安石	3闋	22、杜安世	3闋
23、盧祖臯	3闋	24、朱敦儒	3闋
25、呂勝己	3闋		

　　這前25名，扣掉無法指名道姓的「無名氏」，則尚有24位詞人，
常以〈漁家傲〉塡詞。

　　再則查閱24種選集，可得入選〈漁家傲〉詞人其所佔比例，依
次爲：

1、周紫芝	100％	2、毛　滂	100％
3、張元幹	100％	4、周邦彥	100％
5、葛勝仲	100％	6、李清照	100％
7、毛　开	100％	8、石孝友	100％
9、方千里	100％	10、張　炎	100％
11、無名氏（唐五代）	100％	12、范仲淹	100％
13、張　先	100％	14、強　至	100％
15、圓禪師	100％	16、李之儀	100％
17、蘇　轍	100％	18、朱　服	100％

19、陳師道	100%	20、謝　逸	100%
21、晁沖之	100%	22、王　寀	100%
23、曹　組	100%	24、陳　克	100%
25、呂本中	100%	26、薛幾聖	100%
27、陳襲善	100%	28、陳與義	100%
29、李　石	100%	30、王千秋	100%
31、陸　游	100%	32、黃　銖	100%
33、張　鎡	100%	34、危　稹	100%
35、吳禮之	100%	36、李昂英	100%
37、譚宣子	100%	38、丁義叟	100%
39、晏　殊	93%	40、蘇　軾	83%
41、王安石	67%	42、歐陽修	62%
43、侯　寘	50%	44、程　垓	50%
45、陳允平	50%	46、無名氏	43%
47、杜安世	33%	48、盧祖皋	33%
49、呂渭老	17%		

　　入選比例高於 30%的詞人，共有 48 位，其中就有 38 位達 100
%。38 位中僅周紫芝 5 首，毛滂、張元幹 3 首，周邦彥、葛勝仲、
李清照、毛开、石孝友、方千里、張炎 7 位有 2 首之外，其餘 28 位
都只有一首作品，但也都受到重視，這是很奇特的現象。（參見附錄
二）

　　比對填作數量多的詞人，可以發現二者關聯性不大，詞作數量多
寡與入選數，並無太大關聯。例如填作數量前五名的詞家：歐陽修、
可旻、洪适、晏殊、王之道等人的入選比例，最高為晏殊的 93%，
數量最多的歐陽修僅有 62%。所以考慮為兼顧質與量二個因素，便
將二者交叉比對後，列出填作數量超過所有詞作平均值，即達三闋以
上（包含三闋）的詞家，並計算出其入選比例，如下表：

表格七：唐五代迄宋〈漁家傲〉詞人與入選作品比例對照表

編號	作　者	作品總數	入選首數	入選數名次	比例	評選
1	歐陽修	50	31	1	62%	○1
2	可旻	20	0	7	0%	
3	洪适	16	0	7	0%	
4	晏殊	14	13	2	93%	○2
5	王之道	8	0	7	0%	
6	無名氏（宋）	7	1	6	13%	
7	黃裳	7	0	7	0%	
8	蘇軾	6	5	3	83%	○3
9	呂渭老	6	1	6	17%	
10	黃庭堅	6	0	7	0%	
11	史浩	6	0	7	0%	
12	周紫芝	5	5	3	100%	○4
13	秦觀	5	0	7	0%	
14	呂巖	4	0	7	0%	
15	賀鑄	4	0	7	0%	
16	淨端	4	0	7	0%	
17	洪皓	4	0	7	0%	
18	楊无咎	4	0	7	0%	
19	毛滂	3	3	4	100%	○5
20	張元幹	3	3	4	100%	○5
21	王安石	3	2	5	67%	○6
22	杜安世	3	1	6	33%	○7
23	盧祖皋	3	1	6	33%	○7
24	朱敦儒	3	0	7	0.00	
25	呂勝己	3	0	7	0.00	

　　由上表所列，扣除無名氏，可評選出前 9 名常填詞人，包括歐陽修、晏殊、蘇軾、周紫芝、毛滂、張元幹、王安石、杜安世、盧祖皋。

　　找出名家之後，緊接著便以單闋作品為準，統計出現在各選集中的次數（詳如附錄三）。為方便論述，便將單闋入選次數達 3 次以上者，表列如下，方便檢閱，符合這樣標準的詞作共有 22 闋。

表格八：單闋入選詞集次數統計表

作者	首句	雅詞朱選	花庵雲選	陽春龍選	草堂伯選	詞林翼選	粹編唐選	詞綜鄭選	蓼園盧選	四家適選	御選夏選	歷朝院選	梁選歷代	總計
范仲淹	塞下秋來風景異		○		○		○	○	○		○		○	
				○	○	○	◎	○			○	○		17
李清照	天接雲濤連曉霧	○	○								○		○	
				○			○				○	○		9
謝逸	秋水無痕清見底	○			○		○			○	○			
							○							7
陸游	東望山陰何處是							○						
				○				○						7
歐陽修	十月小春梅蕊綻	○	○		○		○				○			
			○											6
張先	巴子城頭青草暮					○					○			
							◎							5
王安石	平岸小橋千嶂抱	○			○				○					
							○							5
朱服	小雨廉纖風細細							○			○			
		○					◎							5
李石	西去征鴻東去水		○					○			○	○		
														5
周邦彥	灰暖香融銷永晝			○							○			
				○			○							4
周邦彥	幾日輕陰寒測測				○		○				○			
							○							4
陳襲善	鷲嶺峰前闌獨倚						○	○						
							○							4
張元幹	釣笠披雲青障繞				○						○			
							○							4

作者	詞作														
張元幹	樓外天寒		○					○				○			
	山欲暮							○							4
歐陽修	花底忽聞											○			
	敲兩槳							○						○	3
杜安世	疏雨才收					○		○				○			
	淡泞天														3
蘇軾	千古龍蟠		○									○			
	开虎踞							○							3
陳與義	今日山頭	○	○									○			
	雲欲舉														3
黃銖	永日離憂								○			○			
	千萬緒														3
張鎡	拂拂春風		○					○				○			
	生草際														3
危稹	老去諸餘		○						○			○			
	情味淺														3
丁羲叟	十里寒塘							○	○			○			
	初過雨														3

註:「◎」表唐圭璋《唐宋詞簡釋》、《全宋詞簡編》皆入選

　　由上表可知,范仲淹「塞下秋來風景異」高達17次的入選率,居第一名作之位,實至名歸;而李清照「天接雲濤連曉霧」、謝逸「秋水無痕清見底」、陸游「東望山陰何處是」入選次數也都在7次以上,亦入名作之列。為展現〈漁家傲〉個別風貌,將在本章第二節中討論〈漁家傲〉前4名名家;第三節中賞析前5闋名作。

第二節　名家特色

　　101位作者,時代背景相近,並以相同的詞牌填作,所以作品不免因共同因素的影響而有共通性,此部分詳如第二章所探討。又作者可能因個人遭遇特殊或獨鍾某一詞牌、主題,而形成屬於個人的獨具風格的特性。下就〈漁家傲〉前4名常填詞人歐陽修、晏殊、蘇軾、周紫芝的〈漁家傲〉詞作,尋找詞人〈漁家傲〉的獨特風格。實際上

評選而出的排列順序,爲歐陽修、晏殊、蘇軾、周紫芝,但爲求能見出前後的傳承與影響,因此下文依時代先後排列,將晏殊列於歐陽修之前作論述。

一、晏 殊

晏殊(991～1055),字同叔,撫州臨川人。七歲能屬文。景德二年(1005),以神童召試,賜同進士出身。累擢知制誥、翰林學士。慶曆中,拜集賢殿學士、同中書門下平章事、兼樞密使。出知永興軍,徙河南府,遷兵部,以疾請歸京師,留侍經筵。至和二年(1055)卒,贈司空兼侍中,諡元獻,年六十五。〔註1〕有臨川集,紫微集,俱不傳。詞有珠玉詞一卷。〔註2〕

晏殊詞有 140 闋,共 43 調。常用詞調有九種:〈漁家傲〉(14 首)、〈浣溪沙〉(13 首)、〈木蘭花〉(10 首)、〈訴衷情〉(8 首)、〈采桑子〉(7 首)、〈蝶戀花〉(6 首)、〈清平樂〉(5 首)、〈喜遷鶯〉(5 首)、〈踏莎行〉(5 首)。從作品數量可以知道〈漁家傲〉是晏殊最常填的詞調。

這 14 首以「荷」爲共同歌詠的主題,用同一曲調——〈漁家傲〉寫成,具聯章體風格。以

> 畫鼓聲中昏又曉。時光只解催人老。求得淺歡風日好。齊揭調。神仙一曲漁家傲。　綠水悠悠天杳杳。浮生豈得常年少。莫惜醉來開口笑。須信道。人間萬事何時了。

開啓歌詠荷花的主旨,而荷花「紅嬌綠嫩」象徵青春年少;荷花凋零告訴世人「紅顏」已老,所以最後第 14 首以「嫩綠堪裁紅欲綻」一闋集中表達作者對荷花無限愛惜、對青春紅顏無限留戀的綿長情意,充分表現曠達之情。〔註3〕分析這 14 首詞作,在內容上,除有二闋以

〔註1〕〔元〕托克托:《宋史》(臺北:臺灣商務印書館,1986 年 3 月《影印文淵閣四庫全書》本),卷311,冊286,頁 114～116。

〔註2〕唐圭璋編、王仲聞參訂、孔凡禮補輯:《全宋詞》(北京:中華書局,1999 年 1 月),頁 111。

〔註3〕劉揚忠:《晏殊詞新釋輯評》(北京:中國書店,2003 年 1 月)頁 140。

人爲主，以荷爲輔，寫採蓮女心中情思的牽繫〈漁家傲・越女采蓮江
北岸〉，及懷念情人〈漁家傲・粉面啼紅腰束素〉之外，其餘可分爲
二類。

　　第一寫盡荷姿萬千。有直接抒寫荷花姿態美感的清新佳句，如：
「荷葉初開猶半卷。荷花欲拆猶微綻。此葉此花眞可羨。秋水畔。青
涼徹映紅妝面。」語言平易，畫面却生動美麗，秋水岸邊搖曳生姿紅
花綠葉相稱的景致，如在人眼前。最多的則是以美人代寫荷花，如：

　　瓊臉麗人青步障。風牽一袖低相向。〈漁家傲・罨畫溪邊停
　　彩舫〉

　　斂面似啼開似笑。天與貌。人間不是鉛華少。〈漁家傲・宿
　　蕊鬪攢金粉鬧〉

　　臉傳朝霞衣剪翠。重重佔斷秋江水。〈漁家傲・臉傳朝霞衣
　　剪翠〉

　　粉淚暗和清露滴。羅衣染就秋江色。〈漁家傲・幽鷺慢來窺
　　品格〉

　　楚國細腰元自瘦。文君膩臉誰描就。〈漁家傲・楚國細腰元
　　自瘦〉

這其中有直接白描的寫法，也有典故的使用。但都是把荷花刻畫成爲
風情萬種的美人，惹人疼惜憐愛。以生活所見客觀景物塗上主觀色
彩，形成閑適、優美、纖細的情調，展現閑雅而溫潤的風格。

　　其次是以荷花的凋謝，抒發人生短暫的感嘆，表現情中有思的意
境。從「綠水悠悠天杳杳。浮生豈得長年少」〈漁家傲・畫鼓聲中昏
又曉〉寫起，接著寫秋天荷花凋謝「殘紅片片隨波浪」〈漁家傲・罨
畫溪邊停彩舫〉的衰殘情景，寄託作者悼惜美好事物不能長久的惆
悵，續寫「待得玉京仙子到。憑向道。紅顏只合長年少」〈漁家傲・
宿蕊鬪攢金粉鬧〉希望美好的時光、紅顏一直保存在青春年少的狀
態；再由「日夜聲聲催箭漏。昏復晝。紅顏豈得長如舊。」〈漁家傲・
楚國細腰元自瘦〉強調時光易逝，花朵難以美麗依舊的惋惜，但是再

怎麼惋惜，也是「東流到了無停住」〈漁家傲·粉面啼紅腰束素〉，所以最後以「總是凋零終有恨。能無眼下生留戀。何似折來妝粉面。勤看取。勝如落盡秋江岸。」〈漁家傲·嫩綠堪裁紅欲綻〉作結，力倡解決處理青春易老這個難題的方法，就是趁著花還是盛開的時候，趕緊折來裝飾美人的粉面，滿足詞人欣賞，總勝過嘆息花朵凋謝於秋江岸邊。在這些惋惜聲中所透露的是愛花、惜花的心情，詞人以來自對人生的感受體驗所得理性的「思」——處理辦法，明快果決面對現實——青春易老的問題。這種「思」的意境，葉嘉瑩認為：

> 它並非由頭腦思考所得，他原即在情感之中，而非在情感之外，所以其表現於詞易全屬無心，而決非有意，因之這一份思致也就只宜於吟味和感受。〔註4〕

從詞作的吟味和感受中，確實能體會到作者情感中所帶有的思致。

　　至於形式上，則表現在修辭及擅於寫景二方面。〔註5〕修辭方面以擬人方式表現的有：

> 荷葉荷花相間鬥。紅嬌綠嫩新妝就。〈漁家傲·荷葉荷花相間鬥〉
>
> 半夜月明珠露墜。多少意。紅腮點點相思淚。〈漁家傲·臉傳朝霞衣剪翠〉
>
> 幽鷺慢來窺品格。雙魚豈解傳消息。〈漁家傲·幽鷺慢來窺品格〉

「鬥」字寫活了荷花的爭奇鬥豔；露珠兒成了荷花的「相思淚」；幽鷺要來窺探品格，魚兒不懂為她傳遞消息，更是將荷花化身成滿懷愁思而無法傾訴的美人。以譬喻法表現的則有：

> 「蓮葉層層張綠繖。蓮房箇箇垂金盞。」〈漁家傲·越女采蓮江北岸〉
>
> 「爭奈世人多聚散。頻祝願。如花似葉長相見。」〈漁家傲·

〔註4〕葉嘉瑩：《迦陵論詞叢稿》（台北：明文書局，1987年12月），頁125。

〔註5〕黃文吉：《北宋十大詞家研究》（台北：文史哲出版社，1996年3月），頁17～27。

荷葉初開猶半卷〉

「楊柳風前香百步。盤心碎點眞珠露。」〈漁家傲・楊柳風
前香百步〉

「仙女出遊知遠近。羞借問。饒將綠扇遮紅粉。」〈漁家傲・
葉下鸂鶒眠未穩〉

「畫畫溪邊停彩舫。仙娥繡被呈新樣。」〈漁家傲・畫畫溪
邊停彩舫〉

以綠傘、金盞來形容荷葉、蓮房；希望親朋要似荷花荷葉長相見；荷
葉帶露如翡翠盤裏滾動著粒粒渾圓的珍珠；風吹荷花如用綠扇半遮住
羞紅臉蛋的仙女在水中游動；荷花密布的美景就像繡被一樣鮮麗，都
是以恰如其分的譬喻來表達。而以諧音雙關的修辭來表現的則有：

試折亂條醒酒困。應有恨。芳心拗盡絲無盡。〈漁家傲・葉
下鸂鶒眠未穩〉

一把藕絲牽不斷。紅日晚。回頭欲去心撩亂。〈漁家傲・越
女采蓮江北岸〉

以絲、思諧音雙關，寫荷花的情思無窮盡及採蓮女的情思。至於擅於
寫景則是將情感融入景色中，以景結語，形成悠長的韻味。

飲散短亭人欲去。留不住。黃昏更下蕭蕭雨。〈漁家傲・楊
柳風前香百步〉

應有錦鱗閒倚傍。秋水上。時時綠柄輕搖颺。〈漁家傲・畫
畫溪邊停彩舫〉

却傍小闌凝坐久。風滿袖。西池月上人歸後。〈漁家傲・楚
國細腰元自瘦〉

用景來作爲結束，讓讀者藉由景色來感受詞人的惆悵心情或愛戀美景
的心情。晏殊的〈漁家傲〉所展現的風情，近於唐五代以來的詞風，
當中特別的是晏殊能塑造出情中有思的意境，使詞具有獨特性。

二、歐陽修

根據〈漁家傲〉詞牌的數量統計，歐陽修是遠遠高出各家的；若

只是單獨計算歐陽修的所有詞作，〈漁家傲〉仍是歐陽修的最愛。根據羅鳳珠「網路展書讀唐宋詞檢索系統」收錄的歐陽修詞作共有 266 首，〈漁家傲〉50 首佔第一，〈玉樓春〉34 首為第二。〈漁家傲〉佔歐詞近五分之一的份量，堪稱〈漁家傲〉第一詞人。

　　歐陽修（1007～1072），字永叔，廬陵（今江西吉安）人。天聖八年（1030）省元，中進士甲科。累擢知制誥、翰林學士、歷樞密副使、參知政事。神宗朝，遷兵部尚書，以太子少師致仕。熙寧五年（1072）卒，贈太子太師，諡曰文忠，年六十六。修始在滁州，號醉翁，晚更號六一居士。〔註6〕有集傳世。〔註7〕

　　以詞作主題來看，歐陽修〈漁家傲〉以寫時令節俗佔最多，採蓮居次。時令節俗包含 24 首讚美一月至十二月的美麗風光、節日外，還有專為重陽、七夕而寫的詞作。

　　首先就時令節俗而言。宋代結束晚唐、五代的混亂局面，統一全國，休養生息，促進農業恢復，隨之而來的是商業的興旺，城市的發達，宮廷的奢侈，市民階層的擴大。這些豐富的社會生活，不但進入詩詞也進入繪畫藝術中。張擇端「清明上河圖」以圖畫描繪出清明佳節，城市與郊區的生活情景，生動揭示了北宋首都承平時期熱鬧、繁華的景象；北宋孟元老《東京夢華錄》、南宋灌圃耐得翁《都城紀勝》以歷史導遊書的方式，讓人回到九百年前的汴京，遊皇城、逛夜市、觀婚禮、看劇場表演、看民俗節慶。同為記述宋代都城生活，歐陽修則選擇以俚俗易懂，貼近人民生活的詞，為後人提供見證。

　　歐陽修以多面向表達時節的物候、風光、民間習俗。當令的氣候、自然的景物在十二闋中處處可見。如：

〔註6〕〔元〕托克托：《宋史》（《影印文淵閣四庫全書》本），卷 319，冊 286，頁 229～233。

〔註7〕歐詞集在宋代已無定本，流傳至今的大抵有二種系統。一是南宋周必大總輯《文忠公文集》中的《近體樂府》有三卷；一是《醉翁情趣外篇》六卷。見邱少華：《歐陽修詞新釋集評》（北京：中國書店，2001 年 1 月），邱少華序。

二月春耕昌杏密。百花次第爭先出。惟有海棠梨第一。深
淺拂。天生紅粉真無匹。〈漁家傲‧二月春耕昌杏密〉

五月榴花妖艷烘。綠楊帶雨垂垂重。五色新絲纏角糉。金
盤送。生綃畫扇盤雙鳳。〈漁家傲‧五月榴花妖艷烘〉

「二月春耕昌杏密」寫出仲春時節百花爭妍的熱鬧情景。「五月榴花
妖艷烘」則以石榴花、雨後綠楊描繪出五月的氣息。

由孟元老《東京夢華錄》對過節（元宵、清明、端午、七夕、中
秋、重陽等）繁盛場面的詳細記載，可得知宋人十分重視節慶，因此
從北宋到南宋「節慶」成爲詩詞吟詠常見的題材，一直受詞家青睞。
歐陽修〈漁家傲〉詞也有宋代諸多美好的節慶習俗，如：

正月斗杓初轉勢。金刀剪綵功夫異。稱慶高堂歡幼稚。看
柳意。偏從東面春風至。　　十四新蟾圓尚未。樓前乍看
紅燈試。兵散綠池泉細細。魚欲戲。園林已是花天氣。（漁
家傲‧正月斗杓初轉勢）

「金刀剪綵功夫異」寫的是正月初七爲人日，閨中剪綵爲旛，稱爲「人
勝」、「花勝」以供簪帶；「樓前乍看紅燈試」則因正月十五日是元宵
節，十四日預先爲十五日的節慶試燈，營造歡樂氣氛。另外「三月清
明天婉娫。晴川歸來祓禊歸來晚。」記敘三月清明、上巳日踏青到水
濱修禊（洗去宿垢），可祓除不祥。「五色新絲纏角粽。金盤送。生綃
畫扇盤雙鳳。」寫慶端午吃粽子的習俗。「是處瓜華時節好。金尊倒。
人間綵縷爭乞巧。」描繪七夕時，婦女以五色絲線穿七孔針，並於庭
院中擺設瓜果用以乞巧的熱鬧景況。「皓月十分光正滿。清光畔。年
年常願瓊筵看。」表達八月中秋瓊筵賞月的美好。「惟有東籬黃菊盛。
遺金粉。人家簾幕重陽近。」、「九日歡遊何處好。黃花萬蕊雕欄遶。」
可見九月重陽登高、賞菊花、喝菊花酒的歡樂氣氛。歐陽修以詞記載
京華的風采，填作節序詞，雖非首開先例，却也在風氣之先，描繪了
一幅北宋歲時風俗畫，爲九百多年後仍歡度這類節慶的現代人，提供
見證。

其次在採蓮題材方面，歐陽修則寫出與前述不同的風情，描繪的是水鄉村娃活潑的身影。歐陽修筆下的女子形象是十分豐富多樣的：有思婦的幽怨，也有少女幽會的驚慌；有歌樓妓女的怨憤，也有新婚嫁娘的柔情蜜意；有上層貴婦的孤獨，也有採蓮少女的清純天真。而〈漁家傲〉詞採蓮題材裡，宛然跳盪詞間的便是清純天真、活潑不造作的水鄉村娃，如：

> 花底忽聞雨槳。逡巡女伴來尋訪。酒盞旋將荷葉當。蓮舟蕩。時時盞裏生紅浪。　　花氣酒香清廝釀。花腮酒面紅相向。醉倚綠陰眠一餉。驚起望。船頭擱在沙灘上。

不但寫出採蓮女採蓮活動的休息場景，也將採蓮女飲酒微醉，醉了就睡，突然驚醒的情態栩栩描繪，令人想見她爽朗的個性，感受到她的青春活力。又：

> 葉有清風花有露。葉籠花罩鴛鴦侶。白錦頂絲紅錦羽。蓮女妒。驚飛不許長相聚。　　日腳沈紅天色暮。青涼傘上微微雨。早是水寒無宿處。須回步。枉教雨裏分飛去。

籠罩美麗荷花的荷塘中，鴛鴦同宿同飛，觸動採蓮少女內心隱密之思，嫉妒之情湧上心頭，便驚嚇高飛，不許它們長相聚。但日落時分，微雨輕飄，寒意襲人，悔意便油然而生，荷塘是它們溫馨之所，不該因枉曲，而使之分飛的。透過嫉妒鴛鴦的採蓮女，寫出單純又善良的採蓮少女，複雜而微妙的心理。

採蓮詞中歐陽修並未描繪女子的面貌、服飾，只寫女子的心理，且透過女子心理、情感和矛盾痛苦的心理刻畫，深層認識並塑造鮮明的女性形象。〔註8〕又以採蓮女子的立場發聲，描繪出既非深閨幽怨，也非風華絕代的豔媚，有的只是採蓮女平凡、具青春氣息的生活與情感。這樣的真感情、真景物，貼近平民小老百姓的生活，讓廣大的平民百姓倍感親切，近於民歌清新可喜的風格。

〔註8〕 參見潘盼：〈論歐陽修詞中的女性意識〉《懷化學院學報》，第 22 卷第 1 期，2003 年 2 月，頁 63～66。

　　總體而言歐陽修〈漁家傲〉詞，在內容上男女之情與歡樂飲宴不多，大部分是歐詞中較少見的題材──時令節俗、採蓮。二者都是描寫生活，不過一是奢華繁榮的都市景致，一是鄉間採蓮女子的生活與感情。這二種題材不以詩為之，不以文為之，而以詞為之紀錄，應是詞具有更貼近人民生活，更適於表達歡樂氣氛的特質。

　　以形式特點來看，主要分為聯章體裁、寫作技巧、語言文字三方面。就體裁而言，歐詞〈漁家傲〉展現出聯章體的特色。

　　民間常常以定格聯章，輪番連唱，如〈十二時歌〉、〈五更轉〉、〈百歲歌〉等，編來順手，唱來隨口悅耳，起初流行於鄉村，由盲人作場唱，佐以「訝鼓」。後來傳到城市，伶工請文人撰詞，綴成套曲。歐陽修在李端彥席上，以〈漁家傲〉寫了十二月鼓子詞，王安石曾見其全篇，三十年後，還記得其中三句，對客吟誦：「五彩新絲纏角粽。金盤送。生綃畫扇盤雙鳳。」太尉的酒席之上，歐陽修以鄉間、市井的鼓子詞作為宴樂，足見他對民間文學的重視。

　　如第二章所述，聯章體有自己的特殊格式，分成普通聯章、重句聯章、定格聯章、和聲聯章四種。〔註9〕歐陽修充分發揮來自民間以組曲傳唱的聯章方式，並深受影響，創作不少好作品。〈漁家傲〉有2組24闋，以時序作為重複形式的定格聯章，時序置於每一首唱辭開頭，分詠十二個月節令與景物。如：「正月斗杓初轉勢」、「二月春耕昌杏密」、「三月清明天婉娩」、「四月園林春去後」、「五月榴花妖豔烘」、「六月炎天時霢雨」、「七月新秋風露早」、「八月秋高風歷亂」、「九月霜秋秋已盡」、「十月小春梅蕊綻」、「十一月新陽排壽宴」、「十二月嚴凝天地閉」。另外〈漁家傲〉詞中尚有以同一曲調，詠寫同一主題的普通聯章，即以採蓮女為主題，描寫採蓮女的生活與感情的6首詞作。

　　聯章體深獲才情學問深厚的歐陽修喜愛，除了〈漁家傲〉的定格聯章、普通聯章之外，其他詞牌的詞作也可見到。如3首〈長相思〉

────────────

〔註9〕王洪：《唐宋詞百科大辭典》（北京：學苑出版社，1990年9月），頁990。

專門抒寫送別相思之情；5首〈減字木蘭花〉描摹歌妓的容貌、舞態、歌喉、心事；4首〈定風波〉，爲侑酒之辭；10首〈采桑子〉以清新疏淡的筆觸描繪潁州西湖的美景。〔註10〕塑造屬於歐陽修個人的特殊風格。〔註11〕

　　再就寫作技巧來看，節令主題是以多面向層層開展的方式鋪寫，以12闋爲一組，分別寫12個月的生活，藉由不同季節所出現的動物（燕、雁）、植物（柳、花）或自然氣候（雨、雪、霜、風）傳達當下景色，寫景細膩鮮明、引領讀者進入季節中，並如實紀錄愉悅生活的節慶活動，抒發情懷。將寫景、敘事、抒情熔爲一爐，從不同側面層層展開，逐級推進烘托出詞作的意蘊全貌。如：

> 七月新秋風露早。渚蓮尚折庭梧老。是處瓜華時節好。金尊倒。人間彩縷爭祈巧。　　萬葉敲聲涼乍到。百蟲啼晚煙如掃。箭漏初長天杳杳。人語悄。那堪夜雨催清曉。

上闋起始「七月」二句以視覺描寫秋風、早露、洲渚的蓮花還在開放、梧桐葉已變老而落的景致，點出時序已是夏秋之交，接著敘說人們擺設瓜果、酒，並用綵線穿針乞巧的七夕過節情景。下闋則以聽覺描寫寫秋季。風敲萬葉，發出颯颯秋聲，天氣乍涼的涼意在風聲葉聲中彌漫開來；夜裡百蟲切切悲吟，長煙一空，秋高氣爽，真是天涼好個秋。但筆調一轉，接著以抒情的筆調抒寫個人淡淡愁懷。秋夜初長，靜聽漏壺點滴，悵望長天杳遠，夜漸深人語悄然，最難堪的是夜雨聲聲，催來清曉。表達新秋時節出現的物候、風光、民間風俗，具生活氣息。

〔註10〕〈長相思〉、〈減字木蘭花〉爲普通聯章；《定風波》「把酒花前欲問他」、「把酒花前欲問伊」、「把酒花前欲問公」、「把酒花前欲問君」皆以「把酒」開篇，是重句聯章。10首〈采桑子〉「輕舟短棹西湖好」、「春深雨過西湖好」、「畫船載酒西湖好」、「群芳過後西湖好」、「何人解賞西湖好」、「清明上巳西湖好」、「荷花開後西湖好」、「天容水色西湖好」、「殘霞夕照西湖好」、「平生爲愛西湖好」，以首句「西湖好」重句，組成重句聯章。

〔註11〕參見諸葛憶兵：〈個性的張揚與題材的開拓〉《江蘇行政學院學報》第3期，總第15期，2004年，頁118～123。

其他又如:「風急雁行吹字斷。紅日晚,江天雪意雲撩亂」秋風正急,把南飛的雁群吹得不成行列。紅日西斜,亂雲覆蓋著江天,正醞釀一番雪意。寫景敘事中,微微顯露思念遠人的意思。又「隴上雕鞍爲數騎,獵圍半合新霜裏。霜重鼓聲寒不起。千人指,馬前一雁寒空墜」田頭陸上,有不少人策馬狩獵,踏著霜雪,正準備合圍,冰天雪地裏,鼓聲也顯得沉重,眾人指劃著一隻雁,從寒冷的天空墜落馬前。寫出嚴寒多景中,眾人狩獵的歡樂。各時序從不同的面向,或人或事或景,靠著讀者的想像聯繫,逐步開展出鮮明的生活畫面。

　　而採蓮主題則是以情景交融的方式,描寫採蓮女的生活與情感,情味重於十二月鼓子詞。

> 荷葉田田清照水。孤舟挽在花陰底。昨夜蕭蕭疏雨墜。愁不寐。朝來又覺西風起。　　雨擺風搖金蕊碎。合歡枝上香房翠。蓮子與人長廝類。無好意。年年苦在中心裏。

採蓮姑娘工作之餘,在花陰下歇息,人一靜下來,又想起昨夜連夜綿綿疏雨惹得愁緒一發不可遏止,無法成眠。藉蓮子與憐子同音,寫出「蓮子與人長廝類,無好意,年年苦在中心裏」的心中的愁苦。這樣的抒「情」的方式與十二月詞裡的抒「情」方式不同。採蓮詞裡抒「情」的方式是先鋪墊、襯托,蓄勢之後才言情吐意,同於歐詞以往作品的抒情方式,[註12]十二月詞裡的抒「情」則感覺不到這種先蓄而後發的格局。這或與年齡漸長和宦海浮沉使生命體悟加深有關。龍建國、杜道群〈歐陽修詞的創作分期及風格嬗變〉認爲十二月鼓子詞作於英宗治平元年(1064)是歐陽修創作的第二階段,[註13]此階段歐陽修

〔註12〕　參見張家鵬:〈歐陽修詞蘊勢芻議〉《瀋陽師範學院院報》,第21卷第4期,1997年,頁9～12。

〔註13〕　龍建國、杜道群將歐詞風格分爲三階段:早期以遞進層深的手法表現深婉風格;中期以疏放健朗的筆調抒寫深沉的人生感歎,形成疏雋的風格;晚期跳出宦海、歌酒自娛、心無塵染、歌詠明秀山水。歐詞風格中期爲慶曆五年至治平四年(1045～1067)。見龍建國、杜道群:〈歐陽修詞的創作分期及風格嬗變〉,《吉安師專學報》,第20卷第一期,1999年2月,頁28～32。

因貶官到過滁州、揚州、穎州、應天府的經歷（1045～1054），使其對縱情歌酒宴樂的行爲有所收斂，轉而深入民間，融身山水，會心於自然人情，而展現在詞作上的轉變。

最後就語言文字來看，則時令節俗風格莊雅、採蓮透出清新氣息。宋詞源起於民間，帶著民間俚俗傾向走進文人的視野。由民間轉爲文人的創作，所以去俗附雅就成爲創作流變的一條主線，因此語言文字有雅化的現象。歐陽修〈漁家傲〉詞時令節俗的題材中，多處用典，展現莊雅風格，如：「沼上嫩蓮腰束素」「腰束素」是用宋玉〈登徒子好色賦〉：

> 著粉太白，施朱則太赤，眉如翠羽，肌如白雪，腰如束素，
> 齒如含貝。〔註14〕

「腰如束素」的典故。「畏日亭亭殘蕙炷」「畏日」由《左傳·文公七年》：「冬日可愛，夏日可畏。」而來。〔註15〕「宋玉當時情不淺。成幽怨。鄉關千里危腸斷。」是由宋玉悲秋而來。宋玉寫〈九辯〉抒發在政治上不得志的悲傷，起句：「悲哉，秋之爲氣也。蕭瑟兮草木搖落而變衰。」〔註16〕所以有宋玉悲秋的說法。「惟有東籬黃菊盛」則來自陶潛〈飲酒〉詩：

> 結廬在人境，而無車馬喧。採菊東籬下，悠然見南山。
> 山氣日夕佳，飛鳥相與還。此中有眞意，欲辯以忘言。〔註17〕

「授衣時節輕寒嫩」中「授衣」來自《詩·豳風·七月》：「七月流火，九月授衣。一之日觱發，二之日栗烈；無衣無褐，何以卒歲？」〔註18〕透過這些文句，流露出一代文壇宗詩歐陽修的學養襟抱。

〔註14〕〔梁〕蕭統編、〔唐〕李善注：《文選》（台北：漢京文化事業公司，1983年9月，清胡克家覆宋淳熙本），卷19，頁269上。

〔註15〕〔晉〕杜預注、〔唐〕孔穎達疏：《春秋左傳注疏》（《影印文淵閣四庫全書》本），卷18，冊143，頁406。

〔註16〕〔梁〕蕭統編、〔唐〕李善注：《文選》，卷33，頁470下。

〔註17〕〔梁〕蕭統編、〔唐〕李善注：《文選》，卷30，頁425上。

〔註18〕糜文開、裴普賢：《詩經欣賞與研究》（台北：三民書局，1991年2月），頁688。

採蓮題材雖有民歌風情，但語言文字上仍不脫文人氣息。如：「葉重如將青玉亞。花輕疑是紅綃挂。」、「雨筆露牋勻彩畫。日爐風炭熏蘭麝。」略顯修飾雕琢的痕跡。不過「荷葉田田清照水」一闋，屏除文人常用形容蓮的雅語「芙蓉裳」、「凌波」、「出汙泥而不染」之類，就顯得清新可愛。歐陽修雖重視民間文學，對詞不避俚俗化，但身爲文壇宗師，用字遣詞仍不免流露文人氣息而有雅化傾向。

詞早期的題材較爲樸實豐富，到了花間詞人和南唐詞人則變爲表現男女之間的離別相思爲主題，對宋初詞風產生巨大影響。宋初詞家曾努力過擴大表現內容，但主導傾向並未改變。歐陽修處在詞風欲變未變之際，雖以傳統表現內容爲主，但仍有突破傳統範圍的作品，在詞的題材方面作了有力的開拓，以詞敍事、詠史、詠物、寫都市生活、時令節俗，一如〈漁家傲〉中所見，這在前代詞人是較爲少見的；結構上喜用聯章體，適於展現宋代完整的生活面貌，及一年中各時節的景色與習俗，也影響後來詞人以聯章體填作〈漁家傲〉；並以合適的語言文字造新語，由不同側面層層展開，逐級推進烘托出詞作的全貌，恰如其分地展現人民的眞生活、眞感情。

三、蘇 軾

蘇軾（1036～1101），字子瞻，眉州眉山人，自號東坡居士。蘇洵長子。嘉祐二年（1057）進士乙科，對制策入三等。累除中書舍人、翰林學士、歷端明殿學士、禮部尚書。紹聖初，坐訕謗，安置惠州，徙昌化。徽宗立，赦還，提舉玉局觀復朝奉郎。建中靖國元年（1101）卒於常州，年六十六。高宗朝，贈太師，諡文忠。〔註19〕有東坡詞。〔註20〕

蘇軾詞有 363 闋，共 78 調。有二個特點，第一以詩爲詞，所以

〔註19〕〔元〕托克托：《宋史》（《影印文淵閣四庫全書》本），卷 338，冊286，頁 482～494。
〔註20〕唐圭璋編、王仲聞參訂、孔凡禮補輯：《全宋詞》，頁 357。

只要能用詩來寫的題材主題，就可以寫入詞中，詞就不僅可以用來說愛談情、傷離念遠，也可以懷古、詠史、說理、抒發愛國的感情，擴大了詞的內容。蘇軾把專寫歌妓的詞，擴大到兄弟、妻妾、朋友、同事等，擴大寫作對象；將人生態度、抱負理想，加入專以抒情爲主的詞中，擴大寫作情志；讓日常生活的點點滴滴，如送行、祝賀、酬贈、節令，成爲詞的材料，不再限於花間尊前，擴大寫作題材。〔註21〕第二擺脫音律束縛，不因遷就聲情而改變文情。〔註22〕這是一種革新，所以贊同者有之，批評者有之。其實將蘇軾〈水龍吟‧次韻章質夫楊花詞〉「細看來，不是楊花，點點是離人淚。」對照章質夫〈水龍吟‧燕忙鶯懶花殘〉原作「望章臺路杳，金鞍遊蕩，有盈盈淚。」就可以依照格律來讀蘇軾的詞，變成「細看來不是，楊花點點，是離人淚。」因此怎能說是「句讀不葺之詩」。

　　蘇軾常用詞調有：〈浣溪沙〉（46 首）、〈減字木蘭花〉（28 首）、〈菩薩蠻〉（22 首）、〈南歌子〉（18 首）、〈南鄉子〉（17 首）、〈西江月〉（15 首）、〈蝶戀花〉（15 首）、〈臨江仙〉（14 首）、〈定風波〉（11 首）、〈江神子〉（9 首）、〈虞美人〉（7 首）、〈點絳唇〉（7 首）、〈行香子〉（7 首）、〈滿庭芳〉（6 首）、〈木蘭花令〉（6 首）、〈漁家傲〉（6 首）、〈水龍吟〉（6 首）、〈滿江紅〉（5 首）、〈如夢令〉（5 首）。〈漁家傲〉是 19 種之一，〔註23〕我們能否就這些詞調，體會蘇軾詞的這二個特色呢？底下就以蘇軾六首〈漁家傲〉試析之。

　　這六首詞作中，有三首送別，一首酬贈，一首節令，一首抒懷。
　　千古龍蟠并虎踞。從公一弔興亡處。渺渺斜風吹細雨。芳草渡。江南父老留公住。　　公駕飛車凌彩霧。紅鸞驂乘青鸞馭。卻訝此洲名白鷺。非吾侶。翩然欲下還飛去。

〔註21〕黃文吉：《北宋十大詞家研究》，頁 157～200。
〔註22〕見葉嘉瑩：《唐宋名家詞賞析——蘇軾》（台北：大安出版社，1991年 2 月），頁 1～16。
〔註23〕據南京師範大學全唐宋金元詞文庫及賞析系統（http：//metc.njnu.edu.cn/C_iku/Ci_wk_fm.htm）所登錄詞作，進行統計。

「千古龍蟠並虎踞」寫王勝之到金陵，蘇軾非常高興陪著「一弔興亡處」，原以為王勝之會住上一段時間，沒想到一日就改官，以飛車凌彩霧來形容王勝之，以「此洲名白鷺。非吾侶。翩然欲下還飛去」寫出改官之事。「送客歸來燈火盡」一闋對台守江郎中的愁緒就比前一闋深多了。

> 送客歸來燈火盡。西樓淡月涼生暈。明日潮來無定準。潮
> 來穩。舟橫渡口重城近。　　江水似知孤客恨。南風為解
> 佳人慍。莫學時流輕久困。頻寄問。錢塘江上須忠信。

以景寫情「送客歸來燈火盡，西樓淡月涼生暈」帶出黯淡悽涼的心情；「明日潮來無定準」寫出對朋友路程的擔心；「江水似知孤客恨」表達內心的孤寂感受。而「一曲陽關情幾許」寫送張元唐省親秦州，就推算張元唐在暮春時節「楊柳初飛絮」時能抵達故鄉，沿路會受到「靴刀迎夾路」的下屬官員的歡迎，會受到父親疼愛一如「王文度」的情景，充滿歡愉之情。以送別為題，會因朋友的境遇，而產生不同的情緒，這就是熱愛朋友，直抒胸臆之情的蘇東坡。

　　另贈曹光州「些小白鬚何用染」一首，則以自嘲的語氣，勸慰曹光州不要厭倦浮光似箭的為官的日子，不管如何還是比我好些，「也應勝我三年貶」，口氣輕鬆且以自身經歷，勸慰對方豁達些。這四首的對象都是蘇軾的同事朋友，清一色是男性，是擴大寫作對象的特色。

　　另兩首中，有一首雖有小序題為七夕，實際上都是蘇軾抒懷之作，「皎皎牽牛河漢女」一闋是元豐二年（1079 年）七月，蘇軾到任湖州後的七夕所寫，同年七月二十八日，就因為作詩諷刺新法，被捕下獄，史稱「烏臺詩案」。

> 皎皎牽牛河漢女。盈盈臨水無由語。望斷碧雲空日暮。無
> 尋處。夢回芳草生春浦。　　鳥散餘花紛似雨。汀洲蘋老
> 香風度。明月多情來照戶。但攬取。清光長送人歸去。

「芳草生春浦」、「鳥散餘花紛似雨」、「汀洲蘋老香風度」寫七夕時節

的景色，但作者只摘取多情明月的清光，送人歸去，使人聯想其光風
霽月的品格，灑脫的襟懷。這樣的七夕情調與歐陽修所寫七夕習俗風
情大不相同，歐詞的七夕熱鬧非凡十足民間生活情趣，而蘇詞的七夕
則須有閒情雅趣的胸襟才能欣賞的。蘇軾的詞大都有題序，可以將創
作的時間、背景、地點清楚紀錄，僅少部分沒有，「臨水縱橫回晚鞚」
就是其一。

> 臨水縱橫回晚鞚。歸來轉覺情懷動。梅笛煙中聞幾弄。秋
> 陰重。西山雪淡雲凝凍。　　美酒一杯誰與共。尊前舞雪
> 狂歌送。腰跨金魚旌旆擁。將何用。只堪妝點浮生夢。

深秋的天氣中騎馬縱橫，日暮歸來，「西山雪淡雲凝凍」。誰可以陪我
一起喝酒狂歌呢？末了「腰跨金魚旌旆擁。將何用。只堪妝點浮生夢。」
點出情懷所動為何。從唐制三品以上、元代四品以上官員佩帶金魚
飾，可知腰間佩戴金魚飾是身為朝廷命官的表徵。元稹〈自責詩〉：「犀
帶金魚束紫袍，不能將命報分毫。」〔註24〕可見不管是元稹或是蘇軾，
有使命感的知識份子，對國家都是懷抱著效命的熱誠，雖時代不同，
但志向相同，所生感慨亦同。把報國的抱負，屬言志的內容加入詞中，
是以詩為詞的鮮明色彩。

　　蘇軾把詞從狹小的抒情範圍，擴大成也可以言志的範圍，並且展
現不同於唐五代只限於歌妓為對象的詞作內容，這樣的詞作特色，也
充分反映在六首〈漁家傲〉中。

四、周紫芝

　　周紫芝（1082～1155），字少隱，自號竹坡居士，宣城（安徽省
宣城縣）人。兩以鄉貢赴禮部不第。家貧，並日而炊，人嗤之不顧，
嗜學益苦。嘗從李之儀、呂本中游，有美譽。年六十一，始以廷對第
三同學究出身，調安豐軍，不赴。監戶部麴院，歷樞密院編修，官右

〔註24〕〔清〕康熙御定：《御定全唐詩》（《影印文淵閣四庫全書》本），卷
　　　　416，冊1427，頁149上。

司員外郎，知興國軍。崇政簡靜，終日焚香課詩，而事不廢。秩滿，奉祠居廬山。紹興乙亥年（紹興二十五）卒，年七十四。〔註25〕著有太倉稊米集及竹坡詩話。

　　周紫芝詞有 156 闋，共 52 調。其中最常用的調子有：〈鷓鴣天〉（13 首）、〈浣溪沙〉（7 首）、〈西江月〉（7 首）、〈生查子〉（6 首）、〈清平樂〉（6 首）、〈減字木蘭花〉（6 首）、〈好事近〉（6 首）、〈漁家傲〉（5 首）、〈朝中措〉（5 首）、〈感皇恩〉（5 首）。〔註26〕所以〈漁家傲〉雖然不是周紫芝的用調第一，但也是最愛之一。

　　這 156 首內容廣泛，風格多樣，有「高華朗潤」「倉鬱悲涼」似晏幾道風格者；有深刻體會人世，表現「清爽曠達」者；有感情豐沛與朋友「送別」者；有談笑遊戲之作，出自戲謔之筆者；有漂泊行役而生感慨之詞者；當然也有春愁、相思的作品。而 5 首〈漁家傲〉就有五種內容。

　　　　遇坎乘流隨分了。雞蟲得失能多少。兒輩雌黃堪一笑。堪
　　　　一笑。鶴長鳧短從他道。　　幾度秋風吹夢到。花姑溪上
　　　　人空老。喚取扁舟歸去好。歸去好。孤篷一枕秋江曉。

「遇坎乘流隨分了」一闋以《前漢書‧賈誼傳》「乘流則逝，遇坎則止。」〔註27〕及杜甫〈縛雞行〉：「蟲雞於人何厚薄，吾叱奴人解其縛，雞蟲得失無了時，注目寒江倚山閣。」〔註28〕說明行止隨分而安，對得失不必計較。即使是對於輿論也是「從他道」，還是喚取「喚取扁舟歸去好」，是他對人事的體悟。這與周紫芝一生仕途不順遂，而秦

〔註25〕　毛晉：竹坡詞跋。見金啟華：《唐宋詞集序跋匯編》（台北：台灣商務印書館，1993 年 2 月），頁 107。

〔註26〕　據南京師範大學全唐宋金元詞文庫及賞析系統（http：//metc.njnu. edu.cn/C_iku/Ci_wk_fm.htm）所登錄詞作，進行統計。

〔註27〕　〔漢〕班固撰、〔唐〕顏師古注：《前漢書》（《影印文淵閣四庫全書》本），卷 48，冊 250，頁 214 上。

〔註28〕　張晏曰謂夷易則仕，險難則隱也。見〔清〕仇兆鰲：《杜詩詳註》（臺北：臺灣商務印書館，1986 年 3 月《影印文淵閣四庫全書》本），卷 18，冊 1070，頁 710。

檜又愛其詩而留紫芝於京有關。〔註29〕六十一歲始得官，但最後還是
以下級官吏困居九江，無法歸宣城。仕途的不順遂，使他興起歸隱林
泉的想法。加上不爲世人認同的秦檜欣賞其詩文，周紫芝又曾爲秦檜
生日，而作樂府古詩絕句等體制的賀詞，〔註30〕後雖以詩冒犯了秦
檜，但是或許已經不能被當世見諒，才有「兒輩雌黃」之事。以曠達
的胸襟，超然的態度寫出狼狽的際遇。對人世有深刻體會，屬於表現
「清爽曠達」一類。

> 月黑波翻江浩渺。扁舟繫纜垂楊杪。漁網橫江燈火鬧。紅
> 影照。分明赤壁回驚棹。　　風靜雲收天似掃。夢疑身在
> 三山島。浮世功名何日了。從醉倒。桅樓紅日千巖曉。

「月黑波翻江浩渺」一闋，在題注就清楚注明是「往歲阻風長蘆，夜
半舟中所見如此。」除寫出海上漁火繁多熱鬧，如「赤壁回驚棹」的
景象之外，也發人生短促，世事無定的感慨，大嘆「浮世功名何日了」。

　　「休惜騎鯨人已遠」一闋，則是送李白之後李彥恢至旌德任官，
詞中盛讚李彥恢之才，可與李白媲美，佔盡風流，「休惜騎鯨人已遠。
風流都被仍雲占。腰下錦絛纏寶劍。光閃焰。人間莫作牛刀看。」所
以別只把李彥恢當作是尋常的縣令。下片則更進一步說明旌德風物美
好，日後將任職朝廷。充滿慶賀的熱情，是感情豐沛與朋友「送別」
一類者。

> 路入雲巖山窈窕。巖花滴露花頭小。香共西風吹得到。秋
> 欲杪。天還未放秋容老。　　誰道水南花不好。猶勝金蕊
> 渾如掃。留取光陰重一笑。須是早。黃花更惜重陽帽。

此詞語帶戲謔，屬談笑遊戲之作。題注云：「重九前兩日，遊眞如、
廣笑二寺。木樨方盛開，而城中花已落數日矣。郡人以扶疏高花，絕

〔註29〕 毛晉竹坡詞跋：「初，秦檜愛其詩，云『秋聲歸草木，寒色到衣裳。』
　　　　留京，每一篇出，擊賞不已。後和御制詩云：『已通灌玉親祠事，更
　　　　有何人敢告猷。』檜怒其諷己，出之。紫芝惟言士遇合有時，吾豈
　　　　以彼易此。』見金啓華：《唐宋詞集序跋匯編》，頁107。
〔註30〕 丘斯邁：〈論周紫芝的《竹坡詞》〉《湖南大學學報》第17卷第5期，
　　　　2003年9月。頁70～74。

勝水南。因爲解嘲，呈元壽知縣。」開頭就寫木樨花的好，「香共西風吹得到」，還能讓秋容未老。下片勸大家要珍惜秋天的光陰，重陽節要及時賞菊，如果太遲恐怕金蕊就「渾如掃」了。以幽默的筆調，水南的花也不錯，也值得欣賞的。

> 月黑天寒花欲睡。移燈影落清尊裏。喚醒妖紅明晚翠。如有意。嫣然一笑知誰會。　　露溼柔柯紅壓地。羞容似替人垂淚。著意西風吹不起。空繞砌。明年花共誰同醉。

「月黑天寒花欲睡」全篇以擬人手法寫木芙蓉。上片寫在木芙蓉下夜飲，燈影落在杯裏，也照亮木芙蓉花，得賞花之妖嬈。下片以木芙蓉花柔枝壓地，羞容似替人垂淚，抒發明年花共誰同醉的感慨。

在〈漁家傲〉這單一詞牌中，就能一窺周詞內容類型的多樣化。若就形式上而言，這五闋詞則有二個特點，一是譬喻的使用，一是數字的運用。〔註31〕譬喻法有「月黑波翻江浩渺」一闋中的「風靜雲收天似掃」，無雲的晴空，如長煙一掃，晴朗高遠；「路入雲巖山窈窕」一闋則有「猶勝金蕊渾如掃」，寫花朵凋零如掃，無花可看；「月黑天寒花欲睡」一闋中「羞容似替人垂淚」，木芙蓉上有露水順枝條而滴落，就像替人哭泣一般。這些譬喻都能令人直接感受到情境或情意，是相當成功的寫法。至於數字的使用，則有「堪一笑」、「孤篷一枕」、「三山島」、「千巖曉」、「重一笑」、「嫣然一笑」，除了送李彥恢「休惜騎鯨人已遠」一闋外，都有使用數字的句子，形成作者特有的風格。

毛晉曾以周紫芝評王次卿的一段話，作爲周紫芝的風格特色：

> 紫芝嘗評王次卿詩，云如江平風霽，微波不興，而洶湧之勢，固已隱然在其中。其詞約略似之。〔註32〕

以平淡的筆調，所寫却是內心奔放如波濤的感情，可見是以理性的態度，壓抑節制而出。這樣的筆調，從周紫芝的〈漁家傲〉詞作，也可

〔註31〕黃文吉曾歸納周紫芝的形式技巧，提出六點特色：善於譬喻、對仗工整、疊疊巧妙、偏好數字、含蓄蘊藉、以小令見長。見黃文吉：《宋南渡詞人》（台北：台灣學生書局，1985 年 5 月），頁 214～222。

〔註32〕毛晉：竹坡詞跋。金啓華：《唐宋詞集序跋匯編》，頁 107。

略窺一二。

　　總體來看，我們可以得知：晏殊、歐陽修、蘇軾是北宋時人，且三人的創作數量又是〈漁家傲〉詞牌的前三名，所以〈漁家傲〉盛行於北宋是無庸置疑的。主題上，晏殊與歐陽修都以〈漁家傲〉填作與荷（蓮）相關的主題。但二者偏重之處，却明顯不同。晏殊的〈漁家傲〉以描寫荷本身的花葉之美，展露愛荷惜荷的情感爲主，抒發人生短暫之嘆爲輔；而歐陽修採蓮的〈漁家傲〉則是以採蓮女的生活、感情爲抒寫主旨，蓮花是陪襯。雖不全然相同，但二人都以〈漁家傲〉詠蓮，從時代先後、詞調主題，不難看出歐陽修受到晏殊的影響。

　　晏殊〈漁家傲〉14 首，以「萬物靜觀皆自得」的態度，通篇詠荷，堪稱詞史上首位大量創作詠物詞的作家。〔註33〕〈漁家傲〉詞牌因晏殊的創作受歐陽修注目，而大量填作，進而盛行於北宋，成爲詞人常填詞牌前 20 名之一，晏歐二人對〈漁家傲〉影響頗鉅。另歐陽修〈漁家傲〉開拓題材以詞寫都市生活、時令節俗的做法，促使蘇軾對〈漁家傲〉主題更進一步的擴大，讓內容可以說理，也可以送行、祝賀、酬贈；讓主角不再侷限於美人，可以是兄弟、朋友，也可以是同僚；讓場景不僅僅圍於飲宴歌榭，也可以帶入眞實生活。將詞的層面擴大延伸，開拓〈漁家傲〉發展站上高峰的可能性，居功厥偉。而周紫芝在南渡之後，仍青睞〈漁家傲〉詞調，對此詞牌的繼續流傳，功不可沒。

第三節　名作欣賞

　　在〈漁家傲〉293 闋詞中，流傳最廣、被受世人稱頌的詞作：第一是范仲淹「塞下秋來風景異」、第二爲李清照「天接雲濤連曉霧」、第三是謝逸「秋水無痕清見底」、第四是陸游「東望山陰何處是」、第五則爲歐陽修「十月小春梅蕊綻」，本節將以內容、形式、用韻及後

〔註33〕黃文吉：《北宋十大詞家研究》，頁 13～15。

世評論這幾方面來賞析名作。但基於與論述名家相同理由，論述順序以時代先後排列，即以范仲淹「塞下秋來風景異」、歐陽修「十月小春梅蕊綻」、謝逸「秋水無痕清見底」、李清照「天接雲濤連曉霧」、陸游「東望山陰何處是」爲次第論述，以觀察後人對〈漁家傲〉詞的喜愛偏向。

一、范仲淹「塞下秋來風景異」

有遠見的政治家、文學家在宋仁宗即位之後，都體認到國家看似一片昇平，實際上潛伏危機的狀況。因此不管是政壇（慶曆新政）還是文壇（古文運動）都先後有革新發生。而詞的發展，也受到國家社會潛藏危機的影響，一改晚唐、五代低沉婉轉的情致，而展現慷慨雄放的風格。北宋這類藉由反映國家、社會重大問題的豪放詞中，范仲淹〈漁家傲〉可說是頗具代表性。

范仲淹（989～1052），字希文，吳縣（今屬江蘇）人。宋眞宗大中祥符八年（1015）進士。官至參知政事，以資政殿學士爲陝西四路宣撫使知邠州，卒年六十四，贈兵部尙書，諡文正。〔註34〕他是北宋的政治家，「慶曆新政」的主要主持者，也是著名的文學家。仲淹才高志遠，能以天下爲己任，爲秀才時嘗言：「士當先天下之憂而憂，後天下之樂而樂。」有《范文正公集》，詞集《范文正公詩餘》，有朱孝藏刻彊村叢書本。他的〈漁家傲〉詞就作於任陝西經略安撫副使，抗擊西夏期間（1040～1041）。〔註35〕

塞下秋來風景異。衡陽雁去無留意。四面邊聲連角起。千嶂裏。長煙落日孤城閉。　　濁酒一杯家萬里。燕然未勒歸無計。羌管悠悠霜滿地。人不寐。將軍白髮征夫淚。

這首詞內容上寫在邊塞爲國家負起防衛任務的戍軍，入秋後在孤城淒苦孤寂的生活，及不平定邊塞決不返家的決心，充滿爲國忘家的深厚

〔註34〕〔元〕托克托：《宋史》（《影印文淵閣四庫全書》本），卷314，冊286，頁160～166。

〔註35〕唐圭璋編、王仲聞參訂、孔凡禮補輯：《全宋詞》，頁14。

愛國思想。由於范仲淹親臨戰場，對邊塞風光、征戰生活和將士們的複雜情緒有著長期的體察和深刻的認識，所以才能寫出如此深沈、真摯的作品。

上半闋從視覺、聽覺兩方面著手，寫邊塞入秋景物。首句「塞下秋來風景異」，直言邊塞酷寒淒苦與中原迥異。「塞下」點明了地處西北邊境；「秋來」點明季節。「風景異」三字，概括地指出邊塞特殊的蕭颯秋景。范仲淹是蘇州人，他對北方的季節變換，自然比北方人敏感，更能察覺「異」處，所以「風景異」的「異」字含有驚異之意。所異之處為何？下則依序說明。

「衡陽雁去無留意」，古代傳說，雁南飛，到不過衡陽，遇春便回，衡山的回雁峰即因此而得名。作者寫群雁因氣候寒冷，而不留戀西北邊塞，直向南方飛去，除反映季節變化及邊地氣候酷寒、滿目荒涼之外，更有家書難通之意。因雁在詩詞中往往和懷念家鄉有關，當雁已南飛，缺乏雁鳥的傳達，鄉音更是難得，憑添秋日塞外淒寒之感。

「四面邊聲連角起，千嶂裏，長煙落日孤城閉」，寫出逼真靜穆的塞上風景圖，是對塞下風光之「異」作補充說明。所謂「邊聲」是指一切帶有邊地特色的聲響。「千嶂裏」說明邊城處在層層山嶺環抱之中，「長煙落日孤城閉」，以「閉」字，隱約透露守軍力量薄弱，日落就關閉城門，顯示居於守勢，處於孤立、不利的軍事形勢。〔註36〕作者獨立於蒼茫大地，聽著風吹草木所發出淒厲之聲、馬兒嘶鳴，伴隨著哀厲高亢的號角聲，一聲聲迴盪於重巒疊嶂之中，在落日餘暉時分，孤城緊閉，僅一縷長煙冉冉升騰，營造出戰地肅穆氣氛。而這種靜穆的塞上景致，更能襯托出遠征戍邊將士豪情壯懷中的悲涼感受。所以清沈謙《填詞雜說》：

小令中調有排蕩之勢者，吳彥高之「南朝千古傷心地」，范

〔註36〕 唐圭璋、繆鉞等著：《唐宋詞鑑賞集成》（台北：五南圖書公司，2001年），上冊，頁362～365。

希文之「塞下秋來風景異」是也。〔註37〕

認爲本詞有排蕩之勢，應是來自此處的描寫。而這種從蒼茫空闊中突出一點的寫法，與王維〈使至塞上〉：「大漠孤煙直，長河落日圓」〔註38〕有異曲同工之妙，只是王維寫出的是空靈，而范仲淹所展現的是沉鬱。〔註39〕又「長」「落」「孤」「閉」等字，下得精鍊妥貼。「長煙」、「落日」、「孤城」就已經夠荒涼了，還加上一個「閉」字，更突顯出千山緊鎖、陰鬱不開的境界。

下半闋著重抒情，抒發邊塞生活之寂寥，功業未成無法返鄉的苦悶。「濁酒一杯家萬里」，「一杯」與「萬里」的懸殊對比，更顯現鄉愁濃重。一杯濁酒引發滿懷鄉愁，思念萬里外的家園，只是戍邊任務與返家團聚，孰輕孰重？「燕然未勒歸無計」隨即表達出「匈奴未滅，何以家爲」的壯志決心，眞實描述邊防將士，在戰爭沒有取得勝利時，還鄉之計是無從談起的，所以欲勝不成，欲歸不能的複雜思鄉情緒，是無法可擋的。「羌管悠悠霜滿地」，所以深夜裏傳來悠悠羌笛，望著滿地霜華的情境，不管耳朵所聽、目光所及，都是一片淒清，令人無法成眠。羌管，是古代西部羌族的樂器。它所發出的淒切之音，經常出現在邊塞詩中，如王之渙〈涼州曲〉：「羌笛何須怨楊柳，春風不度玉門關」。〔註40〕

結尾「人不寐。將軍白髮征夫淚。」范仲淹憂國憂民，深知民間疾苦，所以安定國家，結束戰爭，使百姓安居樂業這樣的志業，一直緊繫在心，儘管夜深依然無法停止思索，如何才能達成，安邦定國，百姓安居的志業呢？愁緒讓人白了頭。所以「將軍白髮」，並不是馬

〔註37〕〔清〕沈謙：《塡詞雜說》，見唐圭璋：《詞話叢編》（台北：新文豐出版公司，1988 年 2 月），冊一，頁 630。

〔註38〕〔清〕康熙御定：《御定全唐詩》（《影印文淵閣四庫全書》本），卷126，冊 1424，頁 199。

〔註39〕中國叢書編輯委員會編：《中國文學欣賞全集》（臺北：莊嚴出版社，1984 年，頁 700～701）

〔註40〕〔清〕聖祖御編：《全唐詩》（臺北：盤庚出版社，1979 年 2 月），卷 253，冊 4，頁 2849。

齒漸長的牢騷，而是憂國憂民的情緒，壯志難酬的抑鬱，是一種長期
為國為民勞碌的象徵。〔註41〕看在范仲淹眼裡「征夫淚」不是兒女情
愛的眼淚，而是飽含愛國激情，濃重鄉思的真情熱淚，因為將士都希
望取得勝利，但戰局又長期沒有進展，難免加深對家鄉及妻兒的思
念，而使英雄淚滿襟。藉由景物渲染而出的氣氛，唱出蒼涼悲壯的情
調，故李于鱗：「形容秋塞之情，誦之令人興怨」，〔註42〕特別能體會
此種矛盾心情。

　　結構上，上片以「塞下秋來風景異」概述全景，再以「孤城」
為中心，依序寫塞下秋來、衡陽雁去、邊聲四起、長煙落日的特異
景象，為下片的抒情鋪路。千嶂、孤城、長煙、落日，是所見，是
靜態描寫；邊聲、號角聲，是所聞，有動感。把視覺、聽覺摹寫的
諸多現象連綴起來，產生動靜兼具，活生生的畫面，如此一來，浮
現人們眼前的靜穆環境，不是靜止的世界，而是一幅充滿肅殺之氣
的戰地風光畫。

　　下片「濁酒一杯家萬里，燕然未勒歸無計」為因果句，因為「歸
無計」所以「濁酒一杯」藉酒消愁，寫出因邊患未息，想回家而不可
得的愁苦。而燕然，是山名，在今蒙古境內。《後漢書·和帝紀》：

> 夏六月車騎將軍竇憲，出雞鹿塞；度遼將軍鄧鴻，出稒楊
> 塞。南單于出滿夷谷，與北匈奴戰於稽落山，大破之，追
> 至和渠北鞮海，竇憲遂登燕然山，刻石勒功而還。〔註43〕

記載了單于匈奴入侵，竇憲大破北匈奴，窮追南單于，曾登燕然山，
並在山上「勒石記功」而還的事蹟。范仲淹以此典故說明，期待大破
敵軍，奏捷之日的心情。「羌管悠悠霜滿地」屬插敘性質，在時間上
是承接上片的「長煙落日」，且從視覺、聽覺上再次鋪陳悲涼，加深

〔註41〕田林：〈卻敵未遂的抑鬱──談范仲淹詞〈漁家傲·秋思〉的複雜情
　　　　懷〉《河南電大》，1994年增刊，頁45～46。
〔註42〕盧元駿：《詞選註》（台北：正中書局，1970年9月），頁67～68。
〔註43〕南朝〔宋〕范曄：《後漢書》（《影印文淵閣四庫全書》本），卷4，
　　　　冊252，頁96上。

愁苦程度。而「不寐」、「白髮」、「征夫淚」則是將愁苦之情形象化，並與上片悲涼壯闊的景色融成一體。「羌管悠悠霜滿地，人不寐，將軍白髮征夫淚」與「濁酒一杯家萬里，燕然未勒歸無計」有因果關係，「濁酒一杯家萬里，燕然未勒歸無計」是因；「羌管悠悠霜滿地，人不寐，將軍白髮征夫淚」是果。因欲歸不能而思鄉「人不寐」；因欲歸不能，才使將軍白頭，征夫有淚。〔註44〕

　　一般而言，押上去韻纏綿；而能表現縝密、細膩帶有幽微思緒的是第三部「支紙」韻縝密。本詞所押韻腳為異（志）、意（志）、起（止）、裏（止）、閉（霽）、里（止）、計（霽）、地（至）、寐（至）、淚（至），其中「止」為上聲，「志」、「霽」、「至」為去聲，且皆為第三部韻目，以此縝密蘊藏幽微之聲，配合愛國之情、思鄉之緒，實有加乘效果，餘韻無窮。

　　作者以粗線條勾勒，繪出帶有愁緒，景色蕭條的邊塞秋景圖。再用細膩的筆觸，真實地描繪邊防將士表達殺敵報國的雄心壯志、愛國激情，也抒發久戍無功，懷遠思家的苦悶。雖然歐陽修嘗呼為「窮塞主之詞」，〔註45〕但向來都認為此詞，無論在風格上、題材上，都突破當時限於記男女、吟風月的陳規，清賀裳《皺水軒詞筌》：

> 盧陵讖范希文漁家傲為窮塞主詞，自矜「戰勝歸來飛捷奏，傾賀酒，玉階遙獻南山壽」，為真元帥之事。按宋以小詞為樂府，被之管弦，往往傳于宮掖。范詞如「長煙落日孤城閉，羌管悠悠霜滿地，將軍白髮征夫淚」，令「綠樹碧簾相掩映，無人知道外邊寒」者聽之，知邊庭之苦如是，庶有所警觸。此深得采薇出車、楊柳雨雪之意。〔註46〕

〔註44〕 陳滿銘：《詞林散步——唐宋詞結構分析》（台北：萬卷樓圖書，2000年1月），頁95～97。

〔註45〕 〔清〕王奕清：《歷代詞話》引〔宋〕魏泰《東軒筆錄》：「范文正公守邊日，作〈漁家傲〉樂歌數闋，皆以塞下秋來為首句，顏述邊鎮之勞苦。歐陽公嘗呼為窮塞主之詞。」，見唐珪璋：《詞話叢編》，冊二，頁1144。

〔註46〕 〔清〕賀裳：《皺水軒詞筌》見唐圭璋：《詞話叢編》，冊一，頁707。

又清先著、程洪《詞潔輯評》卷二：

> 一幅絕塞圖，已包括於「長烟落日」十字中。唐人塞下詩
> 最工、最多，不意詞中復有此奇境。〔註47〕

爲宋初吟風弄月的詞壇，帶來清勁的雄風，對以後詞風格新產生積極
的影響。

二、歐陽修「十月小春梅蕊綻」

如前節所述，歐陽修是塡作〈漁家傲〉的第一詞人，而在 50 首
作品中，最受世人喜愛，常現身詞集的就是這闋「十月小春梅蕊綻」。
此首詞作在《全宋詞》中兩見，一首列於「一派潺湲流碧漲」之後，
文字小異，今賞析以十二月鼓子詞中的「十月小春梅蕊綻」爲本。

> 十月小春梅蕊綻。紅爐畫閣新裝遍。鴛帳美人貪睡暖。梳
> 洗懶。玉壺一夜輕澌滿。　　樓上四垂簾不卷。天寒山色
> 偏宜遠。風急雁行吹字斷。紅日晚。江天雪意雲撩亂。

上片一開頭「十月小春梅蕊綻。紅爐畫閣新裝遍。」寫十月小陽春
氣象，窗外紅梅綻放枝頭，不但爲初冬的大地增添幾許鮮麗色彩，
也可用來裝點紅爐畫閣內的閨房。「鴛帳美人貪睡暖。梳洗懶。」房
中幾枝紅梅顯得生氣勃勃，只是溫暖舒適的被褥，讓美人貪睡，懶
得梳洗。在詞中描寫美人懶梳洗的，以溫庭筠的〈菩薩蠻〉最爲世
人熟知，「小山重疊金明滅。鬢雲欲度香腮雪。懶起畫蛾眉。弄妝梳
洗遲。」，〔註48〕只是溫庭筠所寫是因寂寞，想念伊人，而無心裝扮，
不同於本詞是因舒適溫暖而梳洗懶。「玉壺一夜輕澌滿」緊接著說明
初冬的夜晚輕寒，但也足以讓美玉所雕製的壺中的水，結起一層薄
薄的冰凌。如此這般，屋外池塘庭院的淺水處，想必也有相同的情
形，引人感受到初冬隱隱襲來的寒意。「鴛帳」是繡著鴛鴦圖案的帳

〔註47〕〔清〕先著、程洪：《詞潔輯評》，見唐圭璋：《詞話叢編》，冊二，
　　　　頁 1349。
〔註48〕龍沐勛：《唐宋名家詞選》（台北：台灣開明書局，1986 年 3 月），
　　　　頁 1。

子；「玉壺」是美玉製的壺，作者簡單的用「鴛帳」、「玉壺」，來寫
美人居住條件優渥，閨房是相當精緻漂亮的。且只有寒冷的天氣，
才會讓人留戀暖暖的被褥，所以以一句「玉壺一夜輕澌滿」交代美
人貪睡暖，全因舒適，增添慵懶美感。

下片以「樓上四垂簾不卷。」暗承上片的敘事。這位貪睡的美人
梳洗完畢之後，還是喜歡暖烘烘的屋內，連四垂的簾幕都不肯捲起，
殊不知雖季節變換，窗外景致仍有值得欣賞之處。「天寒山色偏宜遠」
初冬，枝葉稀疏，視野更加開闊；氣輕天高，山更加遼遠。「風急雁
行吹字斷」風吹得更緊更厲，甚至吹斷南飛雁群的行列，而因風擾亂
而落後的雁兒，還遠遠傳來鳴叫聲，十足表露白天特有的季節景致。
「紅日晚。江天雪意雲撩亂。」則寫黃昏時，夕陽西下，江天間秋雲
撩亂，意味著可能要下雪了。有「雪意」，更突顯冬天的腳步一日比
一日更近。

結構上由暗寫昨夜輕寒，轉入白天的回溫，又回到傍晚的雪意，
從氣溫早晚的變化，刻畫冬季的來臨。以美人為主角，為詞作增添綺
麗色彩，雖有唐五代花間之風，但又不囿於閨房狹隘之題，隨即將詞
境拓展至開闊的初冬雲山飛雁，是為世人稱道處。俞陛雲《唐五代兩
宋詞選釋》：

> 後闋狀江山寒色，足當清遠二字。此調舊刻凡三十二首，以
> 《珠玉詞》攙入，汲古閣定為三十首，此首最為擅勝。〔註49〕

當是極佳的評價。

本詞以第七部韻目押韻，韻腳為（第七部）綻（霰）、遍（霰）、
暖（緩）、懶（旱）、滿（緩）、卷（獼）、遠（阮）、斷（換）、晚（阮）、
亂（換）。第七部「元阮」韻可表清新的聲情，而歐陽修以第七部韻
來表達初冬清遠的雲山、雪意，應是再恰當不過的。

〔註49〕俞陛雲：《唐五代兩宋詞選釋》（台北：文史哲出版社，1988年7月），
頁170。

三、謝逸「秋水無痕清見底」

謝逸（1068～1112），[註50] 字無逸，號溪堂，臨川人（今江西撫州人）。少孤，多次參加科舉考試，都未考中。遂絕意仕進，終身隱居。謝逸學古高杰，文辭鍛鍊，篇篇有古意，而尤工於詩詞。[註51] 詞以清麗疏儁著稱，有溪堂詞，存詞 63 首。

在溪堂詞 63 首詞作中，謝逸常填詞牌有 5 種，包含西江月（9首）、鷓鴣天（4首）、玉樓春（4首）、採桑子（3首）、虞美人（3首），〈漁家傲〉並非謝逸的最愛，因詞集中僅用〈漁家傲〉創作一首，就是現在呈現大眾眼前的作品。

> 秋水無痕清見底。蓼花汀上西風起。一葉小舟煙霧裏。蘭棹艤。柳條帶雨穿雙鯉。　　自嘆直鉤無處使。笛聲吹徹雲山翠。鱠落霜刀紅縷細。新酒美。醉來獨枕莎衣睡。

上片寫景，一句寫水，一句寫風。「秋水無痕清見底。蓼花汀上西風起。」時節在秋天，水面無痕，加上清澈見底，整個水面如鏡一般，表示目光所及風平浪靜，游魚細石可以直視無礙，是寫景也帶出寧靜的秋天氣氛。接下來逐漸在靜謐的氛圍中，加入動態感。「蓼花汀上西風起」在開滿蓼花的沙洲附近垂釣，西風過處，蓼花搖曳，如實呈現如詩似畫的臨江秋水圖。「一葉小舟煙霧裏。蘭棹艤。柳條帶雨穿雙鯉」，漁人駕著一葉小舟從煙霧迷濛處，緩緩而來，停船靠岸，折下帶著雨珠的柳條，串好漁獲。從廣大江面而蓼花而小舟而柳條，最後聚焦在雙鯉上，所以景物描寫是由遠而近，由大而小；而動感的描寫則是由輕而重，從波瀾不興，清透如鏡的江面，至受西風吹拂搖曳的蓼花，再到小舟因靠岸而引發的陣陣波動。

下片寫隱居的心情及生活。「自嘆直鉤無處使。笛聲吹徹雲山翠。」「直鉤」是用姜太公臨渭水直鉤垂釣的典故。《史記·齊太公世家第

〔註50〕 依據王兆鵬所考證的生卒年。見王兆鵬：《唐宋詞史論》（北京：人民文學出版社，2000 年 1 月），頁 340～342。

〔註51〕 漫叟：題溪堂詞。金啓華：《唐宋詞集序跋匯編》，頁 89。

二》：「呂尚蓋嘗窮困，年老矣，以漁釣奸周西伯」，〔註52〕相傳姜太公在渭水磻溪直鉤垂釣，鉤上又無魚餌，文王拜其爲丞相，武王得其輔佐滅了商，使他名揚天下，所以釣的是機遇良緣，釣的是聖主明君，只圖「將身貨與帝王家」，一展雄才抱負；而作者釣的是什麼呢？二句話將感情泛起的漣漪，輕輕蕩開。明沈際飛：

> 兩條穿鯉，霜刀落鱠，冷中取熱，漁父不落寞也。又曰古
> 之漁隱，大抵感時憤事，胸中有大不得已者，豈在漁哉，
> 自嘆直鉤，老漁知心。
> 按無逸第進士後，郁郁不得志，……此詞借漁父以寫其勞
> 落自慰自解，亦不得已有託而逃者乎？可思其志。〔註53〕

所言甚是，謝逸博學工文，但屢試不中，僅能隱居終老於雲山之間。所以懷才不遇，應是他心中的憾恨，所以孟浩然「坐觀垂釣者，徒有羨魚情」不能出仕的無奈和失望，只有羨慕的份，應能與作者起共鳴。但這輕輕唱嘆的背後，難以解脫的苦悶，又能如何？僅能自我安慰，尋求解脫。「鱠落霜刀紅縷細。新酒美。醉來獨枕莎衣睡。」切細的魚肉佐新釀美酒，喝醉了就枕著蓑衣，倒頭就睡。說出作者的因應之道：用恬淡的態度，寄情於山水，好好地享受閒逸的生活，但「獨」字仍表達作者的落寞感受。

結構上，上片「柳條帶雨穿雙鯉」巧妙連結下片「鱠落霜刀紅縷細」和「醉來獨枕莎衣睡」。氣候上，以雨連貫，不但呈現雨後楊柳枝條清新之感，也寫出漁翁醉後獨枕蓑衣而眠的灑脫；景物上，以「雙鯉」成了「鱠落」，佐美酒，而連貫。上片寫出秋日輕寒，釣叟江邊垂釣獲雙鯉的景色，一派清麗，且景中含閒適之情，下片則直抒「直鉤無處使」的憾恨，但此恨非激昂感慨，忿忿不平，而是刻意淡化，以輕靈數筆淡淡帶過，情感前後統一連貫。楊景龍曾對謝逸《溪堂詞》

〔註52〕瀧川龜太郎：《史記會注考証》（台北：萬卷樓圖書公司，1996 年 10 月），頁 549。

〔註53〕〔清〕黃蘇：《蓼園詞選》，見唐圭璋：《詞話叢編》，冊四，頁 3055。

營造的意象提出雅化、虛化、融化的論點，〔註54〕對謝逸在詞的結尾處刻意淡化虛化意象，形成詞章含蓄不盡，神韻幽遠的做法，有深入解說。

本詞所押爲第三部韻目，底（薺）、起（止）、裏（止）、艤（紙）、鯉（止）、使（止）、翠（至）、細（霽）、美（旨）、睡（寘）。以縝密幽微之第三部韻，表達懷才不遇而隱逸的心情。

毛晉《宋六十名家詞・溪堂詞跋》：「時本《溪堂詞》卷首〈蝶戀花〉以迄襯尾〈望江南〉，共六十有三闋，皆小令，清倩可人。」〔註55〕可見婉約含蓄、清倩可人是作者一貫的風貌。

四、李清照「天接雲濤連曉霧」

李清照（1084～？），號易安居士，濟南人。格非之女，趙明誠之妻。生於元豐七年（1084），紹興年間卒，年在七十以上。有漱玉集，不傳。〔註56〕清照詞清麗婉轉、幽怨淒惻，詞史上稱爲婉約之宗。但是這首詞氣勢磅礡，音調豪邁表現出不同的風格，是李詞中罕見的作品。

據《金石錄》後序記載，她在建炎中，爲了辨明「饋璧北朝」之誣，曾追隨宋高宗行蹤，從御舟海道之溫（今浙江溫州），又之越（今紹興）。〔註57〕建炎四年（1130）春間，她曾在海上航行，歷盡風濤之險。或許這段眞實生活的感受，提供本詞開闊令人耳目一新的眼界。〔註58〕

> 天接雲濤連曉霧。星河欲轉千帆舞。彷彿夢魂歸帝所。聞天語。殷勤問我歸何處。　　我報路長嗟日暮。學詩謾有

〔註54〕 楊景龍：〈略論謝逸《溪堂詞》意象營造的特色〉《文學遺產》2004年第一期，頁145～147。

〔註55〕 金啓華：《唐宋詞集序跋匯編》，頁89。

〔註56〕 唐圭璋編、王仲聞參訂、孔凡禮補輯：《全宋詞》，頁1200。

〔註57〕 〔宋〕李清照：〈金石錄後序〉，見趙明誠《金石錄》（文淵閣四庫全書）本），冊681，頁375。

〔註58〕 唐圭璋、繆鉞等著：《唐宋詞鑑賞集成》，上冊，頁1375～1377。

驚人句。九萬里風鵬正舉。風休住。蓬舟吹取三山去。

上片一開頭,「天接雲濤連曉霧」,以遼闊、壯美的畫面,震撼人心。
靜寂廣闊的海、天,因滾動如浪濤翻湧的雲,和緩緩飄移迷濛的水霧,
而透出靜中有動、動中有靜的景色。下一句「星河欲轉千帆舞」寫出
天上星斗閃爍流動,水面無數船隻,在風浪中飛舞。儲光義〈田家雜
興〉:「清淺望河漢,低昂看北斗。」〔註59〕是因醉眼看事物而生的錯
覺,本詞所寫則是因人在舟中顛簸,造成眼中所見景物旋轉飛舞。可
從「轉」、「舞」這二個動詞,看出作者在浪大風大的氣候中乘船,隨
浪起伏,所見景物自然如跳舞、旋轉般。連結生活的真實感,也具有
夢境的虛幻性,合於所綴題目「記夢」,也連結到底下虛幻夢境的描
述。「彷彿夢魂歸帝所。聞天語。殷勤問我歸何處。」詞人在滿眼天
上星、海中帆旋轉舞動的夢幻間,見到天帝,天帝殷殷問訊,將歸何
處?這是自問歸何處,也是希望能有處可歸,不要再顛沛流離。現實
生活中作者眼中所見的帝王──宋高宗,只是只顧一路逃難,無暇顧
及百姓,所以在夢幻間希冀有位溫和、關心民疾的天帝能照顧百姓、
照顧自己,將美好的理想寄託於夢中表出。

下片以「我報路長嗟日暮」作為對天帝殷殷垂詢的回答。「路長」、
「日暮」象徵當時社會動亂,見不到光明未來,是化用屈原詩句而來。
《離騷》:

> 欲少留此靈瑣兮,日忽忽其將暮。吾令羲和弭節兮,望崦
> 嵫而勿迫。路曼曼其脩遠兮,吾將上下而求索。〔註60〕

亦有抒現實生活中無法展現才能,發光發熱之慨嘆,與「學詩謾有驚
人句」意思相連。宋王灼《碧雞漫志》(卷二):

> 易安居士,……自少年便有詩名,才力華贍,逼近前輩,
> 在士大夫中已不多得,若本朝婦人當推詞采第一。〔註61〕

〔註59〕 〔唐〕儲光義:《儲光義詩集》(《影印文淵閣四庫全書》本),卷2,
　　　　 冊1071,頁483。
〔註60〕 〔梁〕蕭統編、〔唐〕李善注:《文選》,32卷〔騷〕,頁460上。
〔註61〕 〔宋〕王灼:《碧雞漫志》,見唐圭璋:《詞話叢編》,冊一,頁88。

但是生活在封建社會中的女子，一般而言不可能在政治上有所發展，況且在「女子無才便是德」的觀念限制下，縱然才如江海心比天高，亦是難以伸展的。清張德瀛《詞徵》卷三：「謾，通漫，虛也，枉也。」，〔註62〕可見她對自己負有才名，感到不足。這種空有才華的苦悶，並不因此使作者頹喪、消沉，「九萬里風鵬正舉。風休住。蓬舟吹取三山去。」九萬里的鵬鳥展翅，無休止的大風揚波，令人聯想《莊子·逍遙游》：「鵬之徒於南冥也，水擊三千里，摶扶搖而上者九萬里，去以六月息者也。」〔註63〕大鵬展翅拍打水面，水花濺起有三千里高，像旋風似的直上九萬里高的天空，他去南海是靠著六月海動的大風。李清照把如此雄闊的氣象，首開先例放入詞中，象徵自己的精神氣度，對美好理想的追求，是這般積極奮發，打算乘著豪興，駕著小舟，航向有仙人居住，幸福之境──三山。《史記·封禪書》：

> 自威、宣、燕昭使人入海求蓬萊、方丈、瀛洲。此三神山
> 者，其傅在渤海中，去人不遠，患且至，則船風引而去。
> 蓋嘗有至者，諸僊人即不死之藥皆在焉。其物禽獸盡白，
> 而黃金銀爲宮闕。未至，望之如雲；及到，三神山反居水
> 下。臨之，風輒引去，終莫能至云。〔註64〕

「三山」相傳是渤海中蓬萊、方丈、瀛洲三座仙山，有仙人居於其上，這三座山能遠遠望見，但乘船前去，將要靠近時，就會即時被風引開，終究沒有人能到達。就像作者所追求的幸福，忽焉在前，忽焉在後，宛然在目，恍惚不見。如此情調既符合夢境所見，又能回答天帝所問「歸何處」，前後連成一氣，不覺突兀，又能隱含自身的想法：雖然現實世界是這麼不得意，但仍一心期盼有朝一日，九萬里風起，風雲際會，能像鵬鳥高飛遠逸。

　　在一般雙叠詞作中，通常是上片寫景，下片抒情，並自成起結。

〔註62〕　〔清〕張德瀛：《詞徵》，見唐圭璋：《詞話叢編》，冊五，頁4132。
〔註63〕　黃錦鋐：《新譯莊子讀本》（台北：三民書局，1991年3月），頁51。
〔註64〕　瀧川龜太郎：《史記會注考証》，頁502。

過片處，或宕開一筆，或逕承上片意脈，筆斷而意不斷，然而又有相對的獨立性。此詞則上下兩片之間一氣呵成，聯繫緊密，結構上有其特殊之處。上片末二句「聞天語，殷勤問我歸何處」是寫天帝的問話，過片二句「我報路長嗟日暮，學詩謾有驚人句」則是詞人的回答。問答之間，語氣銜接，毫不停頓。上下兩片之間的連接，就是「我報路長嗟日暮」句中的「報」字與上片「殷勤問我歸何處」的「問」字，便是聯繫兩片的橋樑。〔註65〕

另外詞一開頭寫海天景色，由海連天而寫星空，再由對天帝的回答中，回到濺起海面水花三千里的大海景象；由夢見虛無天帝的垂問，寫出嚮往美好的「三山」，虛實之間的轉換，前呼後應，在疏快放誕中仍保持結構的縝密，確實可貴。

以用韻來看，本詞所押韻腳為霧（遇）、舞（麌）、所（語）、語（語）、處（御）、暮（暮）、句（遇）、舉（語）、住（遇）、去（御），是押第四部韻目，所表現的情感是幽咽。「幽咽」是說水流之聲，本詞以天下至大之水，傳達內心揚波千里的豪氣，是由幽咽轉化而放出放蕩疏狂的傲氣，是聲情相合之作。

整體而言，這首詞把真實的生活感受融入夢境，把《離騷》、《莊子·逍遙遊》以至《史記·封禪書》中神話傳說譜入詞中，使夢幻與現實融為一體，意境恢宏，格調雄奇。夏承燾盛讚此詞：「這決不是沒有真實生活感情而故作豪語的人所能寫得出的。」〔註66〕清沈增值《菌閣瑣談》：

> 易安跌宕昭彰，氣調極類少游，刻摯且兼山谷，篇章惜少，不過窺豹一斑。……自明以來，墮情者醉其芬馨，飛想者賞其神駿。易安有靈，後者當許為知己。〔註67〕

〔註65〕唐圭璋、繆鉞等著：《唐宋詞鑑賞集成》，上冊，頁1375～1377。

〔註66〕夏瞿禪：《唐宋詞欣賞》（台北：文津出版社，1983年10月），頁127～129。

〔註67〕〔清〕沈增值：《菌閣瑣談》，見唐圭璋：《詞話叢編》，冊四，頁3608。又見龍沐勛：《唐宋名家詞選》（台北：台灣開明書店，1986年，3

這所指的應該就是這闋以豪邁清空的意境，雄建矯拔的筆力，刻畫自己精神世界的述志之作吧。

五、陸游「東望山陰何處是」

　　陸游（1125～1209）字務觀，越州山陰（今浙江紹興人）。宣和七年（1125）生，以蔭補登仕郎，歷樞密院編修官。紹興三十二年（1162），賜進士出身，爲州別駕。范成大帥蜀時，爲參議官，以文字不居禮法人譏其頹放，因自號放翁。嘉泰初，詔同修國史，升寶章閣待制，致仕。嘉定二年（1209）卒，年八十五，〔註68〕有《渭南詞》。

　　仲高（陸升之）長於游 12 歲，與陸游同曾祖，是陸游從兄。兄弟感情甚佳，但因仲高爲功名富貴，阿附秦檜而有裂痕，後秦檜死，仲高遠徙雷州七年後返山陰，兩人相遇，由於時間和情勢的不同，彼此的隔閡也告消除。陸游入蜀後，嘗得仲高信。據《山陰陸氏族譜》仲高死於淳熙元年（1174），次年陸游在成都始得訊，有〈聞仲高從兄訃〉詩。這一首詞，應當是陸游在蜀，尚未知仲高死訊前所作，述兄弟久別之情。

> 東望山陰何處是。往來一萬三千里。寫得家書空滿紙。流清淚。書回已是明年事。　　寄語紅橋橋下水。扁舟何日尋兄弟。行遍天涯眞老矣。愁無寐。鬢絲幾縷茶煙裏。

上片起句「東望山陰何處是。往來一萬三千里。」寫四川（蜀）與故鄉浙江山陰的距離，有一萬三千里的路程，十分遙遠，除表達實際狀況外，也爲後文想家及思念仲高之情伏筆。「寫得家書空滿紙」想家之緒，滿布信紙，也是徒然，只能「流清淚」，因爲家遠在千里之外，萬里之外，這封家書寄回，滿心牽掛只等著家裡回音，不知家人尚好否？只是這樣的魂牽夢縈，在「書回已是明年事」的情況下，經歷長達一年的等候、煎熬，收到家書時，恐怕感嘆的心情大過於安慰作用。

月），頁 154。

〔註68〕〔元〕托克托：《宋史》（《影印文淵閣四庫全書》本），卷 395，冊 287，頁 413～415。

這種地既遠、情難盡,一封家信的回覆,要等待到來年的情境極為難堪,而陸游的表達却極新穎,前人很少見到這樣寫法的。這種句子,不可多得,也不能強求,必須從實境實感中自然得來,陸游學識豐厚,興會所及,不著雕琢痕跡。

下片從思家轉到思念仲高。「寄語紅橋橋下水。扁舟何日尋兄弟。」巧妙地將懷人之情以「寄語」流水的方式表達。陸游〈初夏懷故山〉:

> 鏡湖四月正清和,白塔紅橋小艇過。梅雨晴時插秧鼓,蘋風生處采菱歌。沉迷簿領吟哦少,淹泊蠻荒感慨多。誰謂吾廬六千里,眼中歷歷見漁蓑。〔註69〕

詩中紅橋與「寄語紅橋」所指之橋處,應是陸游故鄉──山陰縣,兩人時常出入之地。二句寫出想乘扁舟,沿著流水直達紅橋,尋仲高以敘思念之情。只是寄言不過純粹是設想,想實現扁舟相尋,恐了無定期。用筆不多,酸楚之情却深。尤其「兄弟」一呼,更現眞情。而底下「行遍天涯眞老矣」三句,是向仲高告訴自已看似消沉的生活現狀。「行遍天涯眞老矣」寫出輾轉往來於各地(蜀州、嘉州等),年事漸高,又萬里飄泊、歸鄉不可得的感慨。這樣的愁緒,只能坐對茶煙罷了,「愁無寐。鬢絲幾縷茶煙裏。」這是化用杜牧〈題禪院〉:

> 觥船一棹百分空,十歲青春不負公。
> 今日鬢絲禪榻畔,茶煙輕颺落花風。〔註70〕

陸游早歲即以經濟自負,又以縱飲自豪,與杜牧相同;如今老大無成,幾絲百髮,坐對茶烟,也與杜牧相同,因際遇身世相同,自然易起共鳴,所以信手化用,如同自身所創,不見用典痕跡。幾絲百髮,愁對茶煙,是無奈,也是心有不甘,眞能不愁無寐,才是甘於現狀,甘於無所建樹,所以作者未言不甘心,實則隱隱含之。

本詞押第三部韻目,韻腳為:是(紙)、里(止)、紙(紙)、淚

〔註69〕北京大學古文獻研究所:《全宋詩》(北京:北京大學出版社,1995年2月),卷2155,冊39,頁24294。

〔註70〕〔清〕康熙御定:《御定全唐詩》(《影印文淵閣四庫全書》本),卷522,冊1428,頁230上。

（至）、事（志）、水（旨）、弟（薺）、矣（止）、寐（至）、裏（止）。
與范仲淹「塞下秋來景異」同爲，第三部韻。以縝密幽微之聲，表達
思鄉之緒。陸游曾爲詞集作〈長短句序〉：

> 予少時汩於世俗，頗有所爲，晚而悔之。然漁歌菱唱，猶
> 不能止。今絕筆已數年，念舊作終不可掩，因書其首以志
> 吾過。〔註71〕

措辭非常謙虛之外，並表達陸游並非致力寫詞的心態。〔註72〕雖非全
力寫詞，但因其爲一代文學家，所作詞作如詩一般，題材內容相當廣
泛。黃連平曾區分陸游詞作內容爲五類，包括直抒愛國情懷、表達隱
逸情趣、反映修仙悟道、描繪艷情婚姻及表達其他生活感受。表達其
他生活感受一類中又含詩酒雅興、交際應酬、思鄉懷人、傷春悲秋、
賞花觀景、詠事狀物。〔註73〕一百三十多首詞作，能包含這樣多的題
材，所以只能稍加區分詞風，毛晉《宋六十名家詞・放翁詞跋》：「楊
用修云：『纖麗處似淮海，雄慨處似東坡。』予謂超爽處更似稼軒耳。」
可知風格的多樣化。〔註74〕這闋詞雖非陸游給人的豪放激昂的印象，
却在緩緩細訴的語氣中，流露眞情。上半闋思鄉，下半闋懷人及自身
作客飄零的情狀，思念之情溢於言表。在陸游詩詞作品中，雖非赫赫
有名，卻也因眞情動人，而頗受詞家青睞。

　　總括上述名作，是從質方面來看膾炙人口的〈漁家傲〉作品。以
時間而言，五首中僅陸游「東望山陰何處是」屬南宋時期，可說受後
人稱許喜愛的〈漁家傲〉詞作，皆集中於北宋。這與名家大量塡作，
亦多出現在北宋的現象相同。意即〈漁家傲〉詞牌，不但流行於北宋

〔註71〕金啓華：《唐宋詞集序跋匯編》，頁154。
〔註72〕《劍南詩稿》八十五卷，存詩九千三百多首；《放翁詞》一卷，存一
　　　　百三十多首。見吳新雷、程千帆：《兩宋文學史》（高雄：麗文文化
　　　　公司，1993年10月），頁326。
〔註73〕黃連平：〈放翁原具自家眞──淺談陸游詞的內容特色〉，《中國青年
　　　　政治學院學報》，2005年第5期。
〔註74〕金啓華：《唐宋詞集序跋匯編》，頁154。

時期，且受世人矚目的佳作，也多出現在南渡之前。這或許與〈漁家傲〉聲情不能符合表達慷慨激昂的愛國情懷有關。

　　以入選率而言，范仲淹「塞下秋來風景異」竟高達 17 次，遠遠超過其他詞作，而李清照「天接雲濤連曉霧」也多達 9 次入選，是值得注意的。筆者認爲，范仲淹「塞下秋來風景異」在〈漁家傲〉詞牌中是絕無僅有，唯一描寫邊塞景致的詞作，具獨特性；加上有能力編錄選集的多爲士人，而士人向來就以經世濟民爲職志，因此詞中展現爲國效命，爲生民立命的懷抱，當深受士人讚賞，因此頻頻錄入選集，成爲入選率最高的詞作。至於李清照詞，給人的印象向來不離婉約，但「天接雲濤連曉霧」則展現難得的豪氣，或許就是這份特殊，讓詞家愛不釋手，而居入選第二高位。

　　就情感而言，五首名作情感不類。范仲淹以沉鬱筆調寫家國情懷；歐陽修則繼承唐五代以來詞作的內容，抒寫美人慵懶之情；謝逸與李清照皆有不能抒展抱負的感嘆，不同的是，謝逸消極接受，漁樵煙渚上；李清照則有積極向上，一心效法鵬搏萬里的氣概；而陸游所傳遞的是身居一萬三千里外的思鄉之情。范仲淹「塞下秋來風景異」的沉鬱，並未讓〈漁家傲〉的聲情出現極大的偏向，推測與時代因素有關。宋初昇平之世，大概也只有范仲淹能有「先天下之憂而憂」的睿智，看出邊事不靖而憂心不已，因此這樣的情調，無法在歌舞昇平的氛圍中風行。對照之下，情感近於歐陽修「十月小春梅蕊綻」、謝逸「秋水無痕清見底」的〈漁家傲〉詞作數量較多。而李清照「天接雲濤連曉霧」的豪語、陸游「東望山陰何處是」的鄉愁，在主題聲情上，雖無法蔚爲風尚，讓〈漁家傲〉詞牌再攀巔峰，卻也因受世人喜愛，而讓〈漁家傲〉詞牌能持續傳唱於世。

　　就景色描寫而言，范仲淹的邊塞雄闊與歐陽修的初冬清遠之景，雖同爲遼遠的景色，但風情殊異。戰地荒漠的景象與繡樓綺窗外的秀麗山色，是全然不同的。比較起來，謝逸獨樹一幟，清倩可人的秋景，則相近於歐詞的清遠之景。李清照、陸游則以眞實生活，親身所見入

詞。李清照透過現實生活而昇華的夢境，描繪海上行舟；陸游則僅能在蜀中禪榻畔，就著茶煙，想望家鄉小橋。這種以眞實生活入詞的方式，當受蘇軾擴大詞作層面的影響，從名家名作的時代先後觀察之，可以發現此作法當普遍爲詞人所接受而實行之。

　　從用韻來看。根據本文第四章第一節用韻分部情形的統計，〈漁家傲〉最常使用的是第三、第四、第七、第八這四個韻部。而范仲淹「塞下秋來風景異」、謝逸「秋水無痕清見底」、陸游「東望山陰何處是」、都是押第三部韻，李清照「天接雲濤連曉霧」押第四部，歐陽修「十月小春梅蕊綻」押第七部。與統計相合，因此應當可以推論：詞人因喜歡名作，而跟著塡寫〈漁家傲〉，間接也接受名作常用韻部，以此韻部來塡作，所以名作對詞調的流傳有一定程度的影響。

第六章　結　論

　　近年詞學研究走向，逐漸注意單一詞牌的歸納分析，由釐清詞調的種種，而加深對宋詞的認識。在宋詞數以百計千計的詞牌中，筆者選擇能躋身前二十大的〈漁家傲〉詞牌進行研究，透過各章節的討論，將〈漁家傲〉由點連結成線，由線連結成面，逐步揭開宋人十分熟悉而喜歡塡作的〈漁家傲〉詞牌面紗，展現清晰的輪廓。本章針對〈漁家傲〉詞牌的各項特色，作一簡要結語，以明此詞牌的特殊風貌及在詞史的定位。

　　〈漁家傲〉發展之初，大致以繼承唐五代的閨情主題爲主，隨著時間的演變，及歌妓繁盛、唱和酬贈、時代環境的因素影響，逐漸開拓出多元的主題。其中以「佛道修行」、「歲時節序」、「吟詠風物」、「相思愛情」、「隱逸安閒」佔多數。而從各主題如宋代的歲時節慶、社會修佛近道的風氣、士人隱逸安閒的心態等，也可以印證宋代的生活及思潮。

　　多元的主題中，就歌詠主角而言，文人所代言的女子形象，不再只是青樓歌妓，也有眞實而平凡的民間採蓮女。就所表達情感而言，送別不再只是充滿離愁別恨，也可以充滿祝福，送君遠行，這種將眞實生活感觸入詞的，使詞的應社功能更加彰顯。〈漁家傲〉主題喜愛詠荷（蓮），藉著「蓮子」、「絲無盡」，抒發「憐子」、「思無盡」的相

思情懷。也有因政治環境黑暗，興起不如歸去的感嘆及欣羨漁家悠閒生活的內容，其中漁家生活，在詞人的影射下，儼然成為隱士生活的代名詞。而佛道思想融入士人生活，更讓隱逸思想蓬勃，並視隱逸為清高象徵。在在展現〈漁家傲〉豐富而多彩的內容。

〈漁家傲〉以近七律的整齊韻律形式，吸引詞人不斷填作。由《詞律》及《御定詞譜》所載〈漁家傲〉體式有五種，但添字、四仄韻一疊韻、二平韻三叶韻的詞作數量極少，甚至僅有一首。近三百首詞作中，絕大多數的〈漁家傲〉格律，都是雙調、五仄韻、「77737」的句式，所以可以確定此句式體製，為正體無疑。

當樂譜亡佚後，僅能以字之音為法則而填詞，所以字的平仄就成為填詞的依據。若僅就《詞律》、《御定詞譜》所訂〈漁家傲〉詞譜而言，《詞律》較《御定詞譜》恰當，因《御定詞譜》對可平可仄處的認定，過於寬鬆，第一句甚至僅第五、七字是確定平仄，其餘皆可平可仄。本文依實際詞作的平仄統計，而定出的平仄格式，針對各家詞譜，進行校正，可知各家詞譜的缺失之處，使〈漁家傲〉的面貌更加清晰。

而〈漁家傲〉取自仄起仄收七律的平仄格式，則代表它與近體詩的時間帶相距不遠。由分析可知〈漁家傲〉取仄起仄收式七律的一、三、五、七句為七言句，並於七言三、四句中加入三字句，而反復衍成雙調。因近於近體詩的形式，讓擅長作詩的文人容易填作，故能得文人青睞，使此調流傳於世。

〈漁家傲〉韻腳主要以第八部「篠」、「小」、「巧」、「皓」、「嘯」、「笑」、「效」、「号」；第四部「語」、「噇」、「姥」、「御」、「遇」、「暮」這些韻目為主，展現其幽咽、漂灑的特性。雖以第八部 18.30%所佔比例最多、第四部 16.52%居次，但第三部與第七部以 15.63%居第三位，亦不可不加注意，所以這四個韻部都是填作〈漁家傲〉常用的韻部。如此的用韻分佈，除與韻部較寬、字義不冷僻有關之外，應和詞家考量各韻部所蘊含的聲情，是否能與主題相配有關。大致上，「閨

怨愁思」、「相思愛情」多第四部幽咽之韻；「飲宴歡樂」多第二部爽朗之韻；「歲時節序」、「吟詠風物」多第七部清新之韻；「歌頌詠人」、「隱逸安閒」多第八部漂灑之韻。而越部用韻，除顯示方音入韻的影響，也可看出宋詞用韻之寬。另外和韻之作，除顯現宋代酬唱風氣的興盛，也能從和韻詞的數量、內容，明瞭詞調流行的概況。

　　名家名作易形成仿效風氣，進而帶動詞調的流行，甚至成為該詞調的主流聲情。本文為求具說服力的名家名作，首先從作品數量求得名家 24 人，再從 29 種選集著手統計，選出名作 22 闋，兩相對照，選評出名家 9 位。並對前四名主要名家：晏殊、歐陽修、蘇軾、周紫芝，作深入的探討，以見名家作品個別的特色。而名作賞析，則以前五名：范仲淹「塞下秋來風景異」、歐陽修「十月小春梅蕊綻」、謝逸「秋水無痕清見底」、李清照「天接雲濤連曉霧」、陸游「東望山陰何處是」為主，依時代先後順序，一一呈現名作內蘊的情思及寫作章法，並觀察其中演變。

　　以上所述，為〈漁家傲〉詞調的特色。身為前二十大詞調的〈漁家傲〉，在詞史上的定位，影響層面如何呢？可由下列幾點看出：

　　第一，耳熟能詳的詞調，傳唱詞作。詞人以〈漁家傲〉詞作入選選集，佔其入選作品比例高於 30%者，共有 48 位，其中就有 38 位達 100%。而 38 位中僅周紫芝 5 首，毛滂、張元幹 3 首，周邦彥、葛勝仲、李清照、毛开、石孝友、方千里、張炎 7 位有 2 首之外，其餘 28 位都只有一首作品，但也都受到重視，可見品質之高。亦可看出，此調當是悅耳之調，才能得眾人不斷的演唱，眾詞家不斷的填作。若青樓中，難以計數的歌妓，是宋詞傳播的重要媒介，那悅耳易唱的詞調，對宋詞的流傳，亦是居功厥偉。

　　第二，詞情可合乎歡樂，亦可填作幽怨。以主題內容分類，「閨怨愁思」、「相思愛情」、「離愁別恨」、「感時傷懷」、「羈旅他鄉」較屬於惆悵之情約占 20%；「飲宴歡樂」、「歌頌詠人」、「祝壽賀詞」、「歲時節序」則多歡樂之調約占 27%，因此不管是惆悵或歡樂的情感，

詞家都以〈漁家傲〉詞牌來填作，不分賓主。主題內容廣泛，詞家不須多加思慮，信手拈來即成一詞。而且配合用韻，〈漁家傲〉以上去韻為主，偶有入聲韻，但無全首平聲韻者，「平聲者音哀而安」，〔註1〕故〈漁家傲〉非淒美之調。

第三，主題與時代有高度關聯性，展現北宋生活、南方景物。任何一個時代的作家，都是在一定的時代風尚和地域風情的文化氛圍中，進行文學創作，宋詞也不例外。宋詞是宋代社會風俗的一面鏡子，也是宋代各地民俗文化的藝術結晶。它將民間風俗的描寫融注於歌詞中，構成一幅幅生動鮮明、唯妙唯肖的宋代民間風俗圖。而〈漁家傲〉寫景之作，多山光水色的描繪，景觀有氣勢磅礴的山水，也有溪畔柔媚搖曳的花姿，且多江蘇、浙江之地，可見所寫景物受地域景觀影響。

第四、刻畫著自詩而出的痕跡，同時也是曲調之名。〈漁家傲〉取自七律首句仄起不入韻式的平仄格式，代表它與近體詩相距不遠，由詩化身而出，發展成詞調盛行於宋代，並往後延伸，影響曲調名的產生。王易《詞曲史》將〈漁家傲〉列入南曲與詞名同實異者，〔註2〕暫且不論詞調與曲調是否相同，至少可以確定，對曲調有調名上的影響。

第五、聯章、小令的形式，加速傳播速度。〈漁家傲〉雙調，62字，是易記、易唱、易填的令詞，自然能得人喜愛而大量創作。又〈漁家傲〉多聯章形式，聯章詞作約佔36％，主要運用在「歲時節令」、「吟詠風物」、「佛道修行」主題上。不管是因簡明易作而喜用，或因聯章而產生大量詞作，皆是促進詞體流行的功臣，對詞的發展功不可沒。

第六、非眾調之首，卻是某些詞家的最愛。最愛以〈漁家傲〉詞

〔註1〕清馮金伯《詞苑萃編》引元和韻譜云：「平聲者哀而安，上聲者厲而舉，去聲者清而遠，入聲者直而促。」，見唐圭璋《詞話叢編》（台北：新文豐出版社，1988年2月），冊三，頁2164。

〔註2〕王易：《詞曲史》（南京：鳳凰出版傳媒集團‧江蘇教育出版社，2005年8月），頁265～266。

調填作的詞人當爲歐陽修，因以〈漁家傲〉詞牌填作的作品，約佔歐詞五分之一。而〈漁家傲〉也是晏殊、蘇軾、周紫芝的常用調。所以儘管〈漁家傲〉詞調，非眾調之首，却能得晏殊、歐陽修、蘇軾等文壇上舉足輕重的大家喜愛。因此〈漁家傲〉詞調的流行，除與〈漁家傲〉以多樣的主題，簡明的形式，豐富的聲情，爲人所愛之外，上述大家的喜用、推動，所造成的風潮，亦是一大助力。

　　近來詞調的研究，逐漸受到注意，若能對許多單一詞調進行研究，釐清每一詞調的主題、格律、用韻等，再進行詞調間的比較，相信對詞調甚至宋詞，都能有更深層、更明確的認識。

參考書目

一、詞　集

1. 敦煌歌詞總編，任半塘，收入中國地方歌謠集成，舒蘭，臺北：渤海堂文化公司，1989 年 7 月。

2. 全唐五代詞，曾昭岷、曹濟平、王兆鵬、劉尊明，北京：中華書局，1999 年 12 月。

3. 全宋詞，唐圭璋編、王仲聞參訂、孔凡禮補輯，北京：中華書局，1999 年 1 月。

4. 樂府雅詞及拾遺，〔宋〕曾慥，影印文淵閣四庫全書本，臺北：臺灣商務印書館，1986 年 3 月。

5. 花庵詞選及續集，〔宋〕黃昇，影印文淵閣四庫全書本，臺北：臺灣商務印書館，1986 年 3 月。

6. 陽春白雪，〔宋〕趙聞禮，叢書集成初編影印粵雅堂叢書本，北京：中華書局，1985 年。

7. 絕妙好詞，〔宋〕周密、〔清〕查爲仁、厲鶚箋，影印文淵閣四庫全書本，臺北：臺灣商務印書館，1986 年 3 月。

8. 草堂詩餘，〔宋〕佚名，影印文淵閣四庫全書本，臺北：臺灣商務印書館 1986 年 3 月。

9. 詞林萬選，〔明〕楊慎，四庫全書存目叢書據清乾隆十七年曲溪洪振珂重印明末毛氏汲古閣刻詞苑英華本，臺北：莊嚴文化事業公司，1997 年 6 月。

10. 花草粹編，〔明〕陳耀文，影印文淵閣四庫全書本，臺北：臺灣商務印書館，1986 年 3 月。

11. 詞綜，〔清〕朱彝尊，影印文淵閣四庫全書本，臺北：臺灣商務印書館，1986 年 3 月。

12. 詞選，〔清〕張惠言，四部備要據錢塘徐氏校本校刊，臺北：中華書局，1981 年。

13. 蓼園詞選——清人選評詞集三種，〔清〕黃蘇，濟南：齊魯書社，1988 年 9 月。

14. 宋四家詞選，〔清〕周濟輯，叢書集成初編影印滂喜齋叢書本，北京：中華書局，1985 年。

15. 御選歷代詩餘，〔清〕沈辰垣、王奕清等奉敕編，影印文淵閣四庫全書本，臺北：臺灣商務印書館，1986 年 3 月。

16. 歷朝名人詞選，〔清〕夏秉衡，據掃葉山房石印，臺北：廣文書局，1972 年 9 月。

17. 藝蘅館詞選，梁令嫻，臺北：臺灣中華書局，1970 年 10 月。

18. 唐宋名家詞選，龍沐勛，臺北：臺灣開明書店，1975 年 4 月。

19. 宋詞三百首箋注，朱祖謀輯、唐圭璋箋注，臺北：臺灣學生書局，1976 年 9 月。

20. 全宋詞簡編，唐圭璋，上海：上海古籍出版社，1981 年 7 月。

21. 宋詞選，胡雲翼，上海：上海古籍出版社，1982 年 10 月。

22. 唐宋詞簡釋，唐圭璋，上海：上海古籍出版社，1986 年 11 月。

23. 唐宋詞選，夏承燾，北京：中國青年出版社，1987 年。

24. 唐宋詞欣賞，夏瞿禪，臺北：文津出版社，1983 年 10 月。

25. 唐五代兩宋詞選釋，俞陛雲，臺北：文史哲出版社，1988 年 7 月。

26. 唐宋詞名作析評，陳弘治，臺北：文津出版社，1988 年 10 月。

27. 詞選註，盧元駿，臺北：正中書局，1988 年 10 月。

28. 唐宋名家詞賞析——蘇軾，葉嘉瑩，臺北：大安出版社，1991 年 2 月。

29. 唐宋詞選釋，俞平伯，石家莊：花山文藝出版社，1997 年 11 月。

30. 唐宋詞選，中國社會科學院文學研究所，北京：人民文學出版社，1997 年 1 月。

31. 詞選，胡適選注，石家莊：河北人民出版社，1999 年 1 月。

32. 宋詞鑑賞辭典，賀新輝，北京：北京燕山出版社，1996 年 7 月。

33. 全宋詞廣選新注集評，馬興榮、劉乃昌、劉繼才，瀋陽：遼寧人民出版社，1997 年。

34. 唐宋詞鑑賞集成，唐圭璋、繆鉞，臺北：五南圖書公司，2001 年。

35. 晏殊詞新釋輯評，劉揚忠，北京：中國書店，2003 年 1 月。

36. 歐陽修詞新釋集評，邱少華，北京：中國書店，2001 年 1 月。

37. 片玉集注，〔宋〕周邦彥撰、〔明〕陳元龍注，收入增補詞學叢書，楊家駱，臺北：世界書局，1983 年 4 月。

二、詞話、詞論

1. 詞話叢編，唐圭璋，臺北：新文豐出版公司，1988 年 2 月。

2. 碧雞漫志，〔宋〕王灼，詞話叢編本，臺北：新文豐出版公司，1988 年 2 月。

3. 詞源，〔宋〕張炎，詞話叢編本，臺北：新文豐出版公司，1988 年 2 月。

4. 樂府指迷，〔宋〕沈義父，詞話叢編本，臺北：新文豐出版公司，1988 年 2 月。

5. 爰園詞話，〔明〕俞彥，詞話叢編本，臺北：新文豐出版公司，1988 年 2 月。

6. 填詞雜說，〔清〕沈謙，詞話叢編本，臺北：新文豐出版公司，1988 年 2 月。

7. 歷代詞話，〔清〕王奕清，詞話叢編本，臺北：新文豐出版公司，1988 年 2 月。

8. 皺水軒詞筌，〔清〕賀裳，詞話叢編本，臺北：新文豐出版公司，1988 年 2 月。

9. 詞潔輯評，〔清〕先著、程洪，詞話叢編本，臺北：新文豐出版公司，1988 年 2 月。

10. 詞苑萃編，〔清〕馮金伯，詞話叢編本，臺北：新文豐出版公司，1988 年 2 月。

11. 樂府餘論，〔清〕宋翔鳳，詞話叢編本，臺北：新文豐出版公司，1988 年 2 月。

12. 憩園詞話，〔清〕杜文瀾，詞話叢編本，臺北：新文豐出版公司，1988 年 2 月。

13. 蓼園詞選，〔清〕黃蘇，詞話叢編本，臺北：新文豐出版公司，1988 年 2 月。

14. 菌閣瑣談，〔清〕沈增值，詞話叢編本，臺北：新文豐出版公司，1988 年 2 月。

15. 詞概,〔清〕劉熙載,詞話叢編本,臺北:新文豐出版公司,1988 年 2 月。

16. 白雨齋詞話,〔清〕陳廷焯,詞話叢編本,臺北:新文豐出版公司,1988 年 2 月。

17. 論詞隨筆,〔清〕沈祥龍,詞話叢編本,臺北:新文豐出版公司,1988 年 2 月。

18. 詞徵,〔清〕張德瀛,詞話叢編本,臺北:新文豐出版公司,1988 年 2 月。

19. 詞苑叢談,〔清〕徐釚,臺北:木鐸出版社,1982 年 2 月。

20. 詞學叢書,〔清〕查培繼,臺北:廣文書局,1971 年 4 月。

21. 唐宋詞集序跋匯編,金啓華,臺北:台灣商務印書館,1993 年 2 月。

22. 詞學指南,謝无量,臺北:台灣中華書局,1981 年 10 月。

23. 詞學概論,宛敏灝,上海:上海古籍出版社,1987 年 7 月。

24. 說詩談詞,姚普、姚丹,西安:陝西人民出版社,1992 年 2 月。

25. 詩詞挈領,士會,九龍:萬里書店,2001 年 4 月。

26. 詞曲概論,龍榆生,北京:北京出版社,2004 年 9 月。

27. 唐宋詞通論,吳熊和,杭州:浙江古籍出版社,1989 年 3 月。

28. 宋詞概論,謝桃坊,成都:四川文藝出版社,1992 年 8 月。

29. 宋詞入門,陳振寰、沙靈娜,貴陽:貴州人民出版社,1993 年 4 月。

30. 詞與音樂關係研究,施議對,北京:中國社會科學出版社,1985 年 7 月。

31. 迦陵論詞叢稿,葉嘉瑩,臺北:明文書局,1987 年 12 月。

32. 詞學考詮,林玫儀,臺北:聯經出版事業公司,1987 年 12 月。

33. 唐宋詞鑑賞通論,李若鶯,高雄:高雄復文圖書出版社,1996 年。

34. 詞林散步──唐宋詞結構分析,陳滿銘,臺北:萬卷樓圖書公司,2000 年 1 月。

35. 唐宋詞與唐宋歌妓制度,李劍亮,杭州:杭州大學出版社,2000 年 11 月。

36. 唐宋詩詞文化解讀,蔡鎮楚、龍宿莾,北京:北京圖書館出版社,2004 年 9 月。

37. 唐宋詞社會文化學研究,沈松勤,杭州:浙江大學出版社,2004 年 12 月。

38. 唐宋士風與詞風研究:以白居易、蘇軾爲中心,張再林,北京:人

民文學出版社，2005 年 6 月。

三、詞　律

1. 詞律，〔清〕萬樹，臺北：廣文書局，1971 年 9 月。

2. 御定詞譜，〔清〕王奕清等奉敕輯，影印文淵閣四庫全書本，臺北：台灣商務印書館，1986 年 3 月。

3. 康熙詞譜，〔清〕陳廷敬，長沙：岳麓書社，2000 年 10 月。

4. 白香詞譜，〔清〕舒夢蘭，台南：北一出版社，1971 年 8 月。

5. 實用詞譜，蕭繼宗，臺北：中華叢書編審委員會，1957 年 9 月。

6. 漢語詩律學，王力，上海：新知識出版社，1958 年 1 月。

7. 詞學全書，查培繼，臺北：廣文書局，1971 年 4 月。

8. 詞範，嚴賓杜，臺北：中華叢書編審委員會，1959 年 10 月。

9. 孟玉詞譜，沈英名，臺北：正中書局，1972 年 3 月。

10. 唐宋詞格律，龍沐勛，臺北：里仁書局，1979 年 3 月。

11. 詞律探原，張夢機，臺北：文史哲出版社，1981 年 11 月。

12. 詩詞曲格律與欣賞，蘭少成、陳振寰，桂林：廣西師範大學出版社，1989 年 7 月。

13. 填詞指要，狄兆俊，南昌：百花洲文藝出版社，1990 年 12 月。

14. 詞律辭典，潘慎，太原：山西人民出版社，1991 年 9 月。

15. 詩詞韻律，徐志剛，濟南：濟南出版社，1992 年 12 月。

16. 詞範，徐柚子，上海：華東師範大學出版社，1993 年 4 月。

17. 詩詞入門─格律、作法、鑑賞，夏傳才，天津：南開大學出版社，1995 年 8 月。

18. 常用詞牌譜例，袁世忠，南昌：百花洲文藝出版社，1996 年 5 月。

19. 詩詞曲的格律和用韻，耿振生，鄭州：大象出版社，1997 年 4 月。

20. 詩詞曲格律綱要，涂宗濤，天津：天津人民出版社，2000 年 9 月。

21. 詩詞曲聲律淺說，夏援道，武漢：湖北教育出版社，2000 年 10 月。

22. 詞牌釋例，嚴建文，杭州：浙江古籍出版社，2004 年 2 月。

23. 詩詞格律教程，朱承平，廣州：暨南大學出版社，2004 年 8 月。

24. 詩詞曲答問──詩詞曲格律綱要副編，涂宗濤，天津：天津人民出版社，2005 年 1 月。

25. 詞林正韻，〔清〕戈載，臺北：文史哲出版社，1991 年 12 月。

26. 詞牌彙釋，聞汝賢，臺北：作者自印本，1963 年 5 月。

27. 宋人擇調之翹楚——浣溪沙詞調研究，林鍾勇，臺北：萬卷樓圖書公司，2002 年 9 月。

四、詞史及其他

1. 詞曲史，王易，南京：江蘇教育出版社，2005 年 8 月。
2. 唐宋詞史論，王兆鵬，北京：人民文學出版社，2000 年 1 月。
3. 北宋十大詞家研究，黃文吉，臺北：文史哲出版社，1996 年 3 月。
4. 宋南渡詞人，黃文吉，臺北：台灣學生書局，1985 年 5 月。
5. 南宋詞研究，王偉勇，臺北：文史哲出版社，1987 年 9 月。
6. 唐宋詞百科大辭典，王洪，北京：學苑出版社，1990 年 9 月。
7. 宋詞大詞典，王兆鵬、劉尊明，南京：鳳凰出版社，2003 年 9 月。
8. 全宋詞作者詞調索引，高喜田、寇琪，北京：中華書局，1992 年 6 月。
9. 詞學研究書目（1912～1992 年），黃文吉，臺北：文津出版社，1993 年 4 月。

五、其他詩文類

1. 中國文學欣賞全集，中國叢書編輯委員會編，臺北：莊嚴出版社，1984 年。
2. 詩經欣賞與研究，糜文開、裴普賢，臺北：三民書局，1991 年 2 月。
3. 文選，〔梁〕蕭統編、〔唐〕李善注，清胡克家覆宋淳熙本，臺北：漢京文化事業公司，1983 年 9 月。
4. 御定全唐詩，〔清〕康熙御定，影印文淵閣四庫全書本，臺北：臺灣商務印書館，1986 年 3 月。
5. 全唐詩，〔清〕聖祖御編，臺北：盤庚出版社，1979 年 2 月。
6. 杜詩詳註，〔清〕仇兆鰲，影印文淵閣四庫全書本，臺北：臺灣商務印書館，1986 年 3 月。
7. 儲光羲詩集，〔唐〕儲光羲，影印文淵閣四庫全書本，臺北：臺灣商務印書館，1986 年 3 月。
8. 全宋詩，北京大學古文獻研究所，北京：北京大學出版社，1995 年 2 月。
9. 林和靖集，〔宋〕林逋，影印文淵閣四庫全書本，臺北：臺灣商務印書館，1986 年 3 月。
10. 宋詩記事，〔清〕厲鶚，影印文淵閣四庫全書本，臺北：臺灣商務印

書館，1986 年 3 月。

11. 中國古代文學十大主題——原型與流變，王立，臺北：文史哲出版
    社，1994 年 7 月。

12. 敦煌俗文學研究，林聰明，臺北：私立東吳大學中國學術著作獎助
    委員會，1984 年 7 月。

13. 兩宋文學史，吳新雷、程千帆，高雄：麗文文化公司，1993 年 10 月。

14. 中原音韻，〔元〕周德清，影印文淵閣四庫全書本，臺北：臺灣商務
    印書館，1986 年 3 月。

15. 漢語音韻學，董同龢，臺北：文史哲出版社，1979 年 9 月。

六、史部、子部

1. 春秋左傳注疏，〔晉〕杜預注、〔唐〕孔穎達疏，影印文淵閣四庫全
   書本，臺北：臺灣商務印書館，1986 年 3 月。

2. 史記，〔漢〕司馬遷，影印文淵閣四庫全書本，臺北：臺灣商務印書
   館，1986 年 3 月。

3. 史記會注考証，瀧川龜太郎，臺北：萬卷樓圖書公司，1996 年 10
   月。

4. 前漢書，〔漢〕班固撰、〔唐〕顏師古注，影印文淵閣四庫全書本，
   臺北：臺灣商務印書館，1986 年 3 月。

5. 荊楚歲時記，〔梁〕宗懍，影印文淵閣四庫全書本，臺北：臺灣商務
   印書館，1986 年 3 月。

6. 後漢書，南朝〔宋〕范曄，影印文淵閣四庫全書本，臺北：臺灣商
   務印書館，1986 年 3 月。

7. 宋史，〔元〕托克托，影印文淵閣四庫全書本，臺北：臺灣商務印書
   館，1986 年 3 月。

8. 宋朝事實，〔宋〕李攸，影印文淵閣四庫全書本，臺北：臺灣商務印
   書館，1986 年 3 月。

9. 武林舊事，〔宋〕周密，影印文淵閣四庫全書本，臺北：臺灣商務印
   書館，1986 年 3 月。

10. 東京夢華錄，〔宋〕孟元老，影印文淵閣四庫全書本，臺北：臺灣商
    務印書館，1986 年 3 月影印。

11. 西湖老人繁勝錄，〔宋〕□□人撰，四庫全書存目叢書本，台南：莊
    嚴文化出版事業公司，1996 年 8 月。

12. 夢粱錄，〔宋〕吳自牧，影印文淵閣四庫全書本，臺北：臺灣商務印
    書館，1986 年 3 月。

13. 宋代政教史，劉伯驥，臺北：台灣商務印書館，1981 年。

14. 新譯莊子讀本，黃錦鋐，臺北：三民書局，1991 年 3 月。

15. 金石錄，趙明誠，影印文淵閣四庫全書本，臺北：臺灣商務印書館，1986 年 3 月。

16. 寓意編，〔明〕都穆，影印文淵閣四庫全書本，臺北：臺灣商務印書館，1986 年 3 月。

七、單篇論文

1. 試論詞調〈河傳〉的特色，連文萍，東吳中文研究集刊，一期，1994 年 5 月，頁 35～46。

2. 〈訴衷情〉詞調分析，曾秀華，東吳中文研究集刊，一期，1994 年 5 月，頁 175～192。

3. 〈南歌子〉詞調試析，郭娟玉，東吳中文研究集刊，二期，1995 年 5 月，頁 109～128。

4. 試論詞調〈浪淘沙〉之特色，黃慧禎，東吳中文研究集刊，二期，1995 年 5 月，頁 129～144。

5. 在詩律與詞律之間——〈漁歌子〉詞調分析，謝俐瑩，東吳中文研究集刊，二期，1995 年 5 月，頁 91～108。

6. 〈洛陽春〉詞調初考，鄭祖襄，中央音樂學院學報，1996 年 2 期，頁 24～28。

7. 〈更漏子〉詞調研究，林宜陵，東吳中文研究集刊，三期，1996 年 5 月，頁 139～159。

8. 淺論〈水調歌頭〉，王兆鵬，中國古代、近代文學研究，1997 年 9 期，頁 56～58。

9. 〈生查子〉詞調綜考，陳清茂，海軍軍官學校學報，七期，1997 年 12 月，頁 233～241。

10. 〈生查子〉詞調試析，杜靜鶴，東吳中文研究集刊，五期，1998 年 7 月，頁 43～64。

11. 〈淺析〈調笑〉詞之藝術特色，郭娟玉，國文天地，十四卷三期，1998 年 8 月，頁 52～56。

12. 〈楊柳枝〉詞調析論，沈冬，臺大中文學報，十一期，1999 年 5 月，頁 217～265。

13. 韻律分析在宋詞研究上之意義，林玫儀，中國文哲研究集刊，第六期，1995 年 3 月，頁 58。

14. 影響詩詞曲節奏的要素，曾永義，中外文學，四卷八期，1976 年 1

月，頁 24。

15. 選聲擇調與詞調聲情，吳熊和，杭州大學學報，第 13 卷第 2 期，1983 年 6 月，頁 48。

16. 詞林正韻部目分合之研究，許金枝，中正嶺學術研究集刊，1986 年第五期，頁 3～5。

17. 詞通──論字，佚名，詞學季刊，1 卷 1 號，1933 年 4 月，頁 132。

18. 略論兩宋詞的宮調與詞牌，曹濟平、張成，收入中國首屆唐宋詩詞國際學術討論會論文集，南京：江蘇教育出版社，1994 年 8 月，頁 551～553。

19. 歷代詞學研究述略，唐圭璋，收入王小盾、楊棟編，詞曲研究，武漢：湖北教育出版社，2004 年 1 月，頁 207～226。

20. 論宋詞的派別及其分類，胡雲翼，收入王小盾、楊棟，詞曲研究，武漢：湖北教育出版社，2004 年 1 月，頁 88～90。

21. 宋代歌妓繁盛對詞體的影響，黃文吉，收入黃文吉詞學論集，臺北：台灣學生書局，2003 年 11 月。

22. 唱和與詞體的興衰，黃文吉，收入黃文吉詞學論集，臺北：台灣學生書局，2003 年 11 月，頁 21～39。

23. 「漁父」在唐宋詞中的意義，黃文吉，收入黃文吉詞學論集，臺北：台灣學生書局，2003 年 11 月，頁 89～108。

24. 個性的張揚與題材的開拓，諸葛憶兵，江蘇行政學院學報，第 3 期，總第 15 期，2004 年，頁 118～123。

25. 試從文類的觀點看溫庭筠詞的聯章性，洪華穗，中華學苑，第 51 期，1998 年 2 月，頁 131～140。

26. 卻敵未遂的抑鬱──談范仲淹詞〈漁家傲・秋思〉的複雜情懷，田林：河南電大，1994 年增刊，頁 45～46。

27. 歐陽修詞蘊勢芻議，張家鵬，瀋陽師範學院院報，第 21 卷第 4 期，1997 年，頁 9～12。

28. 歐陽修詞的創作分期及風格嬗變，龍建國、杜道群，吉安師專學報，第 20 卷第一期，1999 年 2 月，頁 28～32。

29. 論歐陽修詞中的女性意識，潘盼，懷化學院學報，第 22 卷第 1 期，2003 年 2 月，頁 63～66。

30. 論周紫芝的《竹坡詞》，丘斯邁，湖南大學學報，第 17 卷第 5 期，2003 年 9 月，頁 70～74。

31. 略論謝逸《溪堂詞》意象營造的特色，楊景龍，文學遺產，2004 年第一期，頁 145～147。

32. 驛騎蘇秦間——陸游詞風格及成因淺議，鄧喬彬，杭州大學學報，
    第 28 卷第 3 期，1998 年 7 月。

33. 放翁原具自家真——淺談陸游詞的內容特色，黃連平，中國青年政
    治學院學報，2005 年第 5 期。

34. 中國古代的隱士與隱逸文化，趙映林，歷史月刊，第 99 期，1996 年
    4 月，頁 30～36。

八、電子資料庫

1. 南京師範大學全唐宋金元詞文庫及賞析系統：http：//metc.njnu.edu.cn/
   C_iku/Ci_wk_fm.htm

2. 網路展書讀／唐宋文史資料庫／唐宋詞：http://cls.hs.yzu.edu.tw/TST
   /home.htm

附　錄

一、〈漁家傲〉作品格律分析表

編號	作者	首句	主題	格　　　　律	韻　目	韻部
001	范仲淹	塞下秋來風景異	家國情懷	丨丨一一一丨丨。丨一一丨一一丨。丨丨一一一丨丨。一丨丨。丨一一丨一一丨。丨丨一一一丨丨。一丨丨一一一丨。丨丨一一一一丨。一一丨。丨一丨丨一一丨。	志志止止霽 止霽至至至	3
002	張先	巴子城頭青草暮	離愁別恨	一丨一一一丨丨。一一丨丨一一丨。一丨一一一丨丨。一丨丨。一一丨丨一一丨。一丨一一一丨丨。一一丨丨一一丨。一丨一一一丨丨。一丨丨。一一丨丨一一丨。	暮御遇語暮 暮遇語噴御	4
003	晏殊	畫鼓聲中昏又曉	感時傷懷	丨丨一一一丨丨。一一丨丨一一丨。丨丨一一一丨丨。一丨丨。一一丨丨一一丨。丨丨一一一丨丨。一一丨丨一一丨。丨丨一一一丨丨。一一丨。一一丨丨一一丨。	篠皓皓嘯号 篠笑笑皓篠	8
004	晏殊	荷葉荷花相間鬥	吟詠風物	一丨一一一丨丨。一一丨丨一一丨。一丨一一一丨丨。一丨丨。一一丨丨一一丨。一丨一一一丨丨。一一丨丨一一丨。一丨一一一丨丨。一丨丨。一一丨丨一一丨。	候宥候宥有 有有有宥宥	12
005	晏殊	荷葉初開猶半卷	吟詠風物	一丨一一一丨丨。一一丨丨一一丨。一丨一一一丨丨。一丨丨。一一丨丨一一丨。一丨一一一丨丨。一一丨丨一一丨。一丨一一一丨丨。一丨丨。一一丨丨一一丨。	獮霰線換線 霰產翰願霰	7
006	晏殊	楊柳風前香百步	吟詠風物	一丨一一一丨丨。一一丨丨一一丨。一丨一一一丨丨。一丨丨。一一丨丨一一丨。一丨一一一丨丨。一一丨丨一一丨。一丨一一一丨丨。一丨丨。一一丨丨一一丨。	暮暮噴遇暮 御語御遇噴	4
007	晏殊	粉筆丹青描未得	吟詠風物	丨丨一一一丨丨。一丨一一一丨丨。丨丨一一一丨丨。丨一一丨一一丨。丨丨一一一丨丨。一丨丨。一一丨丨一一丨。	德錫麥錫職 陌職昔職錫	17

008	晏殊	葉下鵁鶄眠未穩	吟詠風物	丨丨——丨丨——丨丨—丨·———丨丨／—丨·丨丨丨丨——丨·丨丨·丨·丨丨丨／—丨·丨丨——丨丨—·—丨丨	混震隱問吻稕圂圂恨轃	6
009	晏殊	黿畫溪邊停彩舫	感時傷懷	丨丨——丨·丨——丨——丨丨丨—·丨／丨丨——丨·丨——丨丨·——丨丨—·丨／丨丨——丨·丨——丨丨·——丨丨—·丨	漾漾漾漾宕漾漾宕養漾	2
010	晏殊	宿蕊鬭攢金粉鬧	感時傷懷	丨丨丨——丨丨丨—丨丨丨丨——丨丨／—丨——丨丨丨丨——丨丨——丨丨／丨——丨丨—丨丨——丨丨—丨丨	效小笑效小皓皓号皓笑	8
011	晏殊	臉傅朝霞衣剪翠	吟詠風物	丨丨——丨丨丨——丨·——丨丨——丨丨／丨——丨丨—丨·——丨丨—·丨丨丨／丨丨——丨丨·———丨丨——·丨	至旨霽至止真紙至志至	3
012	晏殊	越女採蓮江北岸	相思愛情	丨丨丨——丨丨—丨—丨——·丨—·—丨／——丨丨——丨丨·——丨丨——·丨／丨丨——丨丨丨—丨—丨——丨——	翰線鑑諫線旱產換換阮換	7、14
013	晏殊	粉面啼紅腰束素	閨怨愁思	丨丨——丨丨丨—丨——·丨——·丨丨／—丨——丨丨丨丨——·丨丨丨——／丨丨——丨丨·丨丨——丨丨——丨丨	暮遇暮暮遇嘆御語遇	4
014	晏殊	幽鷺慢來窺品格	相思愛情	——丨丨——丨丨——丨丨丨——丨／丨丨——丨丨丨——丨丨丨——丨／丨丨——丨丨丨——丨丨丨——丨	陌職麥職昔錫職麥麥職	17
015	晏殊	楚國細腰元自瘦	吟詠風物	丨丨丨——丨丨丨——丨—丨——丨·丨——／丨丨——丨丨·丨——丨丨——·丨丨／丨丨——丨丨—丨——丨丨——·丨	宥宥候宥宥宥候有宥候	12
016	晏殊	嫩綠堪裁紅欲綻	吟詠風物	丨丨——丨丨丨——丨——丨丨——·丨／丨丨——丨丨丨——丨丨——·丨丨／丨丨——丨丨丨——丨丨·丨丨—丨丨	霰換翰換願恨線線換翰	7
017	歐陽修	一派潺湲流碧漲	飲宴歡樂	丨丨——丨丨——丨—丨丨·丨——·丨丨／——丨丨——丨丨·—丨丨——·丨丨／——丨丨——丨丨·——丨丨丨——·丨	漾漾養養漾養漾養漾養	2
018	歐陽修	十月小春梅蕊綻	歌頌詠人	丨丨丨——丨丨——丨丨丨—丨丨丨——丨／丨丨——丨丨丨——丨丨·——丨丨／丨丨——丨丨丨——丨丨丨——丨	霰霰緩阮緩獮阮換緩換	7
019	歐陽修	四紀才名天下重	感時傷懷	丨丨——丨丨丨——丨·——丨丨——丨丨／——丨丨——丨·丨——丨丨——丨丨／丨丨·丨——丨丨·——丨丨——·丨	用送腫腫用腫用腫腫送	1

020	歐陽修	暖日遲遲花裊裊	感時傷懷	（樂譜符號）	篠皓笑皓笑小皓号篠皓	8
021	歐陽修	紅粉牆頭花幾樹	寫景遊歷	（樂譜符號）	遇御囀御語囀暮姥暮御	4
022	歐陽修	妾本錢塘蘇小妹	歌頌詠人	（樂譜符號）	隊隊太海怪太太海代海	3、5
023	歐陽修	花底忽聞敲兩槳	飲宴歡樂	（樂譜符號）	養漾宕蕩宕漾漾漾漾養	2
024	歐陽修	葉有清風花有露	相思愛情	（樂譜符號）	暮語囀暮囀暮囀御暮御	4
025	歐陽修	荷葉田田青照水	閨怨愁思	（樂譜符號）	旨薺至至止隊至至志止	3
026	歐陽修	葉重如將青玉亞	吟詠風物	（樂譜符號）	禡卦馬禡馬卦禡馬馬馬	10
027	歐陽修	粉蕊丹青描不得	吟詠風物	（樂譜符號）	德錫麥錫職陌職昔職錫	17
028	歐陽修	喜鵲填河仙浪淺	歲時節序	（樂譜符號）	獮換勘諫線霰產線緩線	7、14
029	歐陽修	乞巧樓頭雲幔卷	歲時節序	（樂譜符號）	獮線霰獮線換霰換願霰	7
030	歐陽修	別恨長長歡計短	歲時節序	（樂譜符號）	緩願換獮獮襇阮緩換換	7
031	歐陽修	九日歡遊何處好	飲宴歡樂	（樂譜符號）	皓小嘯皓小笑小篠皓皓	8

	作者	詞首句	題材	格律譜	韻字	韻部
032	歐陽修	青女霜前催得綻	吟詠風物	一｜一一一｜一｜｜一一｜一一° 一｜一·一｜一｜｜一· 一｜一一一｜一｜｜一一｜一一° 一｜｜一·｜一·一｜一·	靉靉靉緩線 線換翰換換	7
033	歐陽修	露裛嬌黃風擺翠	飲宴歡樂	｜一一一一｜一｜一一一｜一° ｜｜一一一｜｜一一一｜｜° ｜｜一一一｜｜一一一｜｜° 一｜一一一｜｜一一一｜一·	至志霽旨止 祭紙至至至	3
034	歐陽修	對酒當歌勞客勸	相思愛情	｜｜一一一｜一｜｜一一一｜一° 一｜一一一｜一｜一｜一一一° 一｜一一一｜一｜一｜一一一° 一｜一一一｜｜一一一｜一·	願阮緩線產 諫靉阮霽產	7
035	歐陽修	正月斗杓初轉勢	歲時節序	｜一一一一｜一°一一｜一一｜一° ｜｜一一一｜｜一一一｜｜° 一｜一一一｜｜一一一｜｜° ｜一一一一｜｜一一一｜一·	祭志至志至 未志霽寘未	3
036	歐陽修	二月春耕昌杏密	歲時節序	一｜一一一｜一｜一一｜一一｜° 一｜一一一｜一｜一一一｜一° 一｜一一一｜一｜一一一｜一° 一｜一一一｜｜一一一｜一·	質術質勿質 質質質質質	17、18
037	歐陽修	三月清明天婉娩	歲時節序	一｜一一一｜一｜一一一｜一一° 一｜一一一｜一｜一一一｜一° 一｜一一一｜一｜一一一｜一° 一｜一一一｜｜一一一｜一一·	獮阮阮線線 靉翰願線換	7
038	歐陽修	四月園林春去後	歲時節序	｜｜一一一｜一｜一一一｜一一° ｜｜一一一｜｜一一一｜一一° ｜｜一一一｜｜一一一｜一一° 一｜一一一｜｜一一一｜一一·	候候有宥候 候厚有有宥	12
039	歐陽修	五月榴花妖豔烘	歲時節序	｜一一一一｜一｜一一一｜一一° ｜一一一一｜｜一一一｜一一° ｜一一一一｜｜一一一｜一一° 一｜一一一｜｜一一一｜一一·	東用送送送 董用送多送	1
040	歐陽修	六月炎天時霎雨	歲時節序	｜｜一一一｜一｜一一一｜一一° ｜｜一一一｜｜一一一｜一一° ｜｜一一一｜｜一一一｜一一° 一｜一一一｜｜一一一｜一一·	曉暮暮暮語 遇御御暮暮	4
041	歐陽修	七月新秋風露早	歲時節序	｜｜一一一｜一｜一一一｜一一° ｜｜一一一｜｜一一一｜一一° ｜｜一一一｜｜一一一｜一一° 一｜一一一｜｜一一一｜一一·	皓皓皓皓巧 号皓篠小篠	8
042	歐陽修	八月秋高風歷亂	歲時節序	一｜一一一｜一｜一·一一｜一一° 一｜一一一｜一｜一·一一｜一° 一｜一一一｜一｜一一一｜一° 一｜一一一｜｜一一一｜一一·	換翰緩換翰 靉換獮願換	7
043	歐陽修	九月霜秋秋已盡	歲時節序	一｜一一一｜一｜一一一｜一一° ｜｜一一一｜｜一一一｜一一° ｜｜一一一｜｜一一一｜一一·	軫映勁吻隱 徑圂勁證震	6、11

044	歐陽修	十月小春梅蕊綻	歲時節序	—｜｜——｜｜∘——｜｜——｜∘—｜｜— —｜｜∘—｜｜∘｜—｜｜——｜∘ —｜｜——｜｜∘———｜——｜∘—｜｜— —｜｜∘—｜｜∘——｜｜——｜∘	霰霰緩旱緩 獮阮換阮換	7
045	歐陽修	十一月新陽排壽宴	歲時節序	｜｜｜———｜｜∘——｜｜——｜∘｜｜—— —｜｜∘——｜∘——｜｜——｜∘ —｜———｜｜∘——｜｜———∘｜｜｜— —｜｜∘——｜∘——｜｜——｜∘	霰線獮獮線 線先阮線霰	7
046	歐陽修	十二月嚴凝天地閉	歲時節序	｜｜｜———｜｜∘｜——｜——｜∘—｜｜— —｜｜∘——｜∘｜—｜｜——｜∘ ｜｜———｜｜∘｜—｜———｜∘｜｜｜— —｜｜∘——｜∘｜—｜｜——｜∘	霽未志未未 寘止止旨至	3
047	歐陽修	正月新陽生翠琯	歲時節序	｜｜———｜｜∘——｜｜——｜∘—｜—— —｜｜∘——｜∘———｜——｜∘ ｜｜——｜｜｜∘｜—｜｜——｜∘—｜｜— —｜｜∘——｜∘｜—｜｜——｜∘	緩獮獮換獮 產換線緩阮	7
048	歐陽修	二月春期看已半	歲時節序	｜｜———｜｜∘———｜——｜∘—｜｜— —｜｜∘——｜∘———｜——｜∘ ｜｜———｜｜∘｜——｜——｜∘｜｜—— —｜｜∘—｜｜∘——｜｜——｜∘	換緩緩線霰 旱諫獮換阮	7
049	歐陽修	三月芳菲看欲暮	歲時節序	—｜———｜｜∘——｜｜——｜∘｜｜｜— —｜｜∘——｜∘——｜｜——｜∘ ｜｜———｜｜∘——｜｜——｜∘—｜｜— —｜｜∘——｜∘——｜｜——｜∘	暮嘖暮語遇 遇暮御御姥	4
050	歐陽修	四月芳林何悄悄	歲時節序	｜｜———｜｜∘｜—｜｜——｜∘—｜｜— —｜｜∘—｜｜∘｜—｜｜——｜∘ ｜｜｜｜—｜｜∘———｜——｜∘｜｜｜— —｜｜∘——｜∘——｜｜——｜∘	小小篠笑皓 覺篠皓嘯皓	8、16
051	歐陽修	五月薰風才一信	歲時節序	｜｜———｜｜∘——｜｜——｜∘｜｜｜— —｜｜∘—｜｜∘———｜——｜∘ ｜｜｜——｜｜∘——｜｜——｜∘｜｜—— —｜｜∘——｜｜∘——｜｜——｜∘	震慁稕問問 慁混恨慁慁	6
052	歐陽修	六月炎蒸何太盛	歲時節序	｜｜———｜｜∘｜—｜｜——｜∘—｜—— —｜｜∘—｜｜∘｜——｜——｜∘ —｜———｜｜∘｜——｜——｜∘｜｜｜— —｜｜∘｜｜｜∘｜—｜｜——｜∘	勁映迥徑映 靜徑證映迥	11
053	歐陽修	七月芙蓉生翠水	歲時節序	｜｜———｜｜∘——｜｜——｜∘—｜｜— —｜｜∘—｜｜∘——｜｜——｜∘ —｜———｜｜∘———｜——｜∘｜｜｜— —｜｜∘——｜∘——｜｜——｜∘	旨至紙霽霽 霽至太祭太	3
054	歐陽修	八月微涼生枕簟	歲時節序	｜｜———｜｜∘——｜｜——｜∘—｜｜— —｜｜∘—｜｜∘｜——｜——｜∘ —｜———｜｜∘｜—｜｜——｜∘—｜｜— —｜｜∘—｜｜∘——｜｜——｜∘	忝闞鑑豔檻 琰琰豏豏感	14
055	歐陽修	九月重陽還又到	歲時節序	｜｜———｜｜∘——｜｜——｜∘｜｜—— —｜｜∘—｜｜∘——｜｜——｜∘ ｜｜｜——｜｜∘——｜｜——｜∘｜｜—— —｜｜∘—｜｜∘——｜｜——｜∘	号小小笑篠 皓嘯皓皓号	8

編號	作者	首句	類別	格律	韻字	備註
056	歐陽修	十月輕寒生晚暮	歲時節序	丨丨———丨。——丨丨—丨。丨丨— —丨丨。—丨丨—丨——丨。 丨丨———丨丨—— 丨丨。—丨丨——丨丨丨。 —丨丨。—丨丨———丨。	暮遇御暮暮暮姥姥御	4
057	歐陽修	律應黃鍾寒氣苦	歲時節序	丨丨———丨。——丨丨—丨。 丨丨———丨丨——丨丨—丨。 丨丨——丨丨。 —丨丨。—丨丨——丨丨。 —丨丨。—丨丨———丨丨。	姥御暮暮暮御噴御語遇	4
058	歐陽修	臘月年光如激浪	歲時節序	—丨——丨丨。——丨丨——丨。 丨丨———丨丨——丨丨—丨。 —丨——丨丨。 ——丨丨——丨丨。 —丨丨——丨丨—丨。	宕漾漾漾養漾漾漾養漾	2
059	歐陽修	為愛蓮房都一炳	相思愛情	丨丨———丨。——丨丨—丨。 丨丨———丨丨——丨丨—丨。 丨丨——丨丨。 —丨丨。—丨丨——丨丨。 —丨丨。—丨丨———丨。	映梗徑靜映靜迴耿耿映	11
060	歐陽修	昨日探花花欲盡	歌頌詠人	—丨———丨。——丨丨—丨。 丨丨———丨丨——丨丨—丨。 丨丨——丨丨。 —丨丨。—丨丨——丨丨。 —丨丨。—丨丨———丨。	軫隱軫魂混隱問混問震	6
061	歐陽修	一夜越溪秋水滿	相思愛情	丨丨———丨。——丨丨—丨。 丨丨———丨丨——丨丨—丨。 丨丨——丨丨。 —丨———丨丨——丨丨。 —丨丨。—丨丨———丨。	緩翰諫銑換換線獮線線	7
062	歐陽修	近日門前溪水漲	相思愛情	丨丨———丨。——丨丨—丨。 丨丨———丨丨——丨丨—丨。 丨丨——丨丨。 —丨———丨丨——丨丨。 —丨丨。—丨丨———丨。	漾漾漾漾感養宕漾養	2、14
063	歐陽修	妾解清歌井巧笑	閨怨愁思	丨丨———丨。——丨丨—丨。 丨丨———丨丨——丨丨—丨。 丨丨丨——丨丨。 丨丨—丨丨—丨丨——丨丨。 丨丨丨—丨丨———丨。	笑笑皓号皓篠皓皓皓皓	8
064	杜安世	微雨初收月映雲	閨怨愁思	——丨——丨。——丨丨—丨。 丨丨———丨丨———丨—丨□。 丨丨——丨丨。 —丨丨。—丨丨——丨丨。 —丨———丨丨———丨。	文魂園軫園送魂問隱園	1、6
065	杜安世	疏雨才收淡泞天	相思愛情	丨丨———丨。——丨丨—丨。 丨丨———丨丨——丨丨—丨。 丨丨——丨丨。 —丨丨。—丨丨——丨丨。 —丨———丨丨———丨。	先仙阮願霰先仙換線霰	7
066	杜安世	每到春來長如病	閨怨愁思	丨丨———丨。—丨—丨——丨丨丨。 丨丨———丨丨———丨——丨。 丨丨丨丨——丨丨。 丨丨丨—丨丨———丨丨。 —丨丨—丨—丨丨—丨。	映証怪混徑蒸青恨問徑	5、6、11
067	王安石	燈火已收正月半	隱逸安閒	丨丨丨———丨。——丨丨—丨丨。 丨丨———丨丨——丨丨—丨丨。 丨丨丨——丨丨。 —丨丨。—丨丨——丨丨。 —丨丨。—丨丨———丨。	換換換換換換緩緩換緩	7

編號	作者	首句	類別	聲律譜	韻字	備註
068	王安石	平岸小橋千嶂抱	隱逸安閒		皓皓篠号皓篠皓皓皓皓	8
069	強至	雪月照梅溪畔路	吟詠風物		暮語御暮遇語語噷御御	4
070	壽涯禪師	深願弘慈無縫罅	佛道修行		禡怪代卦夬怪太怪代卦	5、10
071	圓禪師	本是瀟湘一釣客	佛道修行		陌德陌陌職麥麥陌德	17
072	蘇軾	千古龍蟠开虎踞	離愁別恨		御御噷暮遇遇御暮語御	4
073	蘇軾	送客歸來燈火盡	離愁別恨		軫問準混隱恨問圂問震	6
074	蘇軾	皎皎牽牛河漢女	歲時節序		語語暮御姥噷暮姥噷御	4
075	蘇軾	一曲陽關情幾許	離愁別恨		語御遇御遇噷御暮止暮	3、4
076	蘇軾	些小白鬚何用染	其他		跤乑線跤跤敢乑跤跤跤鹻	7、14
077	蘇軾	臨水縱橫回晚鞚	家國情懷		送董送用用送腫用送	1
078	李之儀	洗盡秋容天似瑩	閨怨愁思		徑靜徑徑迥證映迥梗迥	11
079	蘇轍	七十餘年眞一夢	祝壽賀詞		送用送董用用用用用送	1

編號	作者	首句	題材	平仄譜	韻字	韻部
080	黃裳	多幸春來雲雨少	感時傷懷	—｜———｜｜○　—｜—｜—｜｜—｜｜○ —｜｜○—｜｜———｜—｜｜○ ｜｜———｜｜—｜—｜｜｜○ —｜｜○—｜｜——｜｜｜○	小笑小篠篠 笑笑笑小篠	8
081	黃裳	汗漫金華寒委地	吟詠風物	—｜———｜｜｜　—｜｜———｜｜｜ —｜｜｜———｜—｜｜｜ ｜｜———｜｜—｜—｜—｜｜ —｜———｜——｜｜—｜｜	至祭旨止至 真真旨真祭	3
082	黃裳	人在月中霄漢遠	吟詠風物	—｜｜———｜｜　—｜｜——｜｜｜ —｜｜——｜——｜——｜｜ ｜｜———｜｜—｜—｜—｜｜ —｜———｜——｜｜—｜｜	阮線霰獮願 線獮獮霰獮	7
083	黃裳	三月秋光今夜半	吟詠風物	—｜———｜｜｜　—｜｜———｜｜｜ —｜｜｜———｜—｜｜｜ ｜｜———｜｜—｜—｜—｜｜ —｜———｜——｜｜—｜｜	換緩翰換換 翰翰換翰換	7
084	黃裳	風入金波凝不住	感時傷懷	—｜———｜｜｜　—｜——｜｜｜｜ ｜｜———｜｜———｜｜｜ ｜｜———｜｜—｜—｜｜｜ —｜｜○—｜｜——｜｜｜	遇語暮御姥 暮噤暮姥御	4
085	黃裳	方令庚生初皎皎	吟詠風物	—｜———｜｜｜　—｜—｜｜｜｜｜ —｜｜｜———｜—｜｜｜ ｜｜———｜｜—｜—｜｜｜ —｜———｜——｜｜—｜｜	篠篠篠笑小 厚笑小篠篠	8、12
086	黃裳	已送清歌歸去後	吟詠風物	｜｜———｜｜｜　—｜—｜—｜｜｜ —｜｜｜———｜—｜｜｜ ｜｜———｜｜—｜—｜｜｜ —｜———｜——｜｜—｜｜	候小嘯笑笑 笑笑篠小篠	8、12
087	黃庭堅	萬水千山來此土	佛道修行	｜｜———｜｜○　—｜｜———｜○ ｜｜———｜｜—｜—｜—— ｜｜———｜｜—｜—｜—— —｜｜——｜｜—｜—｜｜○	姥噤暮語暮 姥遇御暮暮	4
088	黃庭堅	三十年來無孔竅	佛道修行	—｜———｜｜｜　—｜———｜｜｜ —｜｜｜———｜—｜｜｜ ｜｜———｜｜—｜—｜｜｜ —｜———｜——｜｜—｜｜	嘯笑篠笑嘯 皓笑篠笑笑	8
089	黃庭堅	憶昔藥山生一虎	佛道修行	—｜———｜｜｜　—｜———｜｜｜ —｜｜｜———｜—｜｜｜ ｜｜———｜｜—｜—｜｜｜ —｜｜○—｜｜——｜｜｜	姥暮遇御語 噤暮噤暮御	4
090	黃庭堅	百丈峰頭開古鏡	佛道修行	｜｜———｜｜○　—｜—｜｜｜｜｜ ｜｜———｜｜○———｜｜ ｜｜———｜｜—｜—｜｜｜ —｜｜——｜｜—｜—｜｜○	映迥勁迥梗 勁映勁靜靜	11
091	黃庭堅	踏破草鞋參到了	吟詠風物	｜｜———｜｜｜　—｜———｜｜｜ —｜———｜—｜—｜｜○｜—｜｜ —｜｜○—｜｜——｜｜｜ —｜｜○—｜｜———｜——｜○	篠皓笑笑皓 皓皓号皓	8

	作者	詞句	類別	平仄譜	韻腳	
092	黃庭堅	蕩漾生涯身已老	漁家閒情	‖—‖———‖｜。‖—‖—‖—‖｜。—‖—｜—‖—｜———｜—｜｜。—‖—｜｜——｜｜｜。	皓小号笑笑皓笑篠小嘯	8
093	朱服	小雨廉纖風細細	閨怨愁思	‖｜｜———｜｜—｜—‖——｜｜｜—｜。—‖—｜——｜｜—‖—‖—｜———｜。	霽止止旨旨尾霽止至至	3
094	米芾	昔日丹陽行樂裏	寫景遊歷	‖｜———‖｜—‖——‖｜｜—｜。—‖—‖—‖—｜—‖—‖—‖—｜。	止至祭隊至至未至霽寘	3
095	賀鑄	莫厭香醪斟繡履	歌頌詠人	‖—｜———‖｜—‖—｜—｜—｜。—‖—｜—‖—｜—‖—｜—｜—｜。	旨志寘止紙止志止至止	3
096	賀鑄	窈窕盤門西轉路（吳門柳）	離愁別恨	‖｜———｜｜—‖—‖—｜—｜—｜。—‖—｜—‖—｜—‖—｜—｜—｜。	暮暮姥語噂暮姥遇噂御	4
097	賀鑄	嘯度萬松千步嶺（遊仙詠）	隱逸安閒	‖—｜——｜｜—‖—｜—‖—｜—｜。—‖—｜—‖—｜—｜—‖—｜—｜。	靜梗勁映徑徑靜靜証映	11
098	陳師道	一舸姑蘇風雨疾	其他	‖—｜——‖｜—‖—｜—‖—｜—｜。—‖—‖—‖—｜—‖—‖—｜—｜。	質緝質職德職職職質錫	17
099	周邦彥	灰暖香融銷永晝	飲宴歡樂	‖—｜———｜｜—‖—‖—｜—｜—｜。—‖—｜—‖—｜—‖—｜—｜—｜。	宥宥候候有宥宥有有候	12
100	周邦彥	幾日輕陰寒測測	閨怨愁思	‖｜—｜———｜—｜—｜—｜—｜—｜。—‖—｜—‖—｜—‖—｜—｜—｜。	職昔德德職陌職昔錫錫	17
101	淨端	斗轉星移天漸曉	佛道修行	‖———｜｜—｜—｜｜—｜—｜｜。——‖｜｜—｜—‖——｜｜——｜。	篠嘯皓号皓皓皓嘯笑皓	8
102	淨端	浪靜西溪澄似練	佛道修行	‖｜———｜｜—‖—‖—｜—｜—｜。—‖—｜—‖—｜—‖—｜—｜—｜。	霰線線霰霰霰線獮獮線	7
103	淨端	七寶池中堪下釣	佛道修行	‖—｜。—‖｜—‖—｜—‖—｜—｜。‖｜｜｜—‖———｜—｜——。—‖｜。—｜—。‖｜——｜。	嘯小篠篠皓号笑号皓皓	8

	作者	首句	題材	平仄譜	韻字	
104	淨端	一隻孤舟巡海岸	佛道修行	｜｜－－｜｜○｜－｜｜｜－｜｜－｜＼－｜｜○－｜○｜｜－｜｜｜｜○｜－｜＼	翰線願線換翰翰霰願願	7
105	鄒浩	慧眼舒光無不見	佛道修行	－｜－－－｜｜｜－｜－｜－｜｜｜｜－－｜｜｜｜○｜｜｜－－｜－｜｜｜－｜｜＼	霰獮霰線獮霰襉霰願線	7
106	謝逸	秋水無痕清見底	隱逸安閒	－｜－－－｜｜｜－｜｜｜－－｜｜－｜｜｜－○｜｜｜○｜｜－｜－｜｜｜－－｜＼	薺止止紙止止至薺旨真	3
107	晁沖之	浦口潮來紗尾漲	家國情懷	｜｜－－－｜｜｜－－｜｜○｜｜｜－｜｜｜｜－｜○｜｜｜－｜－－｜｜｜－｜｜＼	漾漾漾宕宕漾漾漾漾漾	2
108	毛滂	年少莫尋潘玉老	隱逸安閒	－｜｜－－｜｜｜－－｜｜｜｜－｜｜｜－｜○｜｜○｜｜｜｜－｜－－｜｜｜－｜＼	皓笑篠皓号笑小小篠皓	8
109	毛滂	恰則小庵貪睡著	隱逸安閒	｜｜｜－－｜｜｜－－｜｜○｜｜｜－｜｜｜｜－｜○｜｜｜○｜－｜｜－｜｜｜－｜＼	藥鐸藥藥鐸鐸鐸鐸鐸藥	16
110	毛滂	鬢底青春留不住	隱逸安閒	｜｜－－－｜｜｜－｜｜｜－－｜｜－｜｜｜○｜－｜｜○｜｜｜○｜－｜｜－－｜｜｜＼	遇御遇噳遇暮御暮御噳	4
111	王宷	日月無根天不老	感時傷懷	｜｜－－－｜｜｜－｜｜｜｜－｜｜－｜｜｜｜｜○｜－｜｜｜｜－｜｜－｜－｜｜－｜＼	皓篠小篠覺小小皓皓皓	8、16
112	葛勝仲	巖壑縈回雲水窟	寫景遊歷	－｜｜－－｜｜｜－｜｜｜－－｜｜○－｜｜－｜｜｜－｜－｜｜｜○｜｜｜－｜○｜｜－○｜｜－｜｜－－｜＼	沒陌昔錫陌錫昔昔職職	17、18
113	葛勝仲	疊疊雲山供四顧	寫景遊歷	－｜｜－－｜｜｜－－｜｜－｜｜○｜｜－｜｜｜－｜｜｜○｜｜｜－｜｜｜－｜○｜｜－○｜｜－｜｜－－｜＼	暮御遇御暮遇暮暮暮	4
114	米友仁	從古荊溪名勝地	寫景遊歷	－｜－－－｜｜｜－｜｜｜－－｜｜－｜｜｜○｜－｜｜｜｜｜｜－｜｜｜－｜○｜｜－｜｜－－｜＼	至至止至紙紙旨止止紙	3
115	米友仁	郊外春和宜散步	隱逸安閒	－｜｜－－｜｜｜－｜－｜－－｜｜－｜｜｜｜－－－｜｜｜｜○｜｜－｜｜－｜｜｜－｜○｜｜－｜｜｜｜－｜＼	暮暮噳遇御語遇遇噳	4

116	張繼先	草草開尊 資一笑	飲宴 歡樂	｜｜－－－｜｜。－－｜｜－－｜。｜｜－－ －｜｜。－－｜。－－｜｜－－｜。 －｜－－－｜｜。－－－｜－－｜。｜｜－－ －｜｜。－－｜。－－｜｜－－｜。	笑篠厚笑笑 小候小候篠	8、12
117	李光	海多無寒 花發早	飲宴 歡樂	｜－－－－｜｜。｜－｜｜－－｜。－｜｜－ －｜｜。－－｜。－－｜｜－－｜。 ｜｜｜－－｜｜。－－｜｜｜－｜。－｜－－－｜ －。－｜｜。－－｜｜－－｜。	晧号晧晧晧 晧笑宥晧晧	8
118	曹組	水上落紅 時片片	隱逸 安閒	｜｜｜－－｜｜。－－｜｜－－｜。｜｜｜－ －｜｜。－－｜。－－｜｜－－｜。 ｜－｜｜－－｜。－－｜｜－－｜。｜｜｜－ －｜｜。－－｜。－－｜｜－－｜。	霰換阮緩緩 換換翰翰換	7
119	陳克	寶瑟塵生 郎去後	閨怨 愁思	｜｜－－－｜｜。｜－－｜－－｜。｜｜－－ －｜｜。－－｜。－－｜｜－－｜。 ｜｜－－－｜｜。｜－｜｜－－｜。｜｜｜－ －｜｜。－－｜。｜－－｜－－｜。	候有宥候候 宥候宥有宥	12
120	朱敦儒	誰轉琵琶 彈側調	閨怨 愁思	－｜－－－｜｜。－－｜｜－－｜。｜｜－－ －｜｜。－－｜。－－｜｜－－｜。 ｜｜－－－｜｜。－－－｜－－｜。｜｜－－ －｜｜。－－｜。－－－｜－－｜。	嘯晧小笑晧 篠笑晧小晧	8
121	朱敦儒	鑑水稽山 塵不染	相思 愛情	｜｜－－－｜｜。－－｜｜－－｜。｜｜｜－ －｜｜。－｜｜。｜－｜｜－－｜。 ｜｜－－－｜｜。－－－｜－－｜。－｜｜－ －｜｜。－－｜。－－｜｜－－｜。	琰願換線願 翰諫獮換霰	7、14
122	朱敦儒	畏暑閒尋 湖上徑	飲宴 歡樂	｜｜－－－｜｜。｜－｜｜－－｜。－｜－－ －｜｜。－－｜。｜－－｜－－｜。 －｜－－－｜｜。－－｜｜－－｜。｜｜｜－ －｜｜。－｜｜。｜－｜｜－－－。	徑震靜梗靜 迥映迥徑蒸	6、11
123	周紫芝	遇坎乘流 隨分了	隱逸 安閒	｜｜－－－｜｜。－－｜｜－－｜。－｜－－ －｜｜。－｜｜。｜－－｜－－｜。 ｜｜－－－｜｜。－－－｜－－｜。｜｜－－ －｜｜。－｜｜。－－｜｜－－｜。	篠小笑笑晧 号晧晧晧篠	8
124	周紫芝	月黑波翻 江浩渺	羈旅 他鄉	｜｜－－－｜｜。｜－｜｜－－｜。－｜－－ －｜｜。－｜｜。－－｜｜－－｜。 －｜－－－｜｜。｜－－｜－－｜。－｜－－ －｜｜。－｜｜。－－－｜－－｜。	小小效笑效 晧晧篠晧篠	8
125	周紫芝	休惜騎鯨 人已遠	離愁 別恨	－｜－－－｜｜。－－－｜－－－。－｜｜－ －｜｜。－｜｜。－－｜｜－－｜。 ｜｜－－－｜｜。－－｜｜－－｜。｜｜｜－ －｜｜。－｜｜。｜－｜｜－－｜。	阮鹽驗豔翰 霰換霰緩阮	7、14
126	周紫芝	路入雲巖 山窈窕	其他	｜｜－－－｜｜。－－｜｜－－｜。－｜－－ －｜｜。－｜｜。－－｜｜－－｜。 －｜｜－－｜｜。－｜－｜－－｜。－｜－－ －｜｜。－｜｜。－－｜｜－－｜。	篠小号小晧 晧晧笑晧号	8
127	周紫芝	月黑天寒 花欲睡	隱逸 安閒	｜｜－－－｜｜。－－｜｜－－｜。｜｜－－ －｜｜。－｜｜。－－｜｜－－｜。 ｜｜－｜－｜｜。－－｜｜－－｜。｜｜－－ －｜｜。－｜｜。－－－｜－－｜。	寘止至志太 至至止霽至	3

	作者	首句	題材	平仄譜	韻	
128	李綱	木落霜清秋色霽	家國情懷	（詞譜）	霽隊旨太至太至志紙至	3
129	胡舜陟	幾日北風江海立	羈旅他鄉	（詞譜）	緝緝職職陌緝質職德錫	17
130	李清照	雪裡已知春信至	吟詠風物	（詞譜）	至至紙祭薺志至紙至旨	3
131	李清照	天接雲濤連曉霧	感時傷懷	（詞譜）	遇噳語語御暮遇語遇御	4
132	呂本中	小院悠悠春未遠	閨怨愁思	（詞譜）	阮獮獮阮緩換緩獮緩	7
133	洪皓	臂上茰囊懸已滿	羈旅他鄉	（詞譜）	緩產翰翰換換霰驗願霰	7、14
134	洪皓	圓蕙庭桐彫大半	羈旅他鄉	（詞譜）	換霰換霰換願霰諫換翰	7
135	洪皓	侍宴樂遊遊賞慣	羈旅他鄉	（詞譜）	諫換線產願換翰換換	7
136	蔡伸	煙鎖池塘秋欲暮（添字）	閨怨愁思	（詞譜）	暮御噳噳暮遇語姥語暮	4
137	王灼	漠漠郊原荒宿草	隱逸安閒	（詞譜）	皓皓号皓皓笑篠号○皓	8
138	陳襲善	鷲嶺峰前蘭獨倚	相思愛情	（詞譜）	紙隊祭止紙紙至止真至	3
139	李生	庭院黃昏人悄悄	相思愛情	（詞譜）	小皓号笑笑号小笑皓皓	8

				平仄譜	韻字	備註
140	楊端臣	有個人人情不久	相思愛情	‖｜－－｜｜‖｜○｜‖－｜｜○‖｜－ －｜○｜－｜○－｜｜－－｜｜○ －｜○｜－－｜｜‖｜－－｜｜－	有有宥有宥 宥候幼候有	12
141	楊端臣	樓鼓數聲人跡散	相思愛情	‖｜－－｜｜‖｜○｜‖｜－｜｜○ －｜○｜－－｜‖｜－｜｜－｜｜○ －｜○｜－｜－－｜｜－｜○	翰獮線獮緩 換產霰換霰	7
142	李彌遜	海角秋高風力駛	祝壽賀詞	‖｜－－｜｜‖｜○｜‖｜－｜－｜○ －｜○｜－｜－｜｜－－｜｜○	宥宥候宥有 有有有宥厚	12
143	王以寧	往事閒思人共怕	隱逸安閒	‖｜－－｜｜‖｜○｜‖｜－｜｜○ －｜－－｜｜‖｜－｜｜－｜○ －｜○｜－｜－｜｜－－｜｜○	禡禡馬蟹馬 禡馬禡禡馬	5、10
144	陳與義	今日山頭雲欲舉	羈旅他鄉	‖｜－－｜｜‖｜○｜‖｜－－｜○ －｜－－｜｜‖｜－｜｜○｜｜○	語噓噓遇御 語語語御語	4
145	張元幹	釣笠披雲青障繞	其他	‖｜－－｜｜‖｜○｜‖｜－｜｜－ －｜－－｜｜‖｜－｜｜○｜｜‖ ‖｜－－｜｜－｜｜－｜｜｜	小小效篠笑 笑篠效皓皓	8
146	張元幹	樓外天寒山欲暮	寫景遊歷	‖｜－－｜｜‖｜○｜‖｜－｜｜○ ‖｜｜－｜｜－－｜｜｜○｜－ －｜｜－｜｜‖｜－｜｜○｜｜－	暮遇暮暮遇 姥御語御噓	4
147	張元幹	寒日西郊湖畔路	飲宴歡樂	‖｜－－｜｜‖｜○｜‖｜－｜｜○ ‖｜｜－｜｜‖｜－｜｜○｜｜○ －｜○｜－｜‖｜－｜｜－｜○	暮遇遇噓遇 御御暮噓語	4
148	呂渭老	聞道廬山橫廣澤	佛道修行	‖｜－－｜｜‖｜○｜‖｜－｜｜‖ ‖｜｜－｜｜－－｜｜｜－｜｜○ －｜｜－｜｜‖｜－｜｜－｜｜－	陌陌陌陌麥 麥麥藥藥藥	16、17
149	呂渭老	昨夜山空流石乳	佛道修行	‖｜－－｜｜‖｜○｜‖｜－｜｜○ ‖｜｜－｜｜‖｜－｜｜－－｜｜○	噓噓噓語噓 姥噓噓語姥	4
150	呂渭老	潦倒瞿曇饒口悄	佛道修行	‖｜－－｜｜‖｜○｜‖｜－｜｜‖ ‖｜｜－｜｜‖｜－｜｜○｜｜－ －｜－－｜｜‖｜－｜｜－｜｜‖	小笑覺皓厚 篠小皓皓皓	8、12、16
151	呂渭老	高絆絜裟挑紙帔	佛道修行	－｜｜－｜｜‖｜○｜‖｜－｜｜－ ‖｜－－｜｜－－｜｜‖｜○｜－ －｜｜○｜｜‖｜－｜｜｜○	眞霽霽旨眞 眞志祭至眞	3

	作者	詞句	類別	平仄格律	韻字	
152	呂渭老	頂上鐵輪飛火焰	佛道修行	｜｜——｜｜°——｜｜°｜｜——｜ ／ —°｜｜｜——｜｜—° ／ ｜｜——｜｜°｜｜——｜｜——｜ ／ —｜｜——｜｜｜—｜	艷驗鹽賧感賧艷勘掭忝	14
153	呂渭老	落月杜鵑啼未了	佛道修行	｜｜——｜｜°｜—｜—｜—— ／ ｜｜——｜｜°——｜ ／ ｜｜——｜｜°—— ／ —｜｜——｜｜——	篠篠笑小小小皓皓小	8
154	王之道	風揚珠簾寒戶透	寫景遊歷	—｜——｜｜｜ ／ —｜——｜｜— ／ —｜——｜｜— ／ —｜——｜｜—	候宥宥候宥厚宥有宥宥	12
155	王之道	巖電晶熒君未老	歌頌詠人	—｜——｜｜° ／ —｜——｜｜— ／ —｜——｜｜— ／ —｜——｜｜—	皓号皓皓笑笑篠笑篠号	8
156	王之道	歲月漂流人易老	歌頌詠人	｜｜——｜｜° ／ —｜——｜｜— ／ —｜——｜｜— ／ —｜——｜｜—	皓号皓皓笑笑篠笑篠号	8
157	王之道	燈火熙熙來稚老	歲時節序	—｜——｜｜° ／ —｜——｜｜— ／ —｜——｜｜— ／ —｜——｜｜—	皓号皓皓笑笑篠笑篠号	8
158	王之道	繫國安危還故老	歌頌詠人	｜｜——｜｜° ／ —｜——｜｜— ／ —｜——｜｜— ／ —｜——｜｜—	皓号皓皓笑笑篠笑篠号	8
159	王之道	海岱惟青遺一老	歌頌詠人	｜｜——｜｜° ／ —｜——｜｜— ／ ｜｜——°｜｜— ／ —｜——｜｜°	皓号皓皓笑笑篠笑篠号	8
160	王之道	爵齒俱尊惟此老	歌頌詠人	｜｜——｜｜° ／ —｜——｜｜— ／ ｜｜——°—｜— ／ —｜——｜｜°	皓号皓皓笑笑篠笑篠号	8
161	王之道	老老恩波今及老	祝壽賀詞	｜｜———｜° ／ —｜——｜｜— ／ ｜｜——｜｜° —— ／ —｜｜—｜｜｜°	皓号皓皓笑笑篠笑篠号	8
162	馮時行	雲覆衡茅霜雪後	感時傷懷	—｜——｜｜° ｜｜— ／ —｜——｜｜° ｜｜— ／ —｜——｜｜° ｜｜— ／ —｜｜——｜｜—	候宥宥有宥候宥有宥有	12
163	楊无咎	昨日小春纔得信	祝壽賀詞	｜｜｜——｜｜° ｜｜｜ ／ —｜———｜° ｜｜— ／ —｜———°｜｜—— ／ —｜｜°——｜——｜°	震問問震吻稕混隱問軫	6

164	楊无咎	菊暗荷枯秋已滿	祝壽賀詞	｜｜—｜—｜—｜—｜—｜—｜｜—｜｜—｜｜○｜—｜—｜—○ —｜｜—｜—｜—｜—｜—	緱緱霰願獮換換換願換	7
165	楊无咎	梅暈漸開紅蠟壘	祝壽賀詞	｜—｜—｜—｜—｜—｜—｜—｜｜—｜—｜—｜—｜—	旨紙旨止未霽止志未旨	3
166	楊无咎	事事無心閒散慣	閨怨愁思	｜｜｜—｜○｜—｜—｜— —｜｜○｜—｜—｜—｜｜—｜｜—｜—｜—｜—｜○	諫換獮獮獮換襇霰霰換	7
167	史浩	珠露溥溥清玉宇	吟詠風物	—｜—｜—｜—｜—｜— ｜｜—｜○｜—｜—｜｜—｜—｜—	曦語語語語御御語暮	4
168	史浩	蕊沼清冷涓滴水	吟詠風物	—｜—｜—｜—｜—｜— —｜｜—｜○｜—｜—｜— —｜｜—｜—｜—｜—｜—	旨止紙止語紙止旨寘	3、4
169	史浩	翠蓋參差森玉柄	吟詠風物	—｜—｜—｜—｜—｜— ｜｜｜—｜—｜—｜｜○｜—｜— —｜○—｜○——｜｜—○	映徑勁徑映徑靜徑証迴	11
170	史浩	草軟沙平風掠岸	吟詠風物	—｜—｜—｜—｜—｜— ｜｜—｜○｜—｜—｜—｜｜—｜—｜—｜—｜—	翰換換緩換緩換緩緩換	7
171	史浩	太華峰頭冰玉沼	吟詠風物	—｜—｜—｜—｜—｜— ｜｜—｜—｜—｜—｜—	小小小小皓皓小笑皓皓	8
172	史浩	春恨不禁聽杜宇	離愁別恨	—｜—｜—｜—｜—｜— —｜｜—｜—｜—｜—｜—	曦暮暮暮曦御語姥御姥	4
173	高登	名利場中空擾擾	隱逸安閒	—｜—｜—｜—｜—｜— ｜｜—｜○｜—｜—｜—	小皓号皓皓小皓笑皓皓	8
174	李石	西去征鴻東去水	相思愛情	—｜—｜—｜—｜—｜— ｜｜｜—｜—｜—｜｜—	旨止紙紙止至至未志至	3
175	毛开	極目丹楓迎霽曉	寫景遊歷	｜｜｜—｜—｜—｜— —｜｜—｜—｜—｜—｜— ｜｜—｜—｜—｜｜○｜—｜— —｜○｜—｜—｜—｜○	篠皓篠小皓皓皓小皓	8

編號	作者	首句	主題	平仄譜	韻字	數
176	毛开	楊子津頭風色暮	家國情懷	一丨一一丨丨一丨一一丨丨一。丨丨一丨一 丨丨一一一丨丨一丨一一丨丨一。 丨丨一一一丨丨一丨一一丨丨一。 一丨丨一丨丨一丨一一丨丨一丨	暮御御暮遇 御暮遇遇暮	4
177	洪适	正月東風初解凍	漁家閒情	丨丨一一一丨丨一丨一一丨丨一丨 一丨丨一。一一丨一。丨丨一一丨丨一。 丨丨一一一丨丨一丨一一丨丨一。 一丨丨一一丨丨一一一丨丨一丨	送董送用送 送用送送送	1
178	洪适	二月垂楊花糝地	漁家閒情	丨丨一一一丨丨一丨一一丨丨一。 一丨一一一丨丨一丨一一丨丨一。 丨丨一一一丨丨一丨一一丨丨一。 一丨一一丨丨一丨一一丨丨一丨	至祭真薺止 祭薺尾旨止	3
179	洪适	三月愁霖多急雨	漁家閒情	一丨一一一丨丨一丨一一丨丨一。 一丨一一一丨丨一丨一一丨丨一。 丨丨一一一丨丨一丨一一丨丨一。 一丨一一丨丨一一一一丨丨一丨	噴語暮暮御 御語遇語暮	4
180	洪适	四月圓荷錢學鑄	漁家閒情	丨丨一一一丨丨一丨一一丨丨一。 一丨一一一丨丨一丨一一丨丨一。 一丨一一一丨丨一丨一一丨丨一。 一丨一一丨丨一一一一丨丨一丨	遇語御噴噴 語噴遇暮暮	4
181	洪适	五月河中菱荇遍	漁家閒情	丨丨一一一丨丨一丨一一丨丨一。 一丨一一一丨丨一丨一一丨丨一。 一丨一一一丨丨一丨一一丨丨一。 一丨一一丨丨一一一一丨丨一丨	霰換翰緩換 翰換換翰翰	7
182	洪适	六月長江無暑氣	漁家閒情	丨丨一一一丨丨一丨一一丨丨一。 一丨一一一丨丨一丨一一丨丨一。 丨丨一一。一一丨一。丨丨一一丨丨一。 一。一丨丨一一丨丨一一一丨丨一。	未紙止未薺 紙止真祭止	
183	洪适	七月凜秋飛葉響	漁家閒情	丨丨一一一丨丨一丨一一丨丨一。 一丨一一一丨丨一丨一一丨丨一。 丨丨一一一丨丨一丨一一丨丨一。 一丨一一一丨丨一一一丨丨一丨	養養養養漾 漾宕漾養蕩	
184	洪适	八月紫蕈浮綠水	漁家閒情	丨丨一一一丨丨一丨一一丨丨一。 一丨一一一丨丨一丨一一丨丨一。 丨丨一一一丨丨一丨一一丨丨一。 一丨一一丨丨一一一一丨丨一丨	旨旨紙止未 薺薺真至志	
185	洪适	九月蘆香霜旦旦	漁家閒情	丨丨一一一丨丨一丨一一丨丨一。 一丨一一。一一丨一。丨丨一一丨丨一。 丨丨一一一丨丨一丨一一丨丨一。 一丨一一丨丨一一一一丨丨一丨	翰翰換換諫 翰換霰線線	7
186	洪适	十月橘洲長鼓柵	漁家閒情	丨丨一一一丨丨一丨一一丨丨一一 丨丨一一一丨丨一丨一一丨。丨丨一 丨丨一一一丨丨一丨一一丨丨一。 一丨一一丨丨一一一一丨丨一丨	祭薺至止至 止至霰旨祭	3
187	洪适	子月水寒風又烈	漁家閒情	丨丨一一一丨丨一丨一一丨。丨丨一 一丨一。一丨丨一丨一一丨丨一。丨一 丨丨一一一丨丨一丨一一丨。丨丨一 一丨丨一。一一丨丨一一一丨一。	薛薛屑薛薛 月薛屑薛薛	18

				韻字	
188	洪适	臘月行舟冰壑罅	漁家閒情	禡禡禡禡禡禡禡馬卦馬	10
189	侯寘	過盡百花芳草滿	相思愛情	綬綬換換旱翰阮換產綬	7
190	侯寘	本是瀟湘漁艇客	離愁別恨	陌昔職錫陌昔陌陌職昔昔	17
191	王千秋	黃栗留鳴春己暮	相思愛情	暮御噓姥御語暮姥噓噓	4
192	陸游	東望山陰何處是	家國情懷	紙止紙至志旨薺止至止	3
193	黃銖	永日離憂千萬緒	離愁別恨	語姥語噓遇遇噓暮御御	4
194	張孝祥	紅白蓮房生一處	吟詠風物	御遇噓遇暮暮暮暮暮暮	4
195	呂勝己	長記潯陽江上宴	感時傷懷	霰霰霰桓霰阮換換阮綬	7
196	呂勝己	聞道西洲梅已放	飲宴歡樂	漾漾養養養蕩養漾漾養	2
197	呂勝己	特爲梅花來渭水	飲宴歡樂	旨至未紙寘旨志止紙旨	3
198	趙長卿	客裏情懷誰可表	相思愛情	小小笑小篠皓皓皓有皓	8、12
199	辛棄疾	道德文章傳幾世	祝壽賀詞	祭至志祭旨至至寘紙志	3

編號	作者	首句	主題	平仄格律	韻腳	備註
200	辛棄疾	風月小齋模畫舫	飲宴歡樂	─||──||○|──|─|○||| ─||○─|─|─||||──○ ||||○|─|─||─||| ─||○|─||─○	漾漾養漾宕 漾漾漾養養	2
201	程垓	野店無人霜似水	羈旅他鄉	─||──||○||─|─||| ─||○─|─|─||─||| ||||○|─|─||─||| ─||○|─||──○	旨紙止志至 未紙至止至	3
202	程垓	獨木小舟煙雨溪	相思愛情	|||──||○||─|─||| ─||○─|─|─||──|| ||||○|─|─||─||| ─||○|─||──○	緝陌錫錫職 陌職緝緝職	17
203	石孝友	射虎將軍搴繡帽	歌頌詠人	||──||○─|─|─||| ─||○─|─|─||──|| ||||○|─|─||─||| ─||○|─||──○	号效小皓笑 小皓篠篠笑	8
204	石孝友	夜半潮聲來枕上	寫景遊歷	||──||○─|─|─||| ─||○─|─|─||──|| ||||○|─|─||─||| ─||○|─||──○	漾蕩養漾宕 漾漾漾漾漾	2
205	陳亮	漠漠平沙初落雁	飲宴歡樂	||──||○─|─|─||| ─||○─|─|─||──|| ||||○|─|─||─||| ─||○|──||──○	諫產阮願緩 翰諫霰桓阮	7
206	張鎡	拂拂春風生草際	漁家閒情	||──||○─|─|─||| ─||○─|─|─||──|| ||||○|─|─||─||| ─||○|─||──○	祭寘止至旨 止薺志寘太	3
207	郭應祥	去歲簿書叢裏過	祝壽賀詞	|||──||○||─|─||| ─||○─|─|─||──|| ||||○|─|─||─||| ─||○|─||──○	過箇箇過過 太過果歌過	5、9
208	郭應祥	白古餘杭多俊俏	歌頌詠人	||──||○─|─|─||| ─||○─|─|─||──|| ||||○|─|─||─||| ─||○|─||──○	笑小篠篠皓 篠笑皓篠笑	8
209	危稹	老去諸餘情味淺	歌頌詠人	|||──||○─|─|─||| ─||○─|─|─||──|| ||||○|─|─||─||| ─||○|─||──○	獮線琰霰線 阮線阮旱瀚	7、14
210	吳禮之	紅日三竿鶯百囀	閨怨愁思	─|──||○─|─|─||| ─||○─|─|─||──|| ||||○|─|─||─||| ─||○|─||──○	線換換琰緩 線仙線線願	7、14
211	盧祖皋	小閣騰騰人似醉	隱逸安閒	||──||○─|─|─||| ─||○─|─|─||──|| ||||○|─|─||○|||─ ─||○|─||──○	至至志未止 紙志旨紙未	3

編號	作者	題名	類別	曲譜	韻字	頁
212	盧祖皋	檜玉敲寒聲不定	隱逸安閒	（工尺譜）	徑映徑靜梗 迴梗徑証迴	11
213	盧祖皋	白石山中風景異	祝壽賀詞	（工尺譜）	志霽至志止 紙止至太至	3
214	可旻	曾講彌陀經十遍	佛道修行	（工尺譜）	霰線銑線阮 霰阮霰獮獮	7
215	可旻	我佛蓮華隨步踏	佛道修行	（工尺譜）	合月月點曷 合末乏合合	18、19
216	可旻	彼土因何名極樂	佛道修行	（工尺譜）	鐸鐸鐸藥鐸 覺鐸覺藥藥	16
217	可旻	佛讚西方經現在	佛道修行	（工尺譜）	海怪蟹夬海 卦太海隊隊	3、5
218	可旻	鸚鵡頻伽知幾隻	佛道修行	（工尺譜）	昔昔職職職 職職職職陌	17
219	可旻	清淨樂邦吾本郡	佛道修行	（工尺譜）	問震震恨震 隱隱軫震問	6
220	可旻	理性本來長自在	佛道修行	（工尺譜）	海代太海卦 代海海代怪	5
221	可旻	爲厭娑婆求淨土	佛道修行	（工尺譜）	姥暮御御 曦姥暮遇姥	4
222	可旻	四相相催生病老	佛道修行	（工尺譜）	皓皓皓号皓 皓皓皓皓号	8
223	可旻	人世罪冤知底數	佛道修行	（工尺譜）	遇曦遇遇曦 御御暮暮御	4

224	可旻	萬事到頭無益已	佛道修行	（平仄譜）	止紙至真至祭至未止止	3
225	可旻	西望樂邦雲杳隔	佛道修行	（平仄譜）	麥陌麥陌陌陌陌麥陌陌	17
226	可旻	富貴經中談淨域	佛道修行	（平仄譜）	職職職麥質錫職職昔陌	17
227	可旻	文墨尖新無處用	佛道修行	（平仄譜）	用送送用腫董送送腫用	1
228	可旻	休縱心猿馳意馬	佛道修行	（平仄譜）	馬馬馬馬馬馬禡馬禡禡	10
229	可旻	三十六般包一袋	佛道修行	（平仄譜）	代代隊海賄賄太賄隊隊	3、5
230	可旻	一點神魂初托魄	佛道修行	（平仄譜）	陌陌麥陌陌麥陌陌陌麥	17
231	可旻	淨土故鄉嗟乍別	佛道修行	（平仄譜）	薛屑薛屑月業葉薛薛葉	18、19
232	可旻	善導可嗟今已往	佛道修行	（平仄譜）	養養養養養漾漾養養養	2
233	可旻	西土紋成東土壞	佛道修行	（平仄譜）	怪怪夬代隊太海蟹怪太	3、5
234	劉學箕	漢水悠悠還漾漾	漁家閒情	（平仄譜）	漾宕養漾養講宕漾闖宕	2、14
235	方千里	燭彩花光明似畫	飲宴歡樂	（平仄譜）	宥宥候候有宥宥有有候	12

序號	作者	首句	類別	平仄譜	韻字	韻部
236	方千里	冷葉啼螿聲惻惻	閨怨愁思	（平仄譜）	職昔德德職 陌職昔錫錫	17
237	吳泳	翠隱紅藏春尚薄	祝壽賀詞	（平仄譜）	鐸覺覺覺鐸 鐸鐸鐸鐸藥藥	16
238	吳潛	每日困慵當午晝	隱逸安閒	（平仄譜）	宥宥宥宥宥 候有有宥	12
239	吳潛	遍閱芳園開半晝	感時傷懷	（平仄譜）	宥宥宥宥宥 候有有宥	12
240	李昂英	重著夾羅猶怯冷	閨怨愁思	（平仄譜）	梗映迥靜梗 徑梗迥軫軫	6、11
241	楊澤民	穠李素華曾縞畫	相思愛情	（平仄譜）	宥宥候候有 宥宥有有候	12
242	楊澤民	未把金杯心已惻	其他	（平仄譜）	職昔德德職 陌職昔錫錫	17
243	石正倫	春入桃腮生嫵媚	歌頌詠人	（平仄譜）	至志旨志志 霽祭祭至霽	3
244	陳著	浪麥風微花霧掃	隱逸安閒	（平仄譜）	皓小篠小篠 小篠皓皓皓	8
245	陳著	山弄夕輝眉淡掃	隱逸安閒	（平仄譜）	皓小篠小篠 小篠皓皓皓	8
246	陳允平	日轉花梢春已晝	閨怨愁思	（平仄譜）	宥宥候候有 宥宥有有候	12
247	陳允平	自別春風情意惻	閨怨愁思	（平仄譜）	職昔德德職 陌職昔錫錫	17

				調譜	韻字	
248	牟巘	病枕逢逢驚曉鼓	離愁別恨	｜｜——｜｜○｜—｜——｜○｜—｜ —｜｜——｜｜—｜—｜｜—｜ ｜｜——｜｜○｜——｜｜○｜—｜ ｜｜——｜○｜—｜｜—｜｜○	姥暮御嚱嚱 語暮暮御姥	4
249	譚宣子	深意纏綿歌宛轉	相思愛情	｜｜——｜｜○｜—｜——｜○｜—｜ —｜｜——｜｜—｜—｜｜—｜ ｜｜——｜｜○｜——｜｜○｜—｜ ｜｜——｜○｜—｜｜—｜｜○	獮蔽踐緩阮 換獮緩換阮	7、14
250	張炎	門掩新陰孤館靜	隱逸安閒	｜｜——｜｜○｜—｜——｜○｜—｜ —｜｜——｜｜—｜—｜｜—｜ ｜｜——｜｜○｜——｜｜○｜—｜ ｜｜——｜○｜—｜｜—｜｜○	靜霰映寢寢 徑勁徑隱勁	6、11、13
251	張炎	辛苦移家聊處靜	感時傷懷	｜｜——｜｜○｜—｜——｜○｜—｜ —｜｜——｜｜—｜—｜｜—｜ ｜｜——｜｜○｜——｜｜○｜—｜ ｜｜——｜○｜—｜｜—｜｜○	靜霰映寢寢 徑勁徑隱勁	6、11、13
252	丁羲叟	十里寒塘初過雨	相思愛情	｜｜——｜｜○｜—｜——｜○｜—｜｜ —｜｜——｜｜—｜—｜｜—｜ ｜｜——｜｜○｜——｜｜○｜—｜ ｜｜——｜○｜—｜｜—｜｜○	嚱語遇暮暮 遇語遇御御	4
253	無名氏	蕙死蘭枯蘺菊槁	感時傷懷	｜｜——｜｜○｜—｜——｜○｜—｜ —｜｜——｜｜—｜—｜｜—｜｜ ｜｜——｜｜○｜——｜｜○｜—｜ ｜｜——｜○｜—｜｜—｜｜○	皓皓皓皓皓 皓皓号皓皓	8
254	無名氏	雪點江梅纔可可	離愁別恨	｜｜——｜｜○｜—｜——｜○｜—｜ —｜｜——｜｜—｜—｜｜—｜｜ ｜｜——｜｜○｜——｜｜○｜—｜ ｜｜——｜○｜—｜｜—｜｜○	鴐果過鴐果 果過鴐箇過	9
255	無名氏	輕拍紅牙留客住	飲宴歡樂	—｜——｜｜○｜—｜——｜—｜○｜ —｜——｜｜○—｜—｜—｜｜○ ｜｜——｜｜○｜——｜｜○｜—｜ —｜——｜｜○｜—｜｜—｜｜○	遇遇紙語嚱 嚱嚱暮御御	3、4
256	無名氏	至道不遙只在邇	佛道修行	—｜——｜｜○｜—｜——｜—｜○｜ —｜——｜｜○—｜—｜—｜｜○ ｜｜——｜｜○｜——｜｜○｜—｜ —｜——｜｜○｜—｜｜—｜｜○	紙止真霽至 霽真至志未	3
257	無名氏	神是性兮氣是命	佛道修行	—｜——｜｜○｜—｜——｜—｜—｜ —｜｜——｜○｜—｜——｜｜—｜ ｜｜——｜｜○｜——｜｜○｜—｜ —｜｜——｜○｜｜—｜—｜○	映徑映映靜 証徑梗靜靜	11
258	無名氏	精養靈根神守氣	佛道修行	—｜——｜｜○｜—｜——｜—｜—｜ —｜｜——｜○｜—｜——｜｜—｜ ｜｜——｜｜○｜——｜｜○｜—｜ —｜｜——｜○｜｜—｜—｜○	未真志隊旨 至至霽止太	3
259	無名氏	我有光珠無買價	佛道修行	｜｜——｜—｜○｜——｜｜—｜○｜— ｜｜——｜｜○｜——｜｜○｜｜— ｜｜——｜｜○｜——｜｜○｜—｜ —｜｜——｜○｜—｜—｜｜○	禡馬馬馬馬 禡蟹禡禡馬	5、10

260	申純	情若連環終不解	相思愛情	一丨丨一一丨丨。一一丨一一丨丨。丨丨一一 一丨丨一一丨。一丨丨一丨丨。 丨丨。一一一。丨一一一丨丨丨。丨丨一 丨丨。一一丨。一丨一一丨丨丨。	蟹怪夬佳海代太海代卦	5
261	無際道人	七坐道場三奉詔	佛道修行	丨丨丨一一丨丨。丨丨一一丨丨丨。丨丨一 丨丨。一丨一一丨丨丨。丨丨一一丨丨一 丨丨。一丨一一丨丨丨。 一丨丨一一。丨丨一一丨丨一。	笑篠皓笑皓皓笑小嘯嘯	8
262	龐籍	儒將不須躬甲胄	家國情懷	丨丨丨一一丨丨。丨丨一一丨丨丨。丨丨一 丨丨。一丨一一丨丨一。丨丨一一丨丨一 丨丨。一丨一一丨丨丨。	宥厚候有宥候候宥賀厚	12、17
263	李廌	日借嫩黃初看柳	祝壽賀詞	丨丨丨一一丨丨。丨丨一一丨丨丨。一 丨丨。□一丨丨一一丨丨。丨丨一一丨丨一 丨丨。一丨一一丨丨丨。 一丨丨一一。丨丨一丨丨一。	有候候候宥厚有有宥宥	12
264	黃人傑	橘綠橙黃霜落候	祝壽賀詞	丨丨丨一一丨丨。丨丨一一丨丨丨。丨丨一 丨丨一一一丨丨。□一丨丨一一丨丨。丨丨一 丨丨。一丨一一丨丨丨。	候宥宥候宥有厚宥有有	12
265	華嶽	昨夜壽星朝北極	祝壽賀詞	丨丨丨一一丨丨。丨丨一一一一丨。丨丨一 丨丨。一丨一一丨丨一。丨丨一一丨丨一 一丨丨一丨。丨丨一一一丨一。	職昔昔德質職質錫昔緝	17
266	趙希蓬	怪見台星離紫極	祝壽賀詞	丨丨丨一一丨丨。丨丨一一丨丨丨。丨丨一 丨丨一一丨丨。一丨一一丨丨一。一丨一 丨丨。一丨一一丨丨一。 一丨丨一丨。丨丨一一丨丨。	職昔昔德質職質錫昔緝	17

二、〈漁家傲〉詞人詞作總數及入選詞集所佔比例表

編　號	作　者	作品總數	入選作品數	名次	比例	作者出現頁數	〈漁家傲〉最先出現頁數
全唐五代詞 1	無名氏	1	1	6	100%	781	781
2	呂巖	4	0	7	0%	1331	1331
全宋詞 1	范仲淹	1	1	6	100%	14	14
2	張先	1	1	6	100%	72	92
3	晏殊	14	13	2	93%	111	126
4	歐陽修	50	31	1	62%	153	163
5	杜安世	3	1	6	33%	220	232
6	程師孟	1	0	7	0%	242	242
7	王安石	3	2	5	67%	263	264
8	強至	1	1	6	100%	271	271
9	壽涯禪師	1	0	7	0%	275	275
10	圓禪師	1	1	6	100%	283	283
11	蘇軾	6	5	3	83%	357	370
12	李之儀	1	1	6	100%	437	449
13	蘇轍	1	1	6	100%	459	460
14	黃裳	7	0	7	0%	481	482
15	黃庭堅	6	0	7	0%	497	513
16	朱服	1	1	6	100%	580	580
17	秦觀	5	0	7	0%	585	609
18	米芾	1	0	7	0%	626	626
19	賀鑄	4	0	7	0%	643	663
20	陳師道	1	1	6	100%	752	760
21	周邦彥	2	2	5	100%	767	773
22	淨端	4	0	7	0%	820	820
23	鄒浩	1	0	7	0%	825	825
24	謝逸	1	1	6	100%	829	834
25	晁沖之	1	1	6	100%	842	844
26	毛滂	3	3	4	100%	855	888
27	王寀	1	1	6	100%	903	903
28	葛勝仲	2	2	5	100%	926	927
29	米友仁	2	0	7	0%	942	943

30	張繼先	1	0	7	0%	978	981
31	李光	1	0	7	0%	1016	1019
32	曹組	1	1	6	100%	1037	1040
33	陳克	1	1	6	100%	1068	1068
34	朱敦儒	3	0	7	0%	1078	1102
35	周紫芝	5	5	3	100%	1128	1142
36	李綱	1	0	7	0%	1167	1171
37	胡舜陟	1	0	7	0%	1179	1180
38	李清照	2	2	5	100%	1200	1201
39	呂本中	1	1	6	100%	1214	1217
40	薛幾聖	1	1	6	100%	1298	1298
41	洪皓	4	0	7	0%	1299	1302
42	蔡伸	1	0	7	0%	1304	1330
43	王灼	1	0	7	0%	1342	1342
44	陳襲善	1	1	6	100%	1346	1346
45	李生	1	0	7	0%	1354	1354
46	楊端臣	2	0	7	0%	1358	1358
47	李彌遜	1	0	7	0%	1360	1377
48	王以寧	1	0	7	0%	1379	1384
49	陳與義	1	1	6	100%	1386	1388
50	張元幹	3	3	4	100%	1393	1414
51	呂渭老	6	1	6	17%	1443	1449
52	王之道	8	0	7	0%	1472	1499
53	馮時行	1	0	7	0%	1515	1516
54	楊无咎	4	0	7	0%	1525	1547
55	史浩	6	0	7	0%	1620	1469
56	高登	1	0	7	0%	1674	1675
57	李石	1	1	6	100%	1679	1685
58	毛开	2	2	5	100%	1760	1763
59	洪适	16	0	7	0%	1771	1775
60	侯寘	2	1	6	50%	1846	1862
61	王千秋	1	1	6	100%	1900	1905
62	陸游	1	1	6	100%	2043	2060
63	黃銖	1	1	6	100%	2168	2168
64	張孝祥	1	0	7	0%	2180	2220
65	呂勝己	3	0	7	0%	2265	2283

66	趙長卿	2	0	7	0%	2287	2337
67	辛棄疾	2	0	7	0%	2413	2458
68	程垓	2	1	6	50%	2566	2576
69	石孝友	2	2	5	100%	2619	2624
70	陳亮	1	0	7	0%	2703	2714
71	張鎡	1	1	6	100%	2740	2755
72	郭應祥	2	0	7	0%	2852	2855
73	危稹	1	1	6	100%	2928	2928
74	吳禮之	1	1	6	100%	2930	2932
75	盧祖皋	3	1	6	33%	3086	3102
76	可旻	20	0	7	0%	3113	3113
77	劉學箕	1	0	7	0%	3121	3129
78	方千里	2	2	5	100%	3184	3190
79	吳泳	1	0	7	0%	3206	3208
80	吳潛	2	0	7	0%	3466	3515
81	李昂英	1	1	6	100%	3637	3644
82	楊澤民	2	0	7	0%	3800	3806
83	石正倫	1	0	7	0%	3842	3842
84	陳著	2	0	7	0%	3843	3866
85	陳允平	2	1	6	50%	3921	3951
86	牟巘	1	0	7	0%	3978	3979
87	譚宣子	1	1	6	100%	4007	4010
88	張炎	2	2	5	100%	4381	4442
89	吳某	1	0	7	0%	4470	4471
90	某邑妓	1	0	7	0%	4470	4470
91	丁義叟	1	1	6	100%	4548	4548
92	無際道人	1	0	7	0%	4553	4553
93	無名氏	7	3	4	43%	4554	4605
94	呂洞賓	1	0	7	0%	4895	4895
95	申純	1	0	7	0%	4914	4917
96	龐籍	1	0	7	0%	4966	4966
97	李鼐	1	0	7	0%	5008	5008
98	黃人傑	1	0	7	0%	5035	5038
99	華嶽	1	0	7	0%	5055	5058
100	趙希蓬	1	0	7	0%	5059	5062
101	吳氏	1	0	7	0%	5102	5102

三、歷代選集所選錄之〈漁家傲〉作品統計

作者	首句	雅詞朱選	花庵雲選	陽春龍選	草堂伯選	詞林翼選	粹編唐選	詞綜鄭選	蓼園盧選	四家適選	御選夏選	歷朝院選	梁選歷代	總計
無名氏	二月江南山水路										○			
														1
范仲淹	塞下秋來		○		○		○	○	○	○	○		○	
	風景異			○	○	○	◎	○	○		○	○		17
張先	巴子城頭					○		○			○			
	青草暮						◎							5
晏殊	畫鼓聲中昏又曉						○							
														1
晏殊	荷葉荷花相間鬭										○			
														1
晏殊	荷葉初開猶半卷										○			
														1
晏殊	楊柳風前香百步										○			
														1
晏殊	葉下鵁鶄眠未穩										○			
														1
晏殊	罨畫溪邊停彩舫										○			
														1
晏殊	宿蕊鬭攢金粉鬧										○			
														1
晏殊	臉傅朝霞衣剪翠										○			
														1
晏殊	越女採蓮江北岸										○	○		
														2
晏殊	粉面啼紅腰束素										○			
														1
晏殊	幽鷺慢來窺品格										○			
														1
晏殊	楚國細腰元自瘦										○			
														1
晏殊	嫩綠堪裁紅欲綻										○			
														1
歐陽修	一派潺湲流碧漲	○									○			
														2

作者	首句	1	2	3	4	5	6	7	8	9	10	數
歐陽修	十月小春梅蕊綻	○	○		○		○			○		
			○									6
歐陽修	四紀才名天下重	○								○		
												2
歐陽修	紅粉牆頭花幾樹									○		
												1
歐陽修	妾本錢塘蘇小妹									○		
												1
歐陽修	花底忽聞敲兩槳									○		
							○				○	3
歐陽修	葉有清風花有露									○		
												1
歐陽修	荷葉田田青照水									○		
												1
歐陽修	粉蕊丹青描不得									○		
												1
歐陽修	喜鵲填河仙浪淺									○		
							○					2
歐陽修	乞巧樓頭雲幔卷									○		
							○					2
歐陽修	別恨長長歡計短									○		
							○					2
歐陽修	九日歡遊何處好									○		
												1
歐陽修	青女霜前催得綻									○		
												1
歐陽修	露裹嬌黃風擺翠									○		
												1
歐陽修	對酒當歌勞客勸									○		
												1
歐陽修	正月斗杓初轉勢									○		
							○					2
歐陽修	二月春耕昌杏密									○		
							○					2
歐陽修	三月清明天婉娩									○		
							○					2
歐陽修	四月園林春去後									○		
							○					2

作者	題目	1	2	3	4	5	6	7	8	9	10	11	數
歐陽修	五月榴花妖豔烘									○			
							○						2
歐陽修	六月炎天時霢雨									○			
							○						2
歐陽修	七月新秋風露早									○			
							○						2
歐陽修	八月秋高風歷亂									○			
							○						2
歐陽修	九月霜秋秋已盡									○			
							○						2
歐陽修	十月小春梅蕊綻									○			
							○						2
歐陽修	十一月新陽排壽宴									○			
							○						2
歐陽修	十二月嚴凝天地閉									○			
							○						2
歐陽修	為愛蓮房都一炳						○						
							○						2
歐陽修	一夜越溪秋水滿						○						
													1
歐陽修	近日門前溪水漲						○						
													1
杜安世	疏雨才收淡泞天					○	○			○			
													3
王安石	燈火已收正月半	○								○			
													2
王安石	平岸小橋千嶂抱	○			○		○		○				
							○						5
圓禪師	本是瀟湘一釣客						○						
													1
蘇軾	千古龍蟠开虎踞		○							○			
							○						3
蘇軾	送客歸來燈火盡									○			
													1
蘇軾	皎皎牽牛河漢女									○			
													1
蘇軾	一曲陽關情幾許									○			
													1

作者	詞句	1	2	3	4	5	6	7	8	數
蘇軾	臨水縱橫回晚鞍							○		
										1
李之儀	洗盡秋容天似瑩							○		
										1
蘇轍	七十餘年真一夢				○			○		
										2
朱服	小雨廉纖風細細					○		○		
		○			◎					5
陳師道	一舸姑蘇風雨疾							○		
										1
周邦彥	灰暖香融銷永晝		○					○		
			○		○					4
周邦彥	幾日輕陰寒測測			○	○			○		
					○					4
謝逸	秋水無痕清見底	○		○	○		○	○	○	
					○					7
晁沖之	浦口潮來紗尾漲	○						○		
										2
毛滂	年少莫尋潘玉老							○		
										1
毛滂	恰則小庵貪睡著							○		
										1
毛滂	鬢底青春留不住							○		
										1
王寀	日月無根天不老				○					
										1
葛勝仲	巖壑縈回雲水窟							○		
										1
葛勝仲	疊疊雲山供四顧							○		
										1
曹組	水上落紅時片片	○						○		
										2
陳克	寶瑟塵生郎去後	○								
										1
周紫芝	遇坎乘流隨分了				○			○		
										2
周紫芝	月黑波翻江浩渺							○		
										1

作者	詞句											次數
周紫芝	休惜騎鯨人已遠								○			
												1
周紫芝	路入雲巖山窈窕								○			
												1
周紫芝	月黑天寒花欲睡								○			
												1
李清照	雪裡已知春信至								○			
												1
李清照	天接雲濤連曉霧	○	○						○		○	
				○		○	○		○	○		9
呂本中	小院悠悠春未遠	○										
												1
陳龔善	鷲嶺峰前蘭獨倚					○	○		○			
						○						4
陳與義	今日山頭雲欲舉	○	○						○			
												3
張元幹	釣笠披雲青嶂繞				○	○			○			
						○						4
張元幹	樓外天寒山欲暮		○			○			○			
						○						4
張元幹	寒日西郊湖畔路								○			
												1
呂渭老	落月杜鵑啼未了								○			
												1
李石	西去征鴻東去水		○			○	○		○	○		
												5
毛开	極目丹楓迎霽曉								○			
												1
毛开	楊子津頭風色暮								○			
												1
侯寘	過盡百花芳草滿					○						
												1
王千秋	黃栗留鳴春已暮								○			
												1
陸游	東望山陰何處是						○		○			
				○		○	○	○	○			7
黃銖	永日離憂千萬緒		○				○		○			
												3

作者	詞	1	2	3	4	5	6	7	8	9	10	11	12	總計
程垓	獨木小舟煙雨溪							○						1
石孝友	射虎將軍搴繡帽										○			1
石孝友	夜半潮聲來枕上										○			1
張鎡	拂拂春風生草際		○				○				○			3
危稹	老去諸餘情味淺		○					○			○			3
吳禮之	紅日三竿鶯百囀		○											1
盧祖皋	白石山中風景異		○								○			2
方千里	燭彩花光明似畫										○			1
方千里	冷葉啼螿聲惻惻										○			1
李昴英	重著夾羅猶怯冷										○			1
陳允平	日轉花梢春已晝										○			1
譚宣子	深意纏綿歌宛轉			○			○				○			2
張炎	門掩新陰孤館靜										○			1
張炎	辛苦移家聊處靜										○			1
丁羲叟	十里寒塘初過雨						○	○			○			3
無名氏	輕拍紅牙留客住	○												1
各詞集總計		13	12	2	6	1	20	10	3	1	97	3	2	
		1	1	4	1	1	32	3	1	1	3	2	1	

註：◎表《唐宋詞簡編》及《唐宋詞簡釋》皆入選

四、〈漁家傲〉詞牌一詞兩列一覽表

《唐五代詞》　　無名氏「二月江南山水路」
《全宋詞》　　　呂洞賓「二月江南山水路」

《唐五代詞》　　呂　巖「至道不遙只在邇」
《全宋詞》　　　無名氏「至道不遙只在邇」

《唐五代詞》　　呂　巖「神是氣兮氣是命」
《全宋詞》　　　無名氏「神是氣兮氣是命」

《唐五代詞》　　呂　巖「精養靈根神守氣」
《全宋詞》　　　無名氏「精養靈根神守氣」

《唐五代詞》　　呂　巖「我有光珠無買價」
《全宋詞》　　　無名氏「我有光珠無買價」

《全宋詞》　　　晏　殊「幽鷺慢來窺品格」
《全宋詞》　　　歐陽修「我有光珠無買價」

《全宋詞》　　　晏　殊「楚國細腰元自瘦」
《全宋詞》　　　歐陽修「楚國細腰元自瘦」

《全宋詞》　　　強　至「雪月照梅溪畔路」
《全宋詞》　　　薛幾聖「雪月照梅溪畔路」

五、〈漁家傲〉詞牌殘句作品一覽表

1、歐陽修「戰勝歸來飛捷奏」

2、程師孟「折柳贈君君且住」

3、王安石「隔岸桃花紅未半」

4、賀　鑄「南岳去天纔尺五」

5、洪　皓「＊＊＊＊＊＊＊」

6、趙長卿「蕙死蘭枯金菊槁」

7、呂洞賓「二月江南山水路」

8、吳　某「鶗鴂一聲初報曉」

9、某邑妓「十月曉春梅蕊破」

10、吳　氏「鶗鴂一聲初報○」

11、秦　觀「門外平湖新雨過」

12、秦　觀「七夕湖頭閒眺望」

13、秦　觀「遙憶故園春到了」

14、秦　觀「江上涼颸情緒懊」

15、秦　觀「剛過淮流風景變」

16、洪　适「漁父飲時花作蔭」

17、洪　适「漁父醉時收釣餌」

18、洪　适「漁父醒時清夜永」

19、洪　适「漁父笑時鶯未老」

六、「全宋詞作者詞調索引」「全宋詞索引系統」、「唐宋詞檢索系統」勘誤

不論是詞牌索引，或是檢索系統，都爲研究者提供諸多便利。僅將所發現三系統的失誤，詳列如后，提供參考。

一、全宋詞作者詞調索引（作者：高喜田、寇琪，北京：中華書局，1992 年 6 月）

楊澤民「未把金杯心已惻」失收

二、南京師範大學——全宋詞檢索系統（http：/metc.njnu.edu.cn/C_iku/Ci_wk_fm.htm）

「全宋詞檢索系統」共蒐集 1497 位詞人作品共 21085 首，使用詞牌 1384 個。詞作依據唐圭璋《全宋詞》（中華書局 1997 年改版）編制，不包括存目詞和神仙鬼怪詞。秦觀及趙長卿共六首作品爲存目詞，故不收錄。

1. 秦　觀「門外平湖新雨過」不收錄
2. 秦　觀「七夕湖頭閒眺望」不收錄
3. 秦　觀「遙憶故園春到了」不收錄
4. 秦　觀「江上涼颶情緒燠」不收錄
5. 秦　觀「剛過淮流風景變」不收錄
6. 趙長卿「蕙死蘭枯金菊槁」不收錄
7. 申　純「情若連環終不解」失收

三、唐宋文史數據庫——唐宋詞檢索系統（http://cls.hs.yzu.edu.tw/TST/home.htm）

1. 李彌遜「海角秋高風力驟」失收
2. 史　浩「珠露薄薄清玉宇」失收
3. 史　浩「蕊沼清冷涓滴水」失收
4. 史　浩「翠蓋參差森玉柄」失收
5. 史　浩「草軟沙平風掠岸」失收

6. 史　浩「太華峰頭冰玉沼」失收
7. 毛　开「極目丹楓迎霽曉」失收
8. 趙長卿「蕙死蘭枯金菊槁」失收
9. 某邑妓「十月曉春梅蕊破」失收
10. 無名氏「至道不遙只在邇」失收
11. 無名氏「神是性兮氣是命」失收
12. 無名氏「精養靈根神守氣」失收
13. 無名氏「我有光珠無買價」失收
14. 申　純「情若連環終不解」失收
15. 無際道人「七坐道場三奉詔」失收
16. 龐　籍「儒將不須躬甲胄」失收
17. 李　鼎「日借嫩黃初看柳」失收
18. 黃人傑「橘綠橙黃霜落候」失收
19. 華　嶽「昨夜壽星朝北極」失收
20. 趙希蓬「怪見台星離紫極」失收
21. 吳　氏「鶗鴂一聲初報○」失收